MICHAEL BOENKE

Camping mortale

MICHAEL BOENKE

Camping mortale

KRIMI AUS DER PROVINZ

GMEINER

Personen und Handlung sind frei erfunden.
Ähnlichkeiten mit lebenden oder toten Personen
sind rein zufällig und nicht beabsichtigt

Immer informiert

NEWSLETTER

Spannung pur – mit unserem Newsletter informieren wir Sie
regelmäßig über Wissenswertes aus unserer Bücherwelt.

Gefällt mir!

Facebook: @Gmeiner.Verlag
Instagram: @gmeinerverlag
Twitter: @GmeinerVerlag

FSC www.fsc.org
MIX
Papier | Fördert
gute Waldnutzung
FSC® C083411

Besuchen Sie uns im Internet:
www.gmeiner-verlag.de

Im Ehnried 5, 88605 Meßkirch
Telefon 07575/2095-0
info@gmeiner-verlag.de

1. Auflage 2023

Lektorat: Claudia Senghaas, Kirchardt
Herstellung: Mirjam Hecht
Umschlaggestaltung: U.O.R.G. Lutz Eberle, Stuttgart
unter Verwendung eines Fotos von: © Laminor / shutterstock.com; alexander_dyachenk / shutterstock.com; Lutz Eberle
Druck: CPI books GmbH, Leck
Printed in Germany
ISBN 978-3-8392-0458-0

Für Johannes, Judith und Gregor, die drei »Zahnis«

1

Wie der Riednebel Dinge versteckt, aber nicht ungeschehen macht

Samstag, 1. Oktober

Kein Windhauch störte die Dunkelheit, kein Geräusch erschreckte die Nacht. Alles war doppelt eingehüllt, in den Totenfrack der Finsternis und das wandelbare Leichentuch des Nebels. Mal lag er in dichten Bänken am Boden, mal hob er sich und verschwand auf geheimen Befehl hin. Kein herbstlicher Windhauch bewegte die fahlen, gelben Blätter der Birken, kein nächtlicher Atemzug der Natur schüttelte dürre, fast zitronengelbe Nadelsträußchen von der mächtigen Lärche. Das Ried bereitete sich allmählich auf die Winterruhe und den eisigen Frieden des Frostes vor. Die immergrünen übrigen Nadelbäume bildeten einen unsichtbaren, im nächtlichen Schutz der Dunkelheit kaum durchdringbaren Parcours flachwurzelnder, mächtiger Riesen. Dunkler konnte eine Nacht im Ried kaum sein. Neumond und unberechenbarer Nebel machten es zeitweise unmöglich, etwas zu erkennen. Konturen, vom Weiß umhüllt, waren erst wahrnehmbar, wenn man direkt vor ihnen stand, Geräusche wurden vom Nebel gedämpft.

Ein Irrlicht tastete sich durch die Schwaden, leuchtete zitternd Boden und sinnlos den Himmel ab. Die Taschenlampe hatte keine Chance, den Dunst gänzlich zu durchdringen. Mikroskopisch kleine Wassertröpfchen bewegten sich in trägem Tanze auf den suchenden Lichtstrahl zu, um sich dann wieder aufzulösen.

Der Lichtkegel bewegte sich pendelnd zur Lärche hin, dort neben dem mächtigen Baum musste das kleine Zelt neben dem exklusiven Wohnmobil stehen.

Die Gestalt löschte das Licht der Taschenlampe. Jetzt galt es ganz leise zu sein. Sie verließ sich kurzzeitig, auf allen vieren kriechend, auf ihren Tastsinn. Die Aufgabe war klar, da gab es nichts falsch zu verstehen. Die Strafe musste sein.

Sie ertastete die feuchte Außenhaut des Zeltes, suchte die Schnur, fand das kalte Metall, das im Boden steckte. Mit dem Hammer, der mit etlichen Camper-Utensilien unordentlich verstreut neben dem Zelt auf dem feuchten Boden lag, zog sie einen Hering. Mit einem samtigen Schleifgeräusch löste er sich problemlos aus dem feuchten Boden. Sie tastete das spitz zulaufende Camper-Utensil sorgfältig ab und war zufrieden. Es schien bestens geeignet, die Tat zufriedenstellend auszuführen. So auszuführen, wie es sein musste, wie es der Schwere der Schuld entsprach.

Fast geräuschlos bewegte sich die Gestalt ins offene Zelt, ein Fuß, der heraushing, zeugte von einem Schläfer. Die Gestalt hielt den Atem an. Eine Wolke von Wärme, Alkohol und anderen Übelgerüchen schlug ihr feucht ins Gesicht, als sie tiefer ins Zelt hineinkroch. Das schwere Schnaufen zeugte von einem tiefen, narkotischen Schlaf. Bald würde er nicht mehr schlafen!

Bald wäre *er* das Opfer! Sie setzte den Metallhering an und holte mit dem Hammer aus.

2

Oberschwäbian Biker-Summer vom Feinsten und eine Beinahe-Havarie mit einem Milchtransporter

Get your motor runnin', head out on the highway, looking for adventure, in whatever comes our way … Mein Kopf hatte einen Ohrwurm, die Melodie hatte sich festgefressen. Die mächtige Zweizylinder-V-Maschine stampfte unter mir, die 240er Hinterradwalze setzte breite Akzente auf den Asphalt. Jeder kleine Dreh am Gasgriff zum Körper hin wurde mit einem dumpfen Grollen und einem drehmomentstarken, unbändigen Vorwärtsdrang belohnt. Der kleinste Dreh aus dem Handgelenk, weg vom Körper, wurde mit dem Abbremsen des schweren Eisens und einem dumpfen Böllern aus den kurzen Endrohren quittiert.

Vor mir das Donnern der wilden Gang, sechsmal American way of sound vom Feinsten. Als Präsident genoss ich das Privileg, an letzter Position zu fahren. Auf jedem schwarzledernen Rücken vor mir prangte die stolze, rot gestickte, im Halbkreis formatierte Aufschrift MIKEBOSS. Unter dem Halbkreis grinste ein heller Totenkopf mit einer schwarzen Augenklappe. Meine BOSSler.

Vom Höchsten Richtung Illmensee, die sanften Hügel Oberschwabens genießend, zeugte das Donnern der Maschinen hinein ins Tal von unserer Ausfahrt. Weg vom Gas, das Gefälle reichte aus, die schweren Maschinen grollend Richtung See rollen zu lassen. Erschreckte, papageienbunt gekleidete Radfahrer reihten sich widerwillig hintereinander auf. Frühe, einfältige Wanderer in Kniebundhosen und karierten Hemden, ausgestattet mit blauen Survival-Rucksäcken, in denen ein Schinkenwurstbrot und bei den Veganern eine Biogurke auf Vollkornbrot schaukelte, gekrönt mit albernen Hütchen, drehten sich erschreckt um, stolperten schutzsuchend in den Straßengraben, da sie befürchteten, von nahenden Traktoren überrollt zu werden.

Born to be wild … I like smoke and lightnin', heavy metal thunder, racing with the wind, and the feeling that I'm under …

Hinein in das kühle Waldstück, das mit seiner Mischbepflanzung eine herbstliche Farbexplosion im gleißenden Schein der jungen Sonne bot. Grün, Gelb und Rot verschwendete Mutter Natur in allen Farbnuancen, um, noch in herbstlicher Milde, die kalte Jahreszeit anzukündigen.

Hinein in die kleine, an der Straße entlang gezogene Ortschaft mit den bunt bemalten Wasserhydranten. Weg vom Gas in der rechtwinkligen Linkskurve. Fehlzündungen machten die fleißige, Gärtchen bestellende Bevölkerung unmissverständlich darauf aufmerksam, dass die MIKEBOSSler Richtung Heimat nach Riedhagen zu ihrem Frühschoppen unterwegs waren. Einige der Erschreckten erkannten uns, winkten, andere schimpften. Dann glitzerte auch schon der See als gleißender Spiegel in der tief stehenden Morgensonne, abgeerntete Felder lagen friedlich neben der Straße.

Nur noch wenige Minuten, dann würde ich mit meiner Gang Weißwürste und das Bierchen bei Frieda als Abschluss unserer Ausfahrt genießen. Ja, das Leben, speziell das Biker-Leben war herrlich.

Yeah, darlin' gonna make it happen, take the world in a love embrace, fire all of your guns at once, and explode into space …

Jähe Vollbremsung, das Hinterrad stempelte, die Maschine zickte. Wenige Zentimeter vor Blackys Hinterrad kam ich zum Stehen. Die letzte Position hatte nicht nur Vorteile. Ganz vorne stand Joe, er hatte angehalten, um am Ortsschild von Riedhagen Tizian über die Straße zu lassen, der auf einem Handwagen eine Milchkanne über die Straße zum Abholplatz manövrierte. Er trug sein kariertes Arbeitshemd, eine Breitcordhose, deren Hosenladen offen stand, und seine obligate, helle Fischermütze mit den bunten Stickern und den Wanderabzeichen.

Erster Gang, Kupplung, Gas, vorbei an Tizian Kümmerle, der uns grinsend mit der Linken zuwinkte. Ekstatisch reckte er seine Rechte in die Höhe und imitierte eine Gashand, dazu ahmte er laut kreischend den Ton eines aufheulenden Motors nach. Dann hüpfte er aufgeregt auf einem Bein rückwärts.

3

Der gute Service macht's im Großen und Ganzen aus

Zufrieden betrachtete Frieda ihr Reich. Sie hatte die Fäuste in die Hüften gestemmt, die Kittelschürze mit dem feinen, blauen Blumenmuster spannte sich bedenklich über der Brust, als sie einen wohligen Seufzer der Zufriedenheit über die Tische der Gartenwirtschaft hinweg hinunter ins diesige Ried schickte. Bald würden sich letzte Nebelfetzen zu einem sonnigen Spätherbsttag auflösen. Ein paar Meter höher, über der hellen, dunstigen Grenze, herrschte schon früher Sonnenschein. Stolz blickte sie auf die tauglänzenden hellen Dächer der wenigen Wohnmobile, die eine Terrasse unterhalb der Gartenwirtschaft parkten. Ein paar Zelte hatten sich dazwischen geschmuggelt. Aber – man lebte ja in einer toleranten Gesellschaft.

Das war schon eine gute Idee gewesen, die Sache mit dem Womo-Stellplatz.

Friedas Riedstellplatz, ein Campertraum mit kulinarischem Service. So wurde der neue Stellplatz im Internet beworben. *Sie suchen die Ruhe? Ein unverfälschtes Naturerlebnis? Sie wollen Ihr regionales Menü im Wohnmobil genießen? Dann sind Sie im Campertraum-Resort auf Friedas Riedstellplatz herzlich willkommen. Service wird bei uns GROß geschrieben! Lassen Sie Ihre Seele unter Bibern und Störchen baumeln.*

Ein Teil des Services war Korbi, er lieferte Schwäbische, Südkurier, aber auch die BILD an die Mobile, ebenfalls war er für den Brötchenservice zuständig, um sein

Taschengeld aufzubessern. Bald würde er mit seiner Tour beginnen. Frieda nickte stolz ins Ried hinunter. Korbi, ihr Enkel, war ihr Stolz und eine Hilfe.

Bald würden die MIKEBOSSler zum Frühschoppen nach ihrer allsamstäglichen Morninghasbroken-Tour einrücken. Die Weißwürste, ein Zugeständnis an das benachbarte Bayern, sutterten bei 70 Grad in aller Ruhe vor sich hin und warteten in ihrem heißen Bad auf die hungrige Gang. Dani, ihr Schwiegersohn und Chef der motorradbegeisterten Gruppe, hatte schon vor Jahren das Ritual der Morgenausfahrt – *da sind einfach weniger Arschlöcher auf der Straße* – eingeführt. Sie hörte aus der Ferne schon das dumpfe Grollen der hubraumstarken Motoren. In wenigen Minuten würden die hitzeknisternden Maschinen im gekiesten Hof stolz nebeneinander stehen. Frieda nickte noch einmal zufrieden ins Ried, schaute kritisch zu den Wohnmobilen, drehte sich in der fast menschenleeren Gartenwirtschaft des *Goldenen Ochsen* um die eigene Achse und winkte hinab ins Ried.

Cäci, ihre Tochter, war von ihrem Zuhause, das romantisch am Rande des Naturschutzgebietes lag, auf dem Weg zu ihrer Zweitarbeitsstelle als Juniorchefin des *Goldenen Ochsen*. Cäci winkte aus der Distanz zurück.

»Bekomme ich jetzt endlich mein Bier oder muss ich warten, bis die da hier ist?«

Alfons Bäuerle, ein regional bekannter Alkoholiker, war schon sehr früh von Wilhelmsdorf zu Fuß angereist und deutete mit zitternder Hand auf Cäci, die sich mit forschem Schritt ihrer Arbeitsstätte näherte.

Frieda duldete den bedauernswerten Stammgast, ging zum Tischchen, das etwas abseits stand.

»Brauchst du ein Aspirin zum Bier, Fone?«

»Mir wär ein schnelles Konterbier lieber.«

»Wie siehst du denn aus, bist du gestürzt?«

Frieda deutete auf die blutigen Hände von Alfons, auch auf der verschmutzten Jacke waren dunkle Flecken zu erkennen.

»Kann schon sein.«

»Hast du wieder die Abkürzung durchs Ried genommen?«, fragte Frieda besorgt und reichte Alfons den Putzlappen, mit dem sie den Tau von den Tischen gewischt hatte, damit er sich die schmutzigen Hände reinigen konnte. Alfons nickte, reinigte sich die Hände, fuhr sich mit dem Lappen oberflächlich über die Jacke des hellen Trainingsanzuges und über die Oberschenkel.

»Danke, Frieda.«

Aufgeregt winkte er zu Cäci. Doch bevor er ihr etwas zurufen konnte, rief es von der Tür zum Ausschank hin in Richtung des Ungeduldigen:

»Nur Geduld, Alfons, gleich hört das Zittern wieder auf.«

Ohne sich zum Problem-Stammgast hinzuwenden, begann Cäci ihren Arbeitstag und rief Frieda zu:

»Ist Korbi schon wach, hat er gut geschlafen?«

Frieda antwortete entrüstet:

»Natürlich, er schläft immer gut bei mir. Er wartet, bis die Brötchen geliefert werden, dann macht er seine Runde. Und wie hat Annamirl geschlafen?«

»Zweimal ist sie heute Nacht gekommen, das ist okay.«

»Hast du sie schon zu Hilde gebracht?«

»Nein, Mama, ich lasse sie allein im Haus, bis sie sich zu Tode geschrien hat oder verhungert ist.«

»Sei nicht so frech zu deiner alten Mutter, ich meine es

doch nur gut! Wenn du mal in mein Alter kommst, wirst du merken, dass die Sorgen nicht weniger werden.«

»Ach, Mama …«

Cäci verschwand kopfschüttelnd in der dunklen Öffnung zum Schankraum. Die Altwirtin drehte sich von Alfons weg, fasste sich seufzend ins Kreuz und mahnte:

»Wenn ich stürz, dann ist's wegen dem Alter, und du stürzt vom Saufen und bist noch so jung.«

Alfons, der mittlerweile die 50 überschritten hatte, schüttelte den Kopf, die langen, fettigen Haare tanzten in dunklen Strähnen um das bleiche Gesicht. Er klatschte mit beiden Händen auf den Tisch und goschte:

»Ich brauch keine Moralpredigt, ich brauch ein Bier und einen Schnaps.«

»Oh, Kerle, du säufst dich noch zu Tode. Aber des einen Leid, des anderen Freud.«

Sie hob die Rechte und rieb Zeigefinger gegen Daumen.

Cäci löste ihre Mutter am »Sozialtisch«, wie sie ihn nannten, ab, stellte ein Herrengedeck vor Alfons ab, der selig lächelte, als er den Klaren rasch ergriff.

»Das nenne ich Service.«

Der Kopf zuckte in den Nacken, das leere Schnapsgläschen knallte auf den Tisch, die Rechte ging zum Bierkrug. Nur wenige Augenblicke und die Halbe war nur noch ein Viertel. Mit dem Handrücken fuhr er über den ungepflegten Bart, in dem sich der Schaum in weißen Bläschen gesammelt hatte. Ein Rülpser, ein wohliges Aaaah.

»Noch eine Halbe, Cäci!«

»Nicht so schnell. Soll ich wieder anschreiben, Fone? Oder willst du es abarbeiten?«

»Nein, ich bin flüssig, hä hä! Wann kommen denn die Motorradfahrer?«

Zum Beweis für seinen neuen Wohlstand zog er einen Fünfziger aus der Hosentasche und wedelte stolz damit. Cäci staunte.

Am Trampelpfad zur unteren Terrasse wackelte Korbi mit dem Radanhänger im Schlepp, um seine Zeitungs- und Brötchentour zu starten. Er winkte Alfons aus der Ferne freundlich zu. Dieser rief über die Tische hinweg:

»Lies die Zeitungen nicht leer, sonst gibt's kein Trinkgeld von den Campern, hä hä!«, scherzte er dem kleinen Mann lautstark zu. Korbi konterte keck über die leeren Stühle und Tische hinweg:

»Sauf du meiner Oma den *Goldenen Ochsen* nicht leer! Und von dir bekomm ich eh nie ein Trinkgeld!«

Stolz schwenkte Alfons den Fünfziger in Richtung Korbi und triumphierte:

»Heute schon, Korbi, heute gibt's Trinkgeld!«

Noch regierte die Heiterkeit in Friedas Revier.

4

Ein Frühschoppenidyll, das eine dramatische Wendung erfährt

Die schwarze Flotte knisterte ihren arhythmischen Hitzeblues in einer Reihe vor dem *Goldenen Ochsen* auf dem gekiesten Parkplatz. Die niedrig gehaltene Ligusterhecke erlaubte den Bikern vom Stammtisch aus lediglich einen Blick bis zur Taille der mächtigen Maschinen.

Cäci positionierte den Kessel mit den Weißwürsten vorsichtig auf einem Bastuntersetzer mittig auf dem Tisch.

»Brezeln und Butter kommen sofort.«

Im Abdrehen bekam ich einen liebevollen Klaps auf die Schultern. Ich fragte:

»Mit Annamirl und Korbi alles okay?«

Cäci nickte.

Ich ergänzte:

»Und Tizian muss mit der Milchlieferung auch bald hier sein, den hätten wir beinahe am Ortseingang umgefahren!«

»Oh, ist aber nichts passiert?«, besorgt schaute Cäci in die Runde.

»Nein, aber du weißt ja, wie der durch die Gegend wackelt. Hört nichts, sieht nichts, ist nur in seiner Welt.«

»Vielleicht war er auch nur übermüdet, der steht manchmal mitten in der Nacht auf, um die Milch abzuholen und den Lebensmittelautomaten zu bestücken. Auch wenn er nichts zu tun hat, geistert er durch die Gegend.«

Cäci zuckte mit den Schultern und ergänzte, nun ganz Psychologin:

»Er liebt seine Aufgaben, man muss ein bisschen für ihn mitdenken, dann klappt das schon. Ich seh ihn manchmal vom Dachfenster aus, wie er mit dem alten Kramer-Traktor seines Opas über die Kümmerle-Wiesen donnert. Den Führerschein hat er ja nie geschafft. Zu viele Handicaps … Wir müssen einfach froh sein, dass wir gesunde Kinder haben.«

Ich nickte zustimmend und fragte, um das Thema zu wechseln:

»Ist Annamirl Bonneville schon bei Hilde?«

Cäci verdrehte die Augen und schnaubte:

»Habe ich auch schon Mama gesagt! Sie liegt ganz allein im Ried, wird vermutlich gerade vom Killer-Biber angenagt und schreit sich die Seele aus dem Leib! Natürlich ist sie bei Hilde, wo denn sonst, wenn du die Morgensonne mit deinen Bikern *genießen* musst. Und außerdem: Nenn sie doch einfach Annamirl und lass Bonneville weg!«

Das saß. Ich erkannte die Vorwurfskommunikation.

»Sie heißt aber Annamirl Bonneville«, mahnte ich.

Cäci konterte:

»Noch ist sie nicht getauft!«

Im Abgang streckte Cäci den Zeigefinger ihrer Rechten mahnend in die Höhe. Frieda stemmte im Gegenverkehr vier Halbekrüge auf einmal an den Tisch:

»Das Wasser und das Flaschenbier kommen gleich!«, nickte sie mit strengem Unterton Goldi und Flaschen Gordon zu.

Blacky, einzige Frau unserer Biker-Gang, hob zwei Krüge kontrollierend gegen die steigende Sonne.

»Das müsste das Radler sein.«

Sie zog den Krug zu sich und blickte zum Kirchturm hoch.

»Wo bleibt denn Deo, der ist doch meistens der Erste?«

Sie ahmte seinen Dialekt nach, und als Schwarze war es ihr vorbehalten, Deo gegenüber politisch unkorrekt zu scherzen:

»Oh, ich bin gerada erst fünf Minuta da, die Frieda wollte, dass ich da Weißwürsta probiere, ob da Temperatur schtimmt und ob da Bier kalt genug ist.«

Wir lachten und prosteten uns, alle nun mit Getränken versehen, zu.

»Wenn man vom Teufel spricht …«

Das Gekreische eines hochdrehenden Zweitaktmotors kündete von der Ankunft unseres schwarzen Pfarrers Deodonatus Ngumbu. Mit blockierendem Hinterrad bremste er seine NSU-Quickly auf dem Kies ab und lehnte sie gegen die Ligusterhecke. Blacky hob zum Gruße die Faust und rief über die Hecke:

»Hi, Brotha, zu faul, die paar Meter zu laufen?«

Deo, der wie immer seine Dienstkleidung, eine schwarze Soutane, trug, strich sich über sein lockiges Haar, winkte lachend herüber und korrigierte:

»Sista, du musst wissa, ein Pfarra hat imma Dienst und ich muss nachher noch eina Krankakommunion für einas meina Schäflein ausfahra. Und morga ist da Erntadankfest und die Leute bringat jetzt noch Kübissa, Krautköpfa und den ganza Filafanz, das kann ma ja nicht nua vo da Alta schmeißa, das muss schön arrangiert werda. Dani, könntast du mia heute Mittag noch a bissale helfa? Ich nehm dia dann die Beichte umasonst ab!«

Ich nickte in sein schallendes Lachen hinein und klopfte demonstrativ auf meinen Kopf:

»Den Helm mal wieder vergessen?«

Der Geistliche blickte entsetzt, und zum Beweis für

seinen Seelsorgerstress kramte er eine Silberdose aus der Tiefe seiner Soutane und schwenkte sie über seinem Kopf.

»Was ist das, dein Schnupftabak? Ich hätte auch gern eine Prise!«

Mittlerweile hatte sich der mächtige Pfarrer vom Gartenwirtschaftseingang her genähert und grinste grüßend in die Runde.

»Das würde euch Gottlosa auch nicht schada, von wega Schnupfatabak, das ist der Leib des Herrn, da Hostie, die bringe ich eina kranka Frau. Ich werde ihr auch noch da Beichte abnehma. Das arme Gemeindamitglied kann leida nicht mehr am Gottesdienst teilnehma. So ist das Leba halt, die eina wollat und könnat nicht, die andara könnat und wollat nicht. Oooh, da weißa Wurscht sehat aber heute wieda mal fantastisch aus! Frieda, auch eina Halba, bitte!«

Goldi hob sein Wasserglas in Richtung des Geistlichen, mit der anderen Hand deutete er in Richtung des Zweitakters:

»Meinst du, ein Wasser wäre nicht besser, wenn du noch fahren musst?«

»Eina geht imma!«

Vom Sozialtisch kam eine weinerliche Nachfrage:

»Ich würde auch gerne auf euer Wohl anstoßen, aber man hat mir ja nichts gebracht!«

Alfons deutete auf das geleerte Gedeck. Und weil es gutes samstägliches Ritual war, luden wir Alki-Fone, wie wir ihn nannten, zu einem Frühstück mit Flüssigem ein, nicht ahnend, dass er unerwartet zu kleinem Wohlstand gekommen war. Mit der Auflage, dass er am Siechentisch blieb, spendierten wir aus der Vereinskasse Fone ein weiteres Gedeck, was wiederum Deo dazu animierte, eine der neutestamentlichen Perikopen wider das Ausgrenzen von ›besondara Menscha‹ zum Besten zu geben. Unseren Rat, sich zu Alki-Fone zu setzen, so wie sich Jesus dem Aussätzigen zugewandt hatte, wollte Deo dann doch nicht befolgen, vielmehr bedrängte er mich, um von seinen seelsorgerischen Pflichten abzulenken:

»Wie sieht es nun aus mit da Taufe? Da Annamirl Bonnavilla sollte endlich gatauft werda, und ich habe dir versprocha, dass ich gerne da Götte bin, wie bei Korbi. Eina bessera Taufpate wie mich findat ihr nicht.«

»Bitte, Deo, sage nicht Bonnavilla, das hört sich an wie eine Feriensiedlung. Meine Tochter heißt Bonneville, wie das legendäre englische Motorrad, das von 1956, das den Geschwindigkeitsrekord aufgestellt hat. Und mit der Taufe, das stimmt, da muss ich mit Cäci …«

Ich nickte, er hatte schon recht, unsere Tochter Annamirl Bonneville konnte keinen besseren Götte als Deo bekommen:

»Stimmt, dann wärst du Täufer und Taufpate!«

Und so nahm dieser Samstagsfrühschoppen seinen ungewöhnlichen Lauf.

Korbis Geschrei riss den Stammtisch aus dem weißwurstseligen Gleichgewicht. Das war kein kindliches Gequengel, das war Panik.

»Der Bilsner, der Bilsner, der …«

5

Der Korbi bemerkt, dass der Pilsner Eki was im Kopf hat

Korbi tat es gerne, er wusste, dass er es nicht musste. Es gefiel ihm aber, dass die Leute auf ihn warteten, eigentlich auf die Zeitung und die Brötchen. Ebenso bereitet ihm der Small Talk mit den unterschiedlichsten Gästen Freude. Natürlich war das Trinkgeld, das gelegentlich astronomisch hoch ausfiel, ein zusätzlicher Motivator. Auch gefiel ihm die Ordnung, die Reihenfolge, alles war durchschaubar und berechenbar. Platz um Platz konnte systematisch abgearbeitet werden.

Platz 1, am nächsten zur Gartenwirtschaft gelegen, hier rasteten zurzeit die Kapulskis. Zunächst hatte er etwas Schwierigkeiten mit dem Namen, da er nicht sonderlich schwäbisch klang. Aber der Papa hatte ihm dann erklärt, wo Gelsenkirchen ist, was der Ruhrpott ist, und Schalke kannte er natürlich vom Sport. Und Theo erklärte ihm stolz, dass er Platzwart auf Schalke sei.

Was glaubst du denn, wer für den tollen Rasen sorgt?

Anfänglich hatte Korbi den Theodor Kapulski gar nicht verstanden. Aber bald schon konnte sein Gehirn ihn ins Schwäbische übersetzen. Frau Kapulski durfte er Susi nennen, sie war ganz okay, nervte ihn jedoch mit ihrem Schmuse- und Streichelwahn.

Na, was bist du denn für ein schmuckes Kerlchen?

Das Problem bei den Kapulskis war eigentlich nur die Tochter. Schon der Name war für Korbi ein Problem, wie konnte man ein Kind nach einer Stadt benennen? Da war es deutlich einleuchtender, Korbinian T. Rex zu heißen, oder wie sein neues Schwesterchen, Annamirl Bonneville. Das waren ganz normale Namen. Aber nicht *Paris.* Paris war eine Stadt – basta! Außerdem war Paris eine echte Zicke, sie grüßte nicht, sie lachte nicht, sie spielte nicht, sie saß nur mit ihrem Handy da und tippte und wischte missmutig. In ihren Ohren trug sie ständig Stöpsel.

Cäci und der Papa meinten, sie sei in der Pubertät, und bald würde er auch dahin kommen. Korbi hoffte es nicht. Paris konnte ihn mal mit ihrer Pubertät.

Platz 2, das war seltsam, auf Platz 2 war gestern noch der lustige Herr Fink, auch ihn durfte er mit seinem Vornamen anreden, Friedhelm. Nun war er weg, mit seinem seltsamen, alten Wohnmobil. Komisch, vielleicht hatte er da etwas falsch verstanden. Die Brötchen würden an Papas Biker-Morninghasbroken-Stammtisch ihre Abnehmer finden und wenn nicht, die letzte Hoffnung war der Götte Deo. Die Mama nannte ihn, aber das durfte er nicht hören, *Mülleimer – der isst ja alles!* Auf jeden Fall musste er nachfragen, warum der Friedhelm abgereist war.

Platz 3 machte immer besonders viel Spaß, die lustige Dauer-Camperin, der lilafarbige VW-Bus mit den rosa Herzchen und der großen gelben Aufschrift *Brunetta Tower – Tanzästhetik und noch viel mehr zum Buchen.* In kleineren Buchstaben und schwarz war zu lesen: Auch online unter: brunettatowertanzästhetik-undnochvielmehr.de.

Für Korbi stellten sich viele Fragen, er bekam die unterschiedlichsten Antworten. Cäci, die Mama, meinte, *die ist schon viel zu lange hier, das ist einfach schlecht für das*

Geschäft und den guten Ruf. Dani, der Papa, wiederum sah sie als *ganz nette, exotische Attraktion auf dem Platz.* Seine Oma, Frieda: *Das ist eine Schlampe, aber gut fürs Geschäft.* Auf weitere Nachfragen bekam Korbi unbefriedigende Auskünfte. Aber die Brunetta war nett.

Platz 4 war schon seit zwei Tagen unbesetzt, was außergewöhnlich war.

Und auf Platz 5, dem Premium-Platz, wie seine Oma ihn nannte, standen ein schickes Wohnmobil und ein winziges Zelt. Hier nächtigte seit gestern auf Probe der Ortsvorsteher von Riedhagen, Eginbert Bilsner, den alle in Riedhagen nur Pilsner Eki nannten. Korbi hatte von Frieda die Anweisung, ihn besonders freundlich zu behandeln und ihn niemals mit seinem Spitznamen anzureden. Das sei sehr wichtig, es ginge um viel. Auf Korbis Nachfragen hieß es nur: *Das verstehst du noch nicht, den Stellplatz haben wir ihm zu verdanken, vielleicht wird da noch viel mehr daraus …*

Aber eins wusste Korbi, der Pilsner Eki war ein Arschloch, ein echtes sogar. Er gab kein Trinkgeld und nannte ihn immer: *Naduwonneproppen.* Und er musste ihm gestern ständig Bier bringen, auch wenn es nicht in seinen Zeitplan passte. Statt die paar Meter zur Gartenwirtschaft zu laufen, rief er mit seinem Handy in der Wirtschaft an und bestellte ein Bierchen nach dem anderen, später noch ein Sektchen für die Bruni, danach eine Vesperplatte mit der guten Leberwurst, *aber bitte für zwei, aber schnell, und noch eine Käseplatte, aber ohne Blauschimmel …* Und so ging das den ganzen Abend hin und her, und das ohne einen Cent Trinkgeld. Die Bruni drückte ihn zwar ein paar Mal zu sich ran: *Na, mein Hübscher, du bist ja unbezahlbar.* Doch der Bilsner wollte nur vor der Brunetta angeben, das wusste er. Aber das war ihm egal, am nächsten Morgen lag der Eki dann wieder bewusstlos im Zelt.

Und jetzt stand Korbi auf Befehl seiner Oma zuerst auf Platz 5, was er gar nicht leiden konnte, das Alphabet fing ja schließlich auch nicht bei Z an. *Geh zuerst zum Bilsner, das ist wichtig, der wollte geweckt werden, und nimm ihm noch das Fläschchen mit. Und wenn du ihn nicht wach bekommst, nimm ein bisschen kaltes Wasser.*

»Hallo, Herr Bilsner, ich soll Sie wecken, hallo, die Brötchen und die Zeitung, und von der Oma noch einen speziellen Gruß. Hallo, Herr Bilsner …«

Korbi stand etwas ratlos vor dem Zelt. Keine Reaktion aus der Stoffbehausung. Korbi blickte zur Lärche hoch, deren gelbe Nadeln im Kontrast zum Blau des Himmels standen. Immer noch kein Muckser aus dem Zelt. Der Reißverschluss war geöffnet, Herr Bilsners nackte, gelbliche Fußsohlen waren zu erkennen. Er hatte den Schlafsack wohl nur als Decke genutzt.

Korbi versuchte es etwas lauter, wollte aber die übrigen Gäste nicht stören:

»Hallo, Herr Bilsner, die Zeitung, die Brötchen, der Gruß von meiner Oma!«

Keine Reaktion aus dem Zelt. Der Herr Bilsner hatte wohl gestern Abend mal wieder zu viel getrunken, mit seiner Platznachbarin zusammen. Aber er wollte ja geweckt werden. Korbi kitzelte mit der aufgerollten Zeitung den Bilsner an den Füßen und zog am Schlafsack, der Blick auf den Kopf des Daliegenden wurde frei.

»Heilandsakrament«, stammelte Korbi.

Zuerst stand er wie vom Donner gerührt, dann, unter Missachtung des Ruhegebotes auf dem Platz, raste er wie ein geölter Blitz zur Gartenwirtschaft und schrie, so laut er konnte:

»Der Bilsner, der Bilsner, der hat was im Kopf!«

6

Der Pilsner Eki hat tatsächlich was im Kopf, es nützt ihm jedoch nichts

Korbis Stimme überschlug sich:

»Der Bilsner, der hat was im Kopf!«

Meine Jungs kommentierten, noch gelangweilt:

»Außer einem Rausch hat der noch nie was im Kopf gehabt!«

»Hei, da muss was sein, so kenn ich den Buben nicht!«

Auch Blacky, weiblich, sensibel, gab einen Kommentar ab:

»Mein Gott, der ist ja ganz durch den Wind, was ist denn mit Korbi los?«

Deo war aufgesprungen und lief mit ausgebreiteten Armen meinem Sohn entgegen, packte ihn im Lauf unter den Armen und hob ihn mühelos hoch:

»Was hast du denn, Korbi, ist dir da Leibhaftige begegnat?«

»Lass mich runter, der Bilsner, der hat was im Kopf!«

Ich war ebenfalls aufgesprungen und übernahm von Deo meinen heranstürmenden Sohn, dem das blanke Entsetzen im Gesicht stand.

»Was ist, Korbi? Beruhige dich! Was ist mit dem Bilsner?«

Korbi riss sich von mir los, drehte sich um und eilte in Richtung der Stellplätze, winkte uns, ihm zu folgen, nahm jedoch die Abkürzung durch die Sträucher, über den Hang, hin zur stolzen Lärche.

»Kommt schnell mit, der hat was im Kopf!«

Die Kommissarin, Frau Petra Krieger, tippte mit einem Kugelschreiber, der auch als Laserpointer missbraucht werden konnte, auf meine Brust:

»Bönle, Sie halten sich vor allem aus allem raus und den Mund und zu meiner Verfügung. Herr PKA Nedlich wird im Anschluss Ihre Campinggäste befragen. Ich kümmere mich um die Gäste der Gartenwirtschaft. Ihre Mutter erstellt mir eine Liste der Gäste, mit Adresse et cetera und allem Pipapo!«

Ihr blond gekrönter Kopf drehte sich bestätigend nickend zu Cäci und Frieda.

Das Zwetschgenmännchen neben ihr nickte zustimmend, wie der Mohr aus meiner Kindheit, dem man zur Adventszeit in der Kirche, vor der Krippe drapiert, Zehn-Pfennig-Stücke einwarf, um seinen Kopf dankend auf und ab zu bewegen. Der junge PKA Gilbert Nedlich schickte mir ein verdorrtes Grinsen, fuhr sich nachdenklich durch den spärlichen Dreitagebart und hob unauffällig, Blickkontakt mit mir suchend, den Mittelfinger und murmelte:

»Bönle, du hältst dich zur Verfügung.«

Ich konterte:

»Immer noch PKA?«

Ich blickte demonstrativ auf seinen Mittelfinger und dann deutlich tiefer.

»Was unten fehlt, nützt oben auch nichts!«

»Bönle, ich ... ich ... ich sag dir eins!«

Er kam mir ganz nahe, die Kommissarin stoppte ihn mit einem Griff auf seine Brust. Setzte ihn mit einer kurzen, ruckartigen Bewegung ihres Kopfes und einem eisigen Blick zurück auf seine Ausgangsposition. Ich fuhr mir durch das frisch rasierte Gesicht, streichelte meinen korrekt gestutzten Bart und hob ganz langsam meinen kleinen Finger. Der PKA baute Druck wie ein Sicomatic auf. Sein fahles Gesicht nahm einen pastösen Rotton an.

»Frau Bönle, soll ich einen Psychologen schicken, wegen des Jungen?«

Besorgt nickte die Kommissarin zu Cäci, die Korbi an der Hand hielt.

»Meine Frau ist Psychologin, außerdem hat Korbi schon Erfahrung mit Leichen, äh, Leichenteilen. Sie erinnern sich? Sie sollten besser einen Psychologen zu Ihrem PKA schicken, der hätte es nötiger. Korbi ist ein echter Bönle, er ist stabil, aber Ihr PKA, der hätte ...«

Die Kommissarin stotterte:

»Lassen Sie das Geschwätz, Bönle! Sorry, hatte vergessen, dass Ihre Frau Psychologin ist. Ist ja schon ein heftiger Anblick für ein Kind, aber Ihre Frau, die wird das schon regeln. Und den zweiten Teil Ihres Satzes vergessen wir. Herr Nedlich, haben Sie die Spusi schon angefordert?«

Der PKA Nedlich schäumte vor Zorn, nun hochroten Kopfes fummelte er am Handy herum und gab sich geschäftig. Noch einmal, vermutlich eine Übersprungshandlung, warf er einen Blick ins Zelt, schüttelte ungläubig den Kopf und bemerkte:

»Das mit der Hand des Opfers sieht schon komisch aus.«

Auch für mich und all diejenigen, die ins Zelt geschaut hatten, war es kein alltäglicher Anblick, denn unser Ortsvorsteher, der Eginbert Bilsner, hatte nicht nur etwas an der Hand, er hatte tatsächlich etwas im Kopf.

»Also, lassen Sie mich noch einmal zusammenfassen: Der Tote ist Eginbert Bilsner und ist wohnhaft hier in Riedhagen. Er ist der Ortsvorsteher von Riedhagen, arbeitet aber auch als Koch am Bodensee. Seinen Urlaub wollte er vom Dienstag bis zum kommenden Sonntag auf dem Stellplatz 5 verbringen. Ist das richtig so?«

Dreimaliges Kopfnicken.

Für die Befragungen wollte die Kommissarin einen eigenen Raum. Dazu hatten wir die Gruselkammer des *Goldenen Ochsen* aufgesucht, das ehemalige Jagdzimmer von Friedas Mann und somit Cäcis verstorbenem Vater. In diesem Zimmer hingen an den Wänden verstaubte Präparate oder Teile von ehemaligen Lebewesen, meist Köpfe. Nun verbreiteten sie ihren morbiden Charme nahezu unbemerkt. Die Zeit der großen Hochzeiten war vorbei. Und Scheidungen wurden ungern in großen Sälen mit ausgestopften Tieren gefeiert. Auch die Zeit der großen Taufen war vorbei, da alleinerziehende, esoterisch versaute, oberschwäbische Mütter, die eine bunte Hindu-Gottheit aus Kunststoff in ihrem Garten stehen hatten, sich gerne mal einen dunklen Henna-Punkt auf die Stirn pinselten, an die Kraft der Bäume glaubten und wussten, dass die Katholischen sowieso alle nur pädophil waren, ihre Kinder lieber in einem Mondscheinritual an einem Quellbach mit ihren Freundinnen selbst tauften, während ihre Exmänner, die sich löblicherweise von ihnen schon längst getrennt hatten und mit einer Thai, die man aus einem Urlaub mitbrachte, problemfrei zusammenlebten, sich dem Suff hingaben – verständlicherweise.

»Und der Zweck des Campens auf dem Stellplatz, wenn ich das richtig verstanden habe, war ein sogenanntes Probecampen seitens des Herrn Bilsner, um eine Erweiterung des Stellplatzes zu diskutieren oder einen Ausbau zum Campingplatz anzudenken? Ist das ebenfalls richtig?«

Dreimaliges Kopfnicken.

»Und es ist ebenfalls richtig, dass das Grundstück, in der Verlängerung Ihres Stellplatzes, entlang der Straße bis hin zum Naturschutzgebiet Herrn Bilsner gehört und an Ihr Grundstück, von hier aus gesehen links, grenzt, das mit dem Bönle-Haus und dem Haus von Frau Hilde Knaus, Ihrer Nachbarin, endet?«

Cäci und ich nickten. Frieda stimmte ebenfalls zu und ergänzte:

»Das Grundstück von Frau Knaus endet mit ihrer Lama-Weide und dem Stall für die Tiere. Die Hilde Knaus züchtet nämlich Lamas. Lehrerin, die haben Zeit für so was!«

»Und das Stück rechts, entlang der Straße, könnte man das als Campingplatz nutzen?«

Frieda schaute nachdenklich.

»Prinzipiell schon, es läge an der Straße, die Erschließung wäre in Ortsnähe kein Problem. Aber ich weiß nicht, es wäre schon recht nahe am Naturschutzgebiet. Und die Riedhagener sind gespalten. Einerseits bringt der Tourismus Geld, andererseits verändert das einiges.«

Die Kommissarin resümierte weiter:

»Und es ist also richtig, dass das Opfer hier campte, um mit Zelt und Wohnmobil das Campen – wie soll ich sagen – zu testen? Auch wenn ich mich wiederhole: Herr Bilsner war hier zum Probecampen, um eine Vorstellung zu bekommen, wie die Örtlichkeiten sind? Und wie Sie sagten, oder besser, wie im Ort gemunkelt wird, auf seinem Grundstück, der Straße entlang, selbst einen Camping- oder Stellplatz, in Konkurrenz zu Ihrem Stellplatz zu errichten?«

Dreimaliges Nicken.

»Und auf den Plätzen 2 und 4, da war niemand?«

Die Blonde deutete durch das Fenster in Richtung der Stellplätze.

Frieda strich sich nachdenklich über ihre Kittelschürze, kratzte sich an der Schläfe, fuhr sich über das Kinn:

»Das ist schon sehr merkwürdig. Der Vierer, da war niemand, der ist schon seit Tagen unbesetzt, aber der Zweier, der war besetzt. Der muss gestern Abend oder heute Nacht abgefahren sein, der mit dem alten Hanomag-Mobil. Das Geld war in einem Umschlag im Briefkasten gelegen. Und wenn die Camper nach unten zur Straße hin rausfahren, dann merken wir das oben an der Rezeption nicht. Aber komisch ist das schon, dass der Fink so sang- und klanglos abgehauen ist.«

Die eifrige Kommissarin blickte zu Cäci und Frieda:

»Die Anmeldebögen, die brauche ich schnellstmöglich. Wie hieß der auf dem Zweier noch mal?«

»Fink, Friedhelm Fink, war ein Stuttgarter Autokennzeichen, habe ich alles oben. Auffällig war sein altes Wohnmobil, so ein Eigenbau auf Hanomag-Basis«, erklärte Frieda.

Ich staunte über Friedas Fachkompetenz.

»Können Sie mir nun die *Dame* von Platz 3 vorbeibringen? Wie war noch mal ihr Name, stand doch groß mit Telefonnummer auf dem Bus?«

Höflich nickte die attraktive Kommissarin in meine Richtung.

»Äh, ich denke, das ist eher so eine Art Künstlername, denke ich. Tower, Brunetta Tower.«

Die Kommissarin grinste süffisant:

»Schöner Name für einen Pornostar.«

Ich mimte den Erstaunten:

»Ach, das dachte ich nicht, dass Sie sich auch in diesem Genre auskennen.«

Sie winkte ab und befahl:

»Bönle, lassen Sie das, holen Sie mir die Dame und zwar flott. Sie sind nun entlassen, halten Sie sich aber bitte in den nächsten Tagen für Einzelbefragungen bereit.«

Mit einer kecken Handbewegung scheuchte sie uns aus der Gruselkammer.

Ich holte, wie befohlen, der engagierten Kommissarin die *Dame* von Platz 3. Diese saß mit einem Sektchen vor ihrem lilafarbenen VW-Bus mit den rosa Herzchen und der gelben Aufschrift, aus einem Bluetooth-Lautsprecher jammerte ein Barde, Tränen würden nicht lügen.

Mit den Frenchnails fuhr sie sich theatralisch unter die Augen und hauchte:

»Das ist ja sooo scary, der war so nett, der Egi… und jetzt … Wer tut denn so was Böses, das muss doch …«

Sie brachte den Satz nicht zu Ende, leerte ihr Glas mit einer gekonnten Hand-, Kopf- und Schluckbewegung und folgte mir brav bis zum Befragungszimmer. Ich erwähnte aus Gründen des Respekts gegenüber dem Aufgespießten nicht, dass wir Eginbert Pilsner nicht liebevoll *Egi* nannten, sondern *Eki*.

Brunetta Tower blieb in der Tür zur Gruselkammer stehen und war begeistert, wieder gingen die lila Fingernägel Richtung Gesicht:

»Auemtschiii, das ist ja geiiil, die vielen Tiere! Waren die alle einmal echt?«

Ich nickte und ließ die beiden Schönen und das Zwetschgenmännchen allein.

Die Kommissarin arbeitete eifrig, sie hatte die Aufnahmefunktion ihres Handys gestartet, obwohl PKA Nedlich analoge Notizen anfertigte.

Und so ging es im Jagdzimmer noch lange hin und her. Auch meine Gang wurde befragt. Niemand schien zu bemerken, dass Alki-Fone verschwunden war.

Auf dem Stellplatz, auf der Wiese zum Ried hin und in der Gartenwirtschaft geisterten noch lange Männchen und Weibchen in Weiß herum. Sie trugen Aluköfferchen, Kameras und andere nützliche Utensilien der Spurensicherung. Vor allem um das kleine Zelt herum verrichteten sie gewissenhaft und in routinierter Ruhe ihre Arbeit.

Ich warf noch einmal einen abschließenden Blick in Bilsners Zelt, das neben seinem Womo aufgestellt war. Zwei Herren der Spusi waren gerade dabei, indem einer von ihnen den Kopf des Getöteten mit seinen behandschuhten Händen fixierte und ein anderer mit einem Zimmermannshammer, den er sich aus meiner Werkstatt geliehen hatte, da so etwas nicht zur Standardausstattung der Spusi gehörte, den Metallhering aus Bilsners

Kopf herauszuziehen, mit dem er auf dem Boden festgenagelt war.

Korbi hatte schon recht, der Bilsner hatte was im Kopf.

7

Alki-Fone fehlt, und es wäre beinahe nicht aufgefallen

Nachdem die Aufregung und auch die letzten Dunstschlieren über dem Ried verschwunden waren, auch die Kommissarin und ihr getreuer PKA den Rückzug angetreten hatten, nur noch ein paar wenige weiße KTUler und Pressefritzen herumgeisterten, gingen wir wieder unserem, nun verlängerten Frühschoppen nach. Von allen Tischen, die mittlerweile mit Spaziergängern, Herbsttouristen und regionalen Gelegenheitsalkoholikern besetzt waren, bemerkte man aufgeregtes Getuschel und ungläubiges Kopfschütteln. Wortfetzen wie: *Saumäßig brutal; Jetzt bist nicht einmal mehr beim Camping sicher; Das muss ein verrückter Mann gewesen sein, so was macht keine Frau; So einer gehört ins Irrenhaus; Früher gab es so etwas nicht …* sorgten für ein Ab- und Anschwellen der Biergarten-Diskussion.

Wir Stammtischler sinnierten über die Befragungstechnik und andere Qualitäten der Kommissarin. Vor allem unser Flaschen Gordon, der getrennt von seiner Frau lebte, war von minnenorientierter Bewunderung für die blonde Ermittlungsbeamtin. Mit einem hörbaren *Plopp* zog er das Bierfläschchen von den gierigen Lippen:

»Welch Wuchs, Respekt, und die ist doch bestimmt schon über 40. Sehr gepflegtes Äußeres. Ja ja, wie schon die alten Römer wussten: *Pulchra mulier nuda erit quam purpurata pulchrior!*«

»Hääääääa?«, tönte es mehrkehlig aus der Runde.

»Das war Lateinisch!«

Deo schlug mit der flachen Hand auf den Tisch und schimpfte:

»Aba bitte, Gordon, lass das, du bist nicht da Einzige am Tisch, der Latein beherrscht, und außadem, es sind noch Kinda am Tisch! Da Korbi möchte so was Unanständiges nicht höra, ich übrigens ebafalls nicht!«

»Papa, was hat der Gordon gesagt? Du hast doch in der Schule auch Latein lernen müssen!«

»Ähm, das heißt eigentlich nur: *Eine schöne Frau wird nackt schöner sein als in Purpur gekleidet.*«

»Papa, was ist Purpur?«

»Äh, wie soll ich das erklären? Der Papa, der hat doch viele Schallplatten, auch die von Deep Purple, mit Ian Gillan, Jon Lord, Roger Glover, Ian Paice und dem Wahnsinnsgitarristen Ritchie Black.«

»Papa, ich will nur wissen, was Purpur ist!«

»Okay, Korbi, Purple heißt Lila oder Violett, also die Farbe, und die war früher sehr kostbar, die hatte man aus der Purpurschnecke hergestellt und das war nicht sehr einfach, da …«

Mein Sohn kratzte sich kurz am Kopf und fragte neugierig:

»So lila wie der VW-Bus von der Brunetta? Und danke Papa, das reicht mit den Erklärungen, ich habe das mit der Schnecke schon begriffen. Aber Deo, warum regst du dich dann so auf, wenn der Gordon das erklärt?«

Mein aufgeweckter Sohn blickte verständnislos zu seinem Götte und hakte nach:

»Was ist da so schlimm dran? Wenn die Mama zum Papa abends ins Bett kommt, dann …«

»Ist gut, Korbi, geh jetzt zur Oma, die hat ein Eisle für dich! Bestimmt sogar ein Erdbeer…«

Meine alberne Bande grölte und lachte und forderte Korbinian auf, weiterzuerzählen. Ich unterband diesen Unsinn mit der Autorität meines Amtes als Präsident und schickte meinen Sohn mit ausgestrecktem Arm und Zeigefinger zur Eistruhe, die unter einem blau-weiß gestreiften Sonnenschirm im Eingangsbereich brummend und kondensierend vor der Gaststätte stand. Außerdem erinnerte ich die pietätlose Truppe, im Angesicht des Todes eines Bekannten mehr Contenance zu bewahren.

Gesicht, Flaschen-Gordon und Joe, die aus unterschiedlichsten Gründen immer noch oder schon wieder ohne Partnerinnen waren, nahmen ihr vorheriges Thema wieder auf und diskutierten und spekulierten über den unbekannten Beziehungsstatus der Kommissarin. Goldi, unser Jurist und Vegetarier, saß neben der Polizeisekretärin Blacky. Sie hielt sein Händchen, sie waren seit kurzem ein Paar – und ein echter Hingucker. Der Blondgelockte mit dem langen Haar, die Schwarze mit den kurzen Haaren. Beide waren sie mit ihren Berufen ein Zugewinn für die Gang. Goldi bot rechtlichen Beistand, Blacky sorgte für Informationen, deren Beschaffung ohne sie deutlich aufwändiger gewesen wäre.

»Eigentlich wäre es wichtiger zu wissen, wer als Täter in Frage kommt, als über die Qualitäten der Kommissarin zu diskutieren, meint ihr nicht auch?«

Ich blickte auffordernd in die Runde.

»Oder Täterin«, ergänzte Flaschen Gordon, der als sensibler Gymnasiallehrer besonders politisch korrekt sein musste.

»Oh, Gordon, unterlasse bitte in meiner Anwesenheit den Gender-Scheiß, wenn ich Täter sage, ist mir und euch hoffentlich klar, dass ich Frauen nicht ausschließe. Wenn Frieda hier Gäste hat, ist ja auch jedem klar, dass diese weiblichen *und* männlichen Geschlechts sein können und nicht nur ausschließlich Männer oder ausschließlich Frauen anwesend sind. Und außerdem hört sich Gästinnen fürchterlich an. Zudem hasse ich es, mir von irgendwelchen politischen Wirrköpfen, die selbst zwischen schwul, lesbisch, transgendrisch und queer herummäandern, vorschreiben zu lassen, wie ich zu reden habe. Nichtbiologen, in Form von grenzdebilen Politiker…innen, die mir erzählen wollen, dass es auf einmal ein drittes Geschlecht gibt! Wann kommt dann das vierte oder fünfte? Muss Frieda dann für ihre Gäste außer einer Damen- und Herrentoilette noch eine Transentoilette aufstellen, oder noch weitere für die, die sich in einem Männerkörper als Frau fühlen und noch eine für diejenigen, die sich in einem Frauenkörper als Mann fühlen, oder müssen die, die sich in einem Männerkörper als Frau fühlen auf die Damentoilette … Was dann, wenn die Damen, die sich in einem Frauenkörper geboren als Frau fühlen, wenn sie nicht wissen, dass der, der gerade ins Klo kommt, ein Mann ist, der sich als

Frau fühlt, was dann? Oder wenn die Frau, die sich als Mann fühlt, in die Herrentoilette kommt? Okay, das gibt vielleicht weniger Probleme, ist ja auf Volksfesten schon fester Brauch, wenn die Damentoiletten überfüllt sind.«

Ich hatte mich ordentlich in Rage geredet, da in letzter Zeit, vermutlich altersbedingt, in mir immer mehr das Gefühl hochkam, von Wirrköpfen umgeben zu sein, und so wetterte ich weiter:

»Oder findet ihr es tatsächlich gut, dass spezielle Politclowns und vor allem Politclowninnen, die unser Land in kürzester Zeit weltweit der Lächerlichkeit preisgegeben haben, anscheinend keine dringlicheren Probleme haben, als Jugendlichen und Kindern zu suggerieren, sie könnten sich ihr Geschlecht frei aussuchen?«

Flaschen Gordon, der sich angegriffen fühlte, streckte wie ein Pennäler seine Hand in die Höhe, um sich zu melden:

»Herr Präsident, kannst du präzisieren, was du denn mit, ich zitiere, *Politclowninnen* meinst?«

»Ja, das kann ich sehr wohl. Da meine ich an erster Stelle die Kriegsministerinnen, die wissen ja nicht einmal, wie ein Panzer funktioniert! Die weibliche Variante dieser ehemaligen Männerdomäne schafft es ja nicht einmal, die Armee mit Winterunterwäsche auszustatten! Vielleicht hat sie für unsere mixed Army keine frotteegefütterten Tangas gefunden!«

Gordon war aufgestanden und drohte:

»Ich denke, es reicht, ein bisschen mehr Toleranz hätte ich von dir als Präsi schon erwartet!«

Er setzte sich wieder, nahm einen tiefen Frustrationsschluck aus seinem Bierfläschchen. Ich konterte noch einmal, da ich als Präsident gerne das letzte Wort hatte:

»Toleranz ist wichtig, aber diese Pseudotoleranz, speziell in unserer Gesellschaft, geht mir auf den Wecker. In einem Land, in dem die Frauen für die gleiche Arbeit immer noch weniger verdienen als Männer. Eine gendergerechte Sprache einführen zu wollen, grenzt an Zynismus, das ist eine Schande hoch zehn!«

Verhaltener Applaus am Tisch.

Deo, der als Geistlicher die Harmonie und Gemütlichkeit des Frühschoppens schätzte, hob die Hand, um sich zu Wort zu melden, und unterbrach meinen Redefluss:

»Sollta mir nicht mal darüba reda, was mit da Herr Bilsner passiert ist? Vielleicht hat irgendjemand was mitbekomma? Und Dani, du musst a bissale deine Sprache reflektiera, deine Kinder solla doch nicht mit so eina derba Sprache aufwachsa!«

Die Übrigen nickten und klopften bestätigend auf den Tisch. Bevor ich etwas Passendes sagen konnte, gesellte sich Korbi mit einem Waffeleis wieder zu uns:

»Papa, es gab kein Erdbeereis mehr, jetzt hab ich Fürst Pückler genommen, da ist auch Erdbeere drin! Und sogar Schoko und Vanille. Das ist eigentlich ganz praktisch, da braucht man nicht so viel kaufen. Ich hab das sogar selbst bezahlt.«

»Wo hast du das Geld her?«

Korbi kramte als Antwort tief in der Hosentasche, ein paar Münzen fielen auf den gekiesten Boden, stolz wedelte er mit einem 20-Euro-Schein und strahlte, nach Anerkennung heischend, in die Runde, bückte sich geschwind, um das Münzgeld aus dem Kies zu fischen. Ich wiederholte meine Frage:

»Wo ist das Geld her, Korbi?«

»Trinkgeld!«

»So viel?«

»Ja!«

»Von wem hast du das?«

Korbi blickte zum verwaisten Sozialtisch und freute sich:

»Vom Fone, der hat mir 20 Euro gegeben, aber der war schon wieder ganz schön betrunken.«

»Und von wem ist das Münzgeld?«

»Von der Brunetta und vom Herr Kapulski, vom Theo, für den guten Service.«

Stolz grinste mich Korbi an.

Blacky ließ ihren Blick schweifen und nickte in Richtung Sozialtisch:

»Wo ist der überhaupt abgeblieben, der Fone?«

Alle blickten erstaunt zum Tisch ohne Gast. Blacky ergänzte:

»Das ist doch seltsam. Der Alki-Fone, der sitzt doch sonst von morgens früh bis abends spät und lässt sich aushalten. Und der hat dir 20 Euro Trinkgeld gegeben? Der hat doch sonst nie Geld, das ist aber seltsam.«

Blacky hatte sich Korbi geschnappt, sie nötigte den Widerborstigen, sich auf ihren Schoß zu setzen.

»He, junger Mann, bist du dir sicher, dass der Schein vom Fone ist?«

Sie zog ihm den Schein aus der Hand und wedelte damit vor Korbis Nase herum. Korbi wurde ärgerlich, entriss Blacky wiederum das Trinkgeld und entwand sich ihrer Umarmung.

»Klar ist der vom Fone, der hat sogar einen ganz dicken Geldbeutel gehabt mit noch viel mehr drin!«

8

Ein Kommen und Gehen am Stammtisch

Ein herbstlich kühles Lüftchen verdrängte die angenehme, trockene Wärme des Nachmittags. Gelbliche Birkenblätter zitterten an den Ästen und gaukelten schließlich auf den Boden, die nahe Lärche am Stellplatz, obwohl ein Kieferngewächs, warf etliche ihrer ebenfalls gelben Nadeln ab. Die Blätter der Streuobstbäume hin zum Naturschutzgebiet verfärbten sich nach dem Malkastenprinzip. Grün, Braun, Gelb, Orange und Rot konkurrierten miteinander.

Über den tiefer liegenden Weiden machte sich ein heller Schleier wie ein hauchdünnes Seidentuch bemerkbar. Bald schon würde er sich zu einem weißen Nebel über den Weiden formatieren und gemächlich höher steigen. Dann würden die Gäste ins Innere der urigen Wirtschaft drängen.

Die Frauen im Biergarten des *Goldenen Ochsen* zogen sich, den Oberkörper demonstrativ schüttelnd, Strickjäckchen über. Männer demonstrierten dagegen in T-Shirts oder mit hochgerollten Hemdsärmeln, dass sie nie froren – eine Gänsehaut strafte sie Lügen. Der Biergarten war bis auf den letzten Tisch besetzt. Doch noch war es nicht so weit, dass die Gäste, wie auf ein geheimes Kommando hin, kumulativ der Frische des Abends entflohen und in die gemütliche Wärme im Inneren der Gastwirtschaft pilgerten.

Vielleicht war es nicht nur dem Wetter geschuldet, dass die Gäste länger im Außenbereich saßen und hitzig diskutierten. Auch am Stammtisch, der unter normalen Gegebenheiten längst aufgelöst wäre und durch wander-, trink- und riedfreudige Menschen ersetzt, wurde gemutmaßt, widersprochen und getratscht. Und am Rund des Stammtisches wurde es immer enger.

Die fesche Brunetta stand plötzlich da, ganz mit Stil und einer lila Wolldecke um die zarten Schultern, jedoch darauf achtend, dass genug der langen Beine sichtbar war. Nur wenige Sekunden später, vermutlich weibliches, intuitives Schwarmverhalten, tauchten meine Nachbarin Hilde und kurz danach Schaki, eine gute Freundin und weibliches Ehrenmitglied der Gang, auf.

Und was besonders schön war, eine weitere Dame gab uns die Ehre ihrer Präsenz, nämlich der jüngste Spross der Familie Bönle, der zappelnd im rosaroten Strampler in Hildes Armen hing: Annamirl Bonneville. Die hellen, wachen Äuglein machten die Runde, hakten beim Papa ein, ich streckte die Hände aus, platzierte sie auf meinem Schoß, und schon war sie der Mittelpunkt, vor allem bei den übrigen Damen am Tisch. Sie streckten alle die Hände aus: *Ich will sie auch mal haben* und kämpften gegen einen Spontanmilcheinschuss an. Und so machte meine Tochter Runde um Runde am Tisch. Deshalb war ich etwas von den Vaterpflichten entlastet und konnte mich wieder dem Hauptthema des Abends widmen. Aufmerksam lauschte ich der ungeordneten Diskussion.

»Ich habe die Polizeisirenen gehört, die Richtung Dorf unterwegs waren«, erklärte Schaki.

»Ich habe die Polizisten gesehen, die das Gelände inspiziert haben, mit dem Fernglas«, gestand meine Nachbarin Hilde.

»Und *Polizistinnen*«, murmelte der gekränkte Flaschen Gordon.

»Ich habe den Egi gesehen, der war tot«, überbot Brunetta die beiden Geschlechtsgenossinnen und packte mich an der linken Schulter.

»Mach mal Platz!«

Brunetta zwängte sich auf meiner linken Seite zwischen Deo und mich, Flaschen Gordon schien enttäuscht. Hilde wiederum zwängte sich auf meiner rechten Seite zwischen Goldi und mich, Flaschen Gordon nahm einen tiefen Schluck aus dem Fläschchen – Übersprungshandlung. Schaki inspizierte kurz die Runde und drückte sich zwischen Blacky und Joe. Flaschen Gordon und Gesicht zuckten kaum merkbar mit den Schultern. Joe versuchte stolz mit Schaki anzustoßen:

»Zum Wohl, auf die Damen!«

Die Damen hoben ratlos ihre Hände, da sie noch nichts zu trinken bestellt hatten.

Peinliches Geräuspere am Tisch, vor allem Deo versuchte etwas von Brunetta wegzurutschen, um den Schulterschluss mit der *Dame* zu verringern.

»Keine Angst, Deolein, ich tu *dir* nichts!«

Sie lehnte demonstrativ den Kopf an *meine* Schulter, was wiederum Hilde missfiel und vor allem meiner Gattin, die just in diesem Augenblick mit einer neuen Runde frischgezapftem Walder und einem Fläschchen anrückte. Cäci, ganz im Gattinnen-Modus, zwängte das Tablett mit den begehrten Flüssigkeiten zwischen Hilde und mir auf den runden Tisch und zischte mir dabei ins rechte Ohr:

»Was will denn die lila Kuh an eurem Stammtisch?«

Ich zuckte mit den Schultern und murmelte kaum hörbar etwas von *Toleranz*.

»Merkst du nicht, wie peinlich das Deo ist?«

Ich flüsterte zurück:

»Perikope: Jesus und die Sünderin.«

Ich bekam einen Stoß in die Rippen, Cäci nun mit Lautstärke und professioneller Freundlichkeit:

»Was darf es denn für die Ladys sein?«

»Für mich ein Sektchen!«

»Und für mich ein Bier!«

Brunetta überlegte kurz:

»Und für mich ein Lillet!«

Sie sprach Lillet, wie man es schreibt und mit zwei »t« am Schluss. Meine Gattin nickte freundlich zu Brunetta:

»Das passt!«

Brunetta blickte ratlos in die Runde:

»Wie meint sie das?«

Und wieder Geräuspere.

Das Gespräch am Tisch wurde dann bald zum Geschrei am Tisch, da jeder seine Theorie zum Tode von Eginbert Bilsner lautstark kundtat.

Gesicht, unser Fitnessstudioinhaber, war der Meinung, dass der Täter *vermutlich* sehr durchtrainiert war, da man sehr viel Kraft braucht, um einen Schädel mit einem Zelthering zu durchschlagen. *Vermutlich* habe der Täter den Hering sogar mit bloßen Fäusten in den Schädel gerammt, und da bräuchte man ungeheure Kraft, dass der Hering auf der anderen Seite wieder rauskommt und sogar noch im Boden steckt.

Flaschen Gordon, Latein- und Sportlehrer, war sich sicher, dass der Täter nicht in Intellektuellenkreisen zu suchen sei, da Intellektuelle subtiler vorgegangen wären, nicht so brutal. »Ihr wisst ja, wo das Wort brutal herkommt? Auch du, mein Sohn Brutus?«

Joe, unser frustrierter Hausmann und Witwer, verstieg

sich zur Theorie: »Lacht jetzt nicht, ich kenn mich da zwar nicht so aus, aber ich würde Suizid nicht sofort ausschließen. Der Mensch ist zu mehr fähig, als man denkt.«

Schaki, die als Metzgereifachverkäuferin ihr Geld verdiente und schon viel an Elend im Kontext ihrer eigenen Familie erfahren musste, sinnierte kopfschüttelnd, man könne zu diesem Zeitpunkt gar nichts sagen, jeder könnte Täter sein, auch eine Frau.

Blacky, die Polizeisekretärin, vermutete persönliche Motive, auch ein ritueller Hintergrund könnte mit dieser Tötungsart möglich sein.

Goldi, unser blond gelockter Jurist und Vegetarier mit Schwerpunkt Verkehrsrecht, meinte, zum jetzigen Zeitpunkt sei alles rein spekulativ, er könne sich bedingungslos der Aussage Blackys anschließen.

Hilde, die sportive Grundschullehrerin und Lama-Züchterin, verwies darauf, dass nicht alles zwischen Himmel und Erde erklärbar sei, das fürchterliche Geschehen mystische Züge hätte und im Ried immer schon andere Mächte, auch unerklärliche Mächte der Natur mitspielten.

Deo, unser geistlicher Beistand und Götte Korbis, dessen Geburtsort Nairobi war, fuchtelte mit Händen, groß wie Klodeckel, und versuchte es mit Exegese. Man könne selbst aus der fürchterlichsten Tat etwas »lerna« und Gottes Wege seien »unagründlich«. Auch in der »Bibal« fände man »Grausamkeita und Scheußlichkeita«.

Abschließend, da ich mich jeglichen Kommentars enthielt, philosophierte Brunetta, dass der Egi so süß sei, gewesen sei.

Die Spekulationen wurden wilder und wilder, und wieder stand die Frage nach Alki-Fone und seinem plötzlichen Verschwinden im Vordergrund. Korbi, der sich von

Tisch zu Tisch durchschlug und immer wieder, sofern es seine Lust erlaubte, der Mama oder seiner Oma half, siedelte sich gerne wieder auf Blackys Schoß an und erzählte noch einmal voller Stolz seine Trinkgeld-Geschichte. Cäci, die gerade eine weitere Runde an Getränken lieferte, hörte erstaunt den Erzählungen ihres Sprösslings zu:

»Was, du hast auch Trinkgeld vom Fone bekommen? Ich auch! Ich hatte mich noch gewundert, wo er den dicken Geldbeutel herhatte. Er meinte nur, *der Herr hätte Einsehen mit einer armen Kreatur gehabt.* Und ich habe dann nicht weiter nachgefragt, mich nur gewundert. Ich kann mich doch nicht um alles kümmern. Ich muss ja schließlich arbeiten und habe keine Zeit, nur herumzulungern.«

Der letzte Teil des Satzes war eindeutig an mich gerichtet.

Ich musste unbedingt mit dem Alki-Fone Kontakt aufnehmen, da stimmte irgendetwas nicht mit seinem neuen Reichtum.

9

Deo und die unheimliche Krankenkommunion bei Hedwig Henke

Deo blickte kurz gen Himmel, startete mit einem kräftigen Fußtritt seine Quickly, versicherte sich mit tatschenden Händen, dass er seine Krankenkommunion, die er dem Tabernakel in Form einer geweihten Hostie, der Reliquia Sacramenta, entnommen, auch eingesteckt hatte, und murmelte, ein weiteres Mal gen Himmel schauend, wo er den *Vater* wähnte:

»Vagib mir Herr, ich weiß, ich bin auch nur ein Sünda, aba bei meina Körpafülle sind vier Bierle nicht zu viel, und da Sturzhelm habe ich vergessa, oh Herr, aba er liegt ganz nahe bei dir, neba da Tabernakal!«

Auch den Tabernakel über dem Altar hielt er für einen der legitimen Aufenthaltsorte des *Herrn.*

Der kreischende Klang der einzylindrigen Zweitaktmaschine war noch lange in der kleinen Ortschaft zu hören, die bläuliche Dunstfahne noch lange zu sehen und das Benzin-Ölgemisch noch lange zu riechen. Deo verstand es einfach: Fast alle Sinne wurden verwöhnt.

Hedwig Henke lag schlafend in ihrem Eichenholzbett. Sie wirkte zierlich im großen Doppelbett mit dem geschwungenen Kopfteil, das mit christlicher Schnitzsymbolik versehen war. Als Halbrelief war ein Herz zu erkennen, in dem ein Pfeil steckte, gekränzt war es mit Dornen, oben im Herz schien ein flammenumzüngeltes Kreuz zu stecken. Der kleine Raum im Dachgeschoss des alten Bauernhauses wurde noch kleiner durch das mächtige Bild über dem Kopfteil des massiven Bettes. Auch es war zweifelsohne dem christlichen Kontext zuzuordnen. Aus einem barocken, goldfarbenen Stuckrahmen heraus dominierte eine Jesusfigur den Raum und wachte über die Schlafende. Jesus im beigen Gewand, mit einem glänzend blauen Schultertuch, schien, den rechten Fuß nach vorne gesetzt, aus dem Bild hinauszuschweben. Seine rechte Hand war zum segnenden Gruß erhoben, die linke deutete zur Brust, die dasselbe Motiv wie das Kopfende des Bettes zierte, nur in Farbe. Ein flammendes Herz. Auch die Frisur dessen, der eigentlich gar keine Religion gründen wollte, da er davon ausging, dass das ganze irdische Geraffel eh zusammenbrach, war sehenswert. Jesus musste aus den 70ern stammen. Seine Haarpracht konnte man getrost als Hippiematte bezeichnen und erinnerte an die Lockenpracht des jungen Roger Daltrey, als er vom Pinball-Wizard sang.

Deo sah das alles mit Wohlgefallen und schlich auf Zehenspitzen zu der, die er sowieso aufwecken würde. Sanft berührte er eine der über die Bettdecke gefalteten runzeligen Hände, die mit vielen dunklen Flecken übersät war. Zwischen den Fingern war ein Rosenkranz geflochten.

Die Alte öffnete erschreckt die Augen, wickelte erstaunlich flink die Hände aus dem Rosenkranz und griff mit einer raschen Bewegung zum Nachttisch, auf dem ihr Gebiss lächelnd ruhte. Mit einem Schmatzen war es eingesetzt.

»Sooo, der Herr Pfarrer, das ist aber nett. Haben Sie heute die Kommunion nicht vergessen?«

Deo schüttelte den Kopf. Hedwig Henke lächelte ihn selig an:

»Sie sind der erste Besuch heute, meine Tochter hat mir nur das Frühstück und das Mittagessen gebracht. Gibt es etwas Neues im Dorf? Ich habe nur das Tatütata gehört. Ist was passiert?«

Offensichtlich wusste die alte Henke über die schrecklichen Neuigkeiten im Dorf nicht Bescheid. Und wenn ihre Tochter sie mit der schrecklichen Neuigkeit verschont hatte, dann hatte dies sicherlich seine Gründe. Somit sah es Deo nicht als seine Pflicht, von den makabren Ereignissen zu berichten:

»Soll ich Ihna zuerst da Heiliga Beichte abnehma oda zuerst eina Rosakranz zum Einstieg?«

Deo deutete auf die alte Gebetskette, deren blutrote Perlen aus böhmischem Granat geschliffen und mit filigranen Silberkrönchen verziert waren. Die alte Frau mit dem weißen, nach hinten gebundenem Haar nickte und murmelte:

»Halt so wie immer, Herr Pfarrer, ich gewöhn mich sowieso an nichts Neues mehr. So wie immer!«

»Wie Sie wünscha, Frau Henke.«

Und so wurde mit einem *Gegrüßet seist du, Maria* gestartet, unisono klang es fast unheimlich im kleinen Raum:

»Gegrüßet seist du, Maria, voll der Gnade, der Herr ist mit dir, du bist gebenedeit unter den Weibern, und gebenedeit ist die Frucht deines Leibes, Jesus. Heilige Maria, Mutter Gottes, bitte für uns Sünder jetzt und in der Stunde unseres Todes. Amen.«

Hedwig Henke war es wichtig, dass für ihre Geschlechtsgenossinnen nicht der Begriff *Frauen,* sondern *Weiber* gebetet wurde, da sie auch hier Veränderungen und das Moderne nicht mochte.

Nach der Krankenkommunion, dem sakramentalen Teil, folgte die obligate Beichte, so wollte es die alte, bettlägerige Dame. Danach folgte das freie Gebet, bei dem Deo seinen Chef im Himmel darum bitten musste, Hedwig den noch verbliebenen Rest des Augenlichtes zu erhalten. Wichtig war ihr, das Gebet jedes Mal zu individualisieren, an die Gegebenheiten anzupassen. So formulierte Deo für diesen Krankenbesuch:

»Oh Herr und Vata im Himmel, sorge dafür, dass deinem Schäflein Hedwig die geistiga Kraft erhalta bleibt und dass sich ihr Augalicht nicht vaschlimmat. Vor allem bitta wir dich, Heiliga Ottilia, dass du als Blindgeborene deina schützende Hand üba deina Schwesta Hedwig hältst und ihr ein Schicksal wie deinas ersparst!«

Die Alte im Bett schien zufrieden und hoffte, dass die Schutzpatronin für alle Augenleiden ein Einsehen mit ihr haben und einer Verschlimmerung ihrer Augenkrankheit Einhalt gebieten würde.

»So, Frau Henke, welcha Bibastelle habat Sie für heute ausgesucht?«

Deo deutete mit einer wohlgefälligen Handbewegung zur Bibel, die wie immer auf dem Nachttischchen lag und aus der wie immer ein gelbes Postit-Zettelchen lugte, das die gewünschte Bibelstelle markierte. Deo erkannte sofort, dass es für dieses Mal keine Stelle aus dem Neuen Testament war. Er staunte umso mehr, als er das Zettelchen herauszog und eine Stelle aus dem Buch Richter erkannte.

»Das Buch Richta, Frau Henke, wolla wir nicht lieba etwas Bekömmlicheres? Muss es das Buch Richta sein?«

Frau Henke nickte bestimmt, und für eine Millisekunde schien Deo so etwas wie Hinterlist in ihren fast blinden Augen zu erkennen. Mit getragener Stimme las er ihr die gewünschte Bibelstelle aus dem Buch Richter vor:

»Jaëls Tat und der vollständige Sieg

Sisera war zu Fuß zum Zelt der Jaël, der Frau des Keniters Heber, geflohen; denn zwischen Jabin, dem König von Hazor, und der Familie des Keniters Heber herrschte Frieden. Jaël trat heraus, Sisera entgegen, und sagte zu ihm: Kehr ein, Herr, kehr ein bei mir, hab keine Angst! Da kehrte er ein bei ihr im Zelt und sie deckte ihn mit einem Teppich zu. Er sagte zu ihr: Gib mir doch etwas Wasser zu trinken, ich habe Durst. Sie öffnete einen Schlauch mit Milch und gab ihm zu trinken; dann deckte sie ihn wieder zu. Er sagte zu ihr: Stell dich an den Zelteingang, und wenn einer kommt und dich fragt: Ist jemand hier?, dann antworte: Nein. Doch Jaël, die Frau Hebers, holte einen Zeltpflock, nahm einen Hammer in die Hand, ging leise zu Sisera hin und schlug ihm den Zeltpflock durch die Schläfe, sodass er noch in den Boden drang, während er erschöpft in tiefem Schlaf lag. So fand Sisera den Tod.«

An dieser Stelle unterbrach Deo, er fuhr sich über die Gänsehaut auf seinen Unterarmen. Deo kannte die Bibel, aber mit der Zuordnung jeder Stelle aus den Büchern des Neuen und des Alten Testaments war auch er überfordert. Er schaute in das Gesicht der Alten, die ruhig atmend im Bett lag, die Hände mit dem Rosenkranz über der Bettdecke gefaltet.

»Was ist los, Herr Pfarrer, warum lesen Sie nicht weiter?«

Die Alte starrte mit versteinerter Miene zur Decke. Die hellen Augen blinzelten kein einziges Mal. Deo tat wie gefordert und las mit leiser Stimme den absonderlichen Text weiter.

»Siehe, Barak, der Sisera nachjagte! Jaël trat heraus, ihm entgegen, und sagte zu ihm: Komm, ich zeige dir den Mann, den du suchst. Er ging mit ihr hinein; siehe, Sisera lag tot, den Pflock in seiner Schläfe.«

Deo versagte die Stimme, er unterbrach ein weiteres Mal die brutale Textstelle und dachte an Eginbert Bilsner. Barsch forderte die Alte:

»Lesen Sie doch endlich weiter, Herr Pfarrer, was ist denn los mit Ihnen? Sonst sind Sie doch auch nicht so zögerlich!«

Deo las mit zitternder Stimme den kurzen Text zu Ende:

»So demütigte Gott an diesem Tag Jabin, den König von Kanaan, vor den Israeliten und die Hand der Israeliten lag immer schwerer auf Jabin, dem König von Kanaan, bis sie Jabin, den König von Kanaan, ganz vernichtet hatten.«

Dann herrschte Schweigen im Zimmer, bis Deo die unheimliche Stille unterbrach:

»Liebe Frau Henke, warum habat Sie gerade diesa Bibelstelle ausgesucht? Wissat Sie, was heute im Dorf passiert ist?«

»Nein, was ist passiert? Der Tizian, der war noch nicht da, der versorgt mich immer mit den Neuigkeiten. Wahrscheinlich fährt er mit dem Traktor über unsere Wiesen. Ja, den Traktor, den liebt er über alles. Manchmal höre ich vom Fenster aus, wie er bei ihm steht und mit ihm redet.«

»Ja, der Tizian, das ist ein ganz besondara Bursche. Aba lassat Sie uns über das reda, was im Dorf gescheha ist! Habat Sie wirklich nicht gehört, was mit unsarem Dorfvorsteha, dem Herrn Bilsner passiert ist?«

Die Alte wurde ärgerlich und schimpfte:

»Herrgolanum! Oh, Entschuldigung, Herr Pfarrer, was ist denn los mit dem Bilsner? Ist deshalb die Polizei durchs Dorf gefahren? Hat er einen Unfall gehabt? Ist er mal wieder besoffen gefahren? Würde mich nicht wundern, wenn er mal wieder mit seiner Raserei im Ried gelandet wäre! Das wäre nicht das erste Mal. Und seine Sauferei hat schon viel Unheil gebracht, ich weiß, wovon ich rede.«

Die Frau im Bett schien tatsächlich nicht Bescheid zu wissen. Deo schaute tief in die hellen Augen. Konnte es stimmen, dass sie tatsächlich das Gesicht hatte, wie man im Dorf munkelte. *Die Alte sieht Dinge, die andere nicht sehen!*

Und wieder fuhr sich Deo über die Gänsehaut auf seinen Unterarmen.

10

Tizian und die verspätete Milchlieferung

Die olfaktorischen Hinterlassenschaften von Deos Zweitaktgemisch seiner geliebten Quickly hingen noch über der Gartenwirtschaft, als der MIKEBOSSler-Stammtisch beschloss, auf Drängen der Frauen hin, ins Innere des *Gol-*

denen Ochsen zu wechseln. Auch hier gab es einen Stammtisch, eine stilisierte Harley Davidson aus Messing klärte eindeutig, wessen Stammtisch.

Man formierte sich um das Rund, zwängte noch ein paar Stühle dazwischen, um die Nichtstammtischler zu integrieren.

Frieda scheuchte ihre Tochter, aber auch Korbi durch die Räume, um den Umsatz zu steigern. Die zusätzlich eingestellten und nicht unattraktiven Wochenend- und Stoßzeiten-Aushilfen aus dem Osten beherrschten ebenfalls ihre Rollen und motivierten vor allem die Herren zu ausschweifendem Alkoholkonsum.

Und dann stand plötzlich auch der Herr Kapulski von Stellplatz 1 am Tisch, vorwurfsvoll deutete er auf mich:

»Hör mal, Chef, wo ist denn die Milch abgeblieben? Der mit der Macke ist heute nicht gekommen, meine Mädels sind echt sauer! So sauer, wie die Milch jetzt ist!«

Bevor ich antworten konnte, zwängte Herr Kapulski einen Stuhl an den Stammtisch, streckte die Hand in die Höhe und polterte in Richtung Cäci:

»Hei, schöne Frau, bring mir ein Herrengedeck, und zwar heute noch! Es sollte nicht so lange dauern wie die Milchlieferung.«

»Was soll ich bringen, Theo?«

Cäci schob ratlos die Schultern nach oben.

Der Herr aus Gelsenkirchen brüllte erklärend durch den Gastraum:

»Ein Herrengedeck, ein Alt und ein Korn, ein Killepitsch tut's auch.«

Cäci fauchte zurück:

»Es gibt das, was wir haben, Theo, für dich hätte ich auch *so etwas*!«

Cäci hob das Fläschchen hoch, das sie für Annamirl im Wasserbad erwärmt hatte, und sorgte somit für allgemeines Gelächter.

Nachdem Theodor Kapulski, der mit seiner Gattin Susi und seiner Tochter Paris aus Gelsenkirchen mit dem Motto *Da mach ich mir ein paar schöne Tage mit meiner Familie im unterentwickelten Süden* angereist war, noch einmal kräftig wegen des schlechten Services auf dem Platz geschimpft hatte, beruhigte ihn ein kühles Walder Bier. Mit einem Schluck leerte er die Halbe bis zur Hälfte und seufzte zufrieden:

»Was hab ich mich auf den ersten Schluck gefreut! Das schmeckt gar nicht so schlecht nach diesem Scheißtag! Die Susi wollte gleich abreisen, aber die Paris, die fand das ganz toll mit dem Toten da, mit eurem Ortsvorsteher. Na ja, die Junge, die ist ganz anders als ich. Aber dass die Susi mir keinen Pudding für den Nachtisch machen konnte, weil dieser Kräteng keine Milch geliefert hat, das ärgert mich schon!«

Ich zügelte die verbalen Kapriolen des echauffierten Campers aus dem Ruhrpott, der den Kurzen, einen Obstler, nachkippte und sich schüttelte:

»Theo, lass das, der Tizian ist kein Kretin, er hatte einfach Pech in seinem Leben, vor seinem Unfall war der so normal wie du. Wenn wir den nicht im Dorf hätten, wäre der Lebensmittelautomat nicht bestückt. Nachts zieht er manchmal mit seinem Wägelchen los und sammelt an den Wanderwegen und aus den Mülleimern die Pfandflaschen auf. Auch Plastiktüten sammelt er ein und entsorgt sie. Und wie gesagt, hätte er den Unfall nicht gehabt …«

Bei dem Wort Unfall malte ich zwei Anführungszeichen in die Luft.

»Wahrscheinlich war er sogar normaler als du, Theodor«, ergänzte Blacky verärgert, da Tizian unter speziellem Schutz der BOSSler stand. Beifälliges Klopfen auf den runden Holztisch.

»Okay, ich entschuldige mich ja schon! Trotzdem wäre es schön gewesen, Milch für den Pudding zu haben.«

Beschwichtigend hob Theo seine Hand und nickte in die bunte Runde.

»Er ist ja ein netter Junge, aber schon ein bisschen eigen. Tut mir leid, ich wollte ihn nicht beleidigen. Aber ich esse halt gerne Pudding, den Fanillje! Und die Susi, die macht ihn noch mit Eischnee, ein Gedicht! Ooh, wenn man vom Teufel reden tut …«

Susi Kapulski war in rosafarbigem Trainingsanzug, den ein Pailletten-Schmetterling schmückte, dessen Flügel die üppigen Brüste, die in Kontrast zu ihrer schmalen Hüfte standen, umrahmten, und ebenfalls rosafarbigen Flipflops erschienen. Ihr blondes Haar trug sie hochgetüddelt, von einem rosa Gummiband gehalten. Sie streckte sofort ihre Hände nach Annamirl Bonneville aus, ob sie die *Schnuckelmaus* auch einmal tragen dürfe.

»Wo hast du denn die Paris gelassen?«, fragte der besorgte Vater, »nicht, dass da auch noch was passiert, der Süden scheint mir doch recht unsicher. Aber was ich nicht weiß, macht mich nicht heiß, echt kein Scheiß!«

Theo schaute, nachdem er sein Lebensmotto präsentiert hatte, anerkennungsheischend in die Runde.

Die Sorge des Vaters um seine Tochter war jedoch gänzlich unbegründet. Ohne die Tür des Gastraums hinter sich zu schließen, schlappte der ganze Stolz von Susi und Theodor, die Tochter der Kapulskis, im Zeitlupentempo in die Gaststätte hinein. Sie war in Schwarz gekleidet, in weißer

Schrift prangte auf ihrer Brust *Slipknot*. Ihr Blick war ausschließlich auf ihr Handy gerichtet, von dem dünne Kabel in beide Ohren führten. Ohne aufzublicken, stoppte sie intuitiv neben ihrer Mutter und sagte nichts.

Nachdem Frieda, geschäftstüchtig wie immer, noch zwei Stühle in die Runde integrierte, begann ein Mutmaßen und Tratschen, wie es nur ein Stammtisch zustande brachte:

Das kann nur einer aus dem Dorf sein. Der Täter kommt garantiert von außerhalb. Das muss ein Mann gewesen sein. So brutal sind nur Frauen. Der gehört aufgehängt. Man muss auch verzeihen können. Das war garantiert ein Raubmord. So tötet man nur in einer Beziehungstat. Das war garantiert der mit dem Hanomag, dieser Fink, sonst wäre der nicht Hals über Kopf abgehauen. Das war bestimmt Ekis Frau, die Täter kommen immer aus der Familie – meistens.

Goldi lockte mit dem Zeigefinger sein blondes Haar und fragte in meine Richtung:

»Das mit diesem Herr Fink ist schon seltsam. Wann ist der denn abgehauen?«

»Heute Nacht, wann genau wissen wir nicht, der ist unten herum rausgefahren. Das ist ja auch okay, Frieda will das so, damit die übrigen Gäste nicht gestört werden.«

»Aber dass jemand nachts, ohne vorher etwas zu sagen, abreist, das ist doch ungewöhnlich. Hat der überhaupt bezahlt?«

»Ja, bezahlt hat er. Das Geld lag heute Morgen in einem Umschlag in Friedas Briefkasten. Schon komisch, aber muss nichts heißen.«

Korbi, der kurz seine niedrigen Tätigkeiten für ein Trinkgeld unterbrochen und es sich auf meinem Oberschenkel bequem gemacht hatte, meinte:

»Der Friedhelm war aber cool, vor allem sein alter Hanomag, den hat er selbst zusammengebastelt. Der hat sogar Allrad, mit dem war der schon mal in der Wüste. Und oben auf dem Dach, da hat er sogar Werkzeug. Und die Seilwinde, die ist auch cool!«

Durch seine kommunikative Art und seinen Service im Kontext Camping und Gaststätte war mein Sohn ein Hotspot regionaler News. Wie wenn er es geahnt hätte, fragte er mich, nicht ohne Stolz:

»Du, Papa, arbeitest du dann wieder als Privatdetektiv, wie früher, im Leberwurstfall?«

Gelächter am Tisch, aber nicht von allen. Vor allem Schaki reagierte mit einer Übersprungshandlung, sie fuhr sich spontan durchs Haar und nahm dann einen tiefen Schluck aus ihrem Glas.

»Vielleicht, Korbi.«

»Du, Papa, was ist eigentlich mit dem Eki Pilsner passiert? Denkst du, das war der Friedhelm? Weil der ja heute Nacht abgehauen ist.«

Bevor ich antworten konnte, grätschte Brunetta dazwischen:

»Das kann ich mir nicht vorstellen! Kiffer sind meist friedliche Leute, und der war eigentlich sehr nett. Nur ein bisschen schüchtern. Und ein bisschen zu zugekifft.«

Die lila *Expertin für Tanzästhetik und noch viel mehr*, die man auch *buchen* konnte, schien offensichtlich über ihre Camper-Nachbarn bestens Bescheid zu wissen. Da musste ich zu gegebener Zeit wohl mal bei Frau Brunetta Tower nachhaken.

»Wo ist denn übrigens dieser Tizian heute geblieben? Ich wollte einen Milchreis kochen.«

Das Ehepaar Kapulski nickte zustimmend in Richtung

Brunetta. Ich hoffte, dass mein gut informierter Sohn Bescheid wusste:

»Korbi, weißt du, warum der Tizian heute mit der Milchlieferung nicht aufgetaucht ist? Heute Morgen haben wir ihn beinahe am Ortsschild überfahren, als er mit seinem Anhänger und der Milchkanne in Zeitlupe über die Straße gelaufen ist.«

»Papa, der hat doch immer Panik, wenn er Polizeisirenen oder Krankenwagensirenen hört. Da flippt der voll aus. Und heute Morgen ging das die ganze Zeit hin und her. Vielleicht war er zuerst Flaschen sammeln. Kann auch sein, dass er mit dem Kramer über die Wiesen donnert. Da bin ich auch schon mitgefahren, das kann er richtig gut.«

Blacky hakte nach:

»Korbi, glaubst du, dass er sich versteckt hat?«

Korbi nickte:

»Kann sein, seine Mama hat vorhin aufgeregt bei Frieda angerufen. Zu Hause ist er noch nicht. Aber das kommt bei Tizi ja öfters vor.«

Korbi lächelte, er mochte Tizian trotz seines Handicaps sehr gerne und ergänzte fast väterlich beruhigend:

»Der Tizi taucht wieder auf, da braucht ihr euch keine Sorgen zu machen, der hat immer viel Arbeit. Die ganze Milch kann er ja nicht alleine austrinken.«

Gelächter aus der Runde. Trotzdem schwang bei einigen Sorge mit.

Mittlerweile war Deo von seiner Krankenkommunion zurück. Nur wenigen fiel auf, dass er nicht so ausgelassen wie sonst war. Er wirkte in sich gekehrt und nachdenklich. Erst ein Vesperbrettchen mit reichlich Leberwurst

Royal und drei Scheiben Bauernbrot, garniert mit Essiggürkchen, Zwiebelringchen und einem Sträußchen Dill, sowie Annamirl, die er an einem Essiggürkchen zuzeln ließ, schienen ihn ins Gleichgewicht zu bringen. Er interessierte sich für Neuigkeiten im Fall Bilsner und ob sich während seiner kurzen Abwesenheit neue Erkenntnisse am Stammtisch ergeben hätten.

Und dann erschien er plötzlich im Gastraum, sein Wägelchen mit der Luftbereifung im Schlepptau.

Tizian.

Der Hosenstall stand offen, das karierte Hemd war mit Strohfetzen garniert. Seinen Fischerhut mit den vielen Abzeichen drehte er in den Händen, wobei seine linke Hand Mühe hatte, die Bewegungen der rechten zu parieren.

Er lächelte verlegen und reagierte mit großen Augen, als Theo Kapulski ihm wohlwollend auf die Schulter klopfte und Gelächter heischend die Frauengesichter suchte:

»Na, da kommt ja mein verspäteter Pudding!«

Theo deutete auf die Milchflaschen auf der Pritsche des Lieferfahrzeugs. Tizian schaute verunsichert zu Korbi und wollte verängstigt mit seinem Milchwägelchen eine Kehrtwende machen. Ich stoppte ihn.

»Halt, Tizi! Der meint es nicht so, der Theo, alles ist gut. Wo warst du denn?«

Unsicher ließ Tizian seinen Blick über die Stammtischgesichter wandern, er war es nicht gewohnt, so viele zu sehen, und einige passten einfach nicht dazu. Er mochte es nicht leiden, wenn Ordnungen nicht passten. Er stammelte:

»Das passt heute nicht.«

Nervös fuhr er sich mit der Hand durchs Gesicht, aus dem leicht geöffneten Mund fuhr die Zunge aufgeregt über die Lippen. Ich bohrte vorsichtig nach:

»Was passt heute nicht, Tizian?«

Lange überlegte er, nur die Wortfetzen von den anderen Tischen störten Tizians Ringen um Worte.

»Aaaa... alles! Ich geh besser, die Mama wartet bestimmt!«

Theo wollte seinen Fehler wiedergutmachen, zog einen Stuhl vom Nachbartisch heran:

»Setz dich, mein Junge, wie alt bist du denn? Wie wär's mit einem Bier, auf meine Kosten?«

Er packte den verstörten Tizian an den Schultern und drückte ihn auf den Stuhl, neben seine Tochter, die einem lautlosen Rhythmus lauschend ihren Kopf im Takt bewegte und nur kurz zu ihrem neuen Tischnachbarn schielte.

Wie aus der Pistole geschossen kam Tizians Antwort in Richtung Theo:

»Ich bin schon 19, das ist volljährig, aber ich trinke keinen Alkohol!«

»Na, vielleicht ein Gläschen, wem schon so ein Bart wächst, der verträgt doch ein Gläschen?«

Kichernd deutete der Gelsenkirchener auf Tizians dunklen Oberlippenflaum.

»Lass das, Papa, du bist sooo peinlich!«

Ohne aufzublicken und ohne die zuckende Rhythmik ihres Kopfes zu unterbrechen, zischte Paris ihren Vater an. Offensichtlich konnte sie trotz Metal der Unterhaltung folgen. Erstaunt und dankbar warf ihr Tizian einen zaghaften Blick zu.

In die kurz eingetretene Stille am Tisch war plötzlich Tizians leicht singende Stimme fest und sicher zu hören:

»Und die Mama hat recht, der Alkohol ist vom Teufel. Der Teufel, der ist an allem Schuld. Und die haben den bestimmt gesucht, heute Morgen. Den Teufel, den muss man fürchten! Nicht die Engel!«

Gerne hätte ich auf meine vorherige Frage eine Antwort gehabt und bohrte deshalb noch einmal behutsam nach:

»Tizi, willst du mir nicht sagen, wo du denn den Tag über warst?«

Der junge Mann senkte schüchtern den Kopf und murmelte:

»Ich hab mich vor dem Krach versteckt und vor dem Teufel.«

»Den ganzen Tag?«

Tizian nickte bestätigend.

»Und wo, darf ich das wissen?«

»Bei den Lamas, dort ist's ruhig, dort kommt der Teufel nicht!«

Am Tisch war es mucksmäuschenstill, bis Herr Kapulski lostönte:

»Auf die Lamas, die den Teufel abwehren! Und auf unserem Tizian und die Milch! Prost!«

11

Die Camper wollen bleiben, oder auch nicht, außerdem wird ein weiblicher Metal-Fan deutlich

Sonntag, 2. Oktober, Erntedank

Korbi wollte trotz der Gräueltat am Vortag seinen Servicepflichten nachkommen. Und gerade wegen der Vortages-Gräueltat begleitete ich ihn. Es war nicht zu leugnen, Pilsner-Ekis Tod war alles, nur kein Suizid. Und irgendwo in der Ferne oder ganz in der Nähe hielt sich ein Mörder auf.

Früher als sonst saßen die Kapulskis und Brunetta zum Frühstück beieinander. Korbi hatte mit meiner Assistenz die Milchflaschen von Tizian übernommen, die Sonntagszeitung für Herrn Kapulski geliefert, weil *das Lesen bildet*. Und das Highlight auf dem *Campertraum-Resort mit kulinarischem Service, mit Ruhe und unverfälschtem Naturerlebnis auf Friedas Riedstellplatz, auf dem man die Seele unter Bibern und Störchen baumeln lassen konnte*, war das sonntägliche Frühstücksei aus Friedas Hühnerstall. Korbi hatte Friedas Rat beherzigt und die Eier mit etwas Stroh, Hühnerflaum und Hühnerkacke dekoriert, damit sie nicht nur bio waren, sondern auch bio aussahen.

Brunetta Tower, ganz in Kanariengelb, hatte ein Ei bei Korbi bestellt, das sie sich wachsweich gekocht hatte. Susi Kapulski wünschte sich vom Gatten ein Spiegelei, schön knusprig am Rand, er selbst bevorzugte ein Rührei von vier Eiern mit viel Speck und Schnittlauch. Letzterer stammte aus Friedas Kräutergärtlein und wurde ebenfalls zu einem kleinen Unkostenbeitrag von meinem geschäftstüchtigen Sohn frisch geschnitten geliefert. Paris verweigerte jegliche morgendliche Nahrungsaufnahme, sie schüttelte rhythmisch ihren Kopf, aus einer Bluetoothbox kreischte eine völlig orientierungslose Death-Metalband.

»Theo, du hattest gestern angedeutet, wegen … ähm, der Ereignisse abzureisen. Wie sieht's aus?«

Ich suchte mit allen drei Kapulskis Blickkontakt. Zwei waren erfolgreich.

»Das alles war uns nicht ganz geheuer, aber die Paris findet es cool mit dem Mord. Und was nimmt man nicht alles in Kauf für die Jugend! Also, auf gut Deutsch: Wir bleiben! Außerdem sollten wir uns auch noch für die Kommissarin zur Verfügung halten. Und für so eine, da hält man sich gerne zur Verfügung.«

Theo schnalzte mit der Zunge, seine Frau kreischte lachend auf und stieß ihm mit dem Ellbogen in die Rippen. Die Tochter verdrehte die Augen:

»Papa, du bist sooo peinlich!«

Etwas vom Rührei fiel ihm von der Gabel auf den Boden. Friedas kluge Hühner, nicht ahnend, dass sie ihre Babys in spe gierig in sich hineinpickten, stritten sich um das verunglückte Rührei. Mit einem angedeuteten Fußstoß verscheuchte Theo das lästige Federvieh.

Brunetta klopfte mit einem Plastiklöffel vorsichtig auf den Scheitel des Frühstückseis und löste trotz der mächtigen Frenchnails geschickt die Schale ab.

»Meint ihr, es war der Friedhelm, der Fink? Irgendwie war der ja schon komisch, aber auch nett. Ich kann mir nicht vorstellen, dass er der Täter ist.«

Susi Kapulski konterte:

»Ich mir schon! Wer soll es sonst gewesen sein? Und wie der immer die Paris angeglotzt hat!«

»Mama, du bist voll peinlich!«

Herr Kapulski stocherte nachdenklich im erkaltenden Rührei:

»Das Motiv, was gibt es denn für ein Motiv? Wenn ich so nachsinne, dann denke ich, dass es eher einer aus dem Kaff hier war.«

»Wie kommst du darauf, Theo?«, hakte ich nach.

»Erstens sind so welche wie der Kiffer meistens recht friedliche Zeitgenossen und, wie gesagt, was sollte der für ein Motiv haben? Weiß man denn, ob Geld oder andere Wertsachen fehlen?«

Ich zuckte, den Ahnungslosen mimend, mit den Schultern. Frau Kapulski widersprach ihrem Mann:

»Gerade diese Drogenkonsumenten sind doch unberechenbar. Vielleicht hat der im Haschrausch einfach nicht mehr gewusst, ob er Männchen oder Weibchen ist und hat ihm dann den Spieß in den Kopf gehämmert. So ein Drogenzeugs macht die Menschen ja zu Bestien, das hat man alles schon gelesen. Wer sich so etwas reinspritzt, der wird zur Bestie!«

»Mama, du hast keine Ahnung, du bist so was von peinlich!«

Ich nickte auffordernd zu Paris:

»Was denkst du, wer es gewesen sein könnte oder warum der Herr Bilsner ermordet wurde?«

»Der Friedhelm war es auf keinen Fall, das ist ein harmloser Kiffer. Und warum? Woher soll ich das wissen? Vielleicht war seine Alte eifersüchtig wegen der da.«

Sie schwenkte ihren Kopf zu Brunetta, die immer noch

mit ihrem Frühstücksei beschäftigt war, in das sie sorgsam längliche Toastbrotstückchen eintunkte. Erschrocken hielt sie inne:

»Wie meinst du das, du kleines Luder?«

Paris zog ihre Stöpsel aus den Ohren und zischte Brunetta giftig an:

»Oh, aber hallo, wer im Parkhaus sitzt, der sollte nicht mit Schweinen werfen oder so. Aber hallo, der Friedhelm ging ja ein und aus bei dir. Mehr sag ich jetzt nicht hier vor dem Baby.«

Korbinian protestierte energisch:

»Ich bin kein Baby!«

»Korbi, bring du noch die Milchflasche zur Mama, die Annamirl braucht ihr Breichen.«

Widerwillig machte sich mein Sohn auf den Weg.

»So, wie war das gemeint?«, forderte ich Paris auf, weiterzureden.

»Ich sage nichts mehr!«

»Aha, zuerst Andeutungen gegen mich machen, und selbst ist man keinen Deut besser.«

»Was soll das heißen, Brunetta? Wehe!«

Brunetta machte eine eindeutige Rauchergeste in Richtung Paris.

Susi Kapulski, ganz besorgte Mutter, schlug sich entsetzt die Hände vors Gesicht:

»Du hast doch wohl nicht geraucht? Ich habe ewig gebraucht, um es mir abzugewöhnen. Kind, fang das Laster niemals an!«

Auch Theo Kapulski, Fußballsportler mit Herz und Seele, schien um das Wohl seiner Tochter besorgt:

»Kind, jede Zigarette ist ein Sargnagel!«

Brunetta lachte höhnisch auf:

»Zigaretten, pah! Ich sage jetzt nichts mehr, aber du hältst auch dein Schandmaul, du kleines Luder!«

Irgendwie schienen sich die dunkle Paris und die grelle Brunetta nicht grün zu sein.

»Wenn du mich noch einmal Luder nennst, dann pack ich aber aus, von wegen *Brunetta Tower – Tanzästhetik und noch viel mehr zum Buchen.*«

Die junge Kapulski deutete zynisch lächelnd zur Aufschrift an Brunettas VW-Bus und wiederholte:

»*Und noch viel mehr*, glaubst du, ich hätte das nicht mitbekommen, wie du mit dem Friedi rumgerammelt hast, glaubst du, ich hätte dein doofes Gestöhne nicht gehört, *jaaa, jaaa gibs mir*! In bester Nuttenmanier!«

»So, jetzt reicht's aber! Was ich in meinem Bus mache, geht niemanden etwas an, das ist meine Privatsache. Aber, warum nennst du ihn plötzlich Friedi? Seid ihr euch beim Kiffen vielleicht etwas nähergekommen? Du und *Friedi*?«

Ein spitzer Schrei aus Susis Mund:

»Nein, Kind, nicht die Drogen! Sag mir, dass du nicht die Haschisch-Drogen geraucht hast oder sogar gespritzt!«

Der Vater schaute entsetzt zum Kinde. Das Rührei war kalt. Die Tochter blieb ebenfalls cool:

»Mein Gott, seid ihr voll peinliche Spießer!«

12

Das Erntedankfest oder: Deo gibt für Kürbis- und Krautköpfe und einen Überraschungsgast alles

Die kühlen Nebelvorhänge hatten sich aus den Niederungen des Feuchtgebietes allmählich verzogen, die weißen Mauern der stolzen Kirche blendeten längst ins Ried. Ein fast lapislazuliblauer Himmel leuchtete zu Ehren des Herrn an diesem besonderen Tag.

Erntedank. Ein Fest, das seine Vorbilder im Laubhüttenfest, aber auch in den entsprechenden Erntedankfesten der alten Römer hatte. In den sogenannten guten alten Zeiten wurde es am 29. September, am Michaelistag, gefeiert, aber weil man ja alles irgendwann verändern muss, wird es nun am ersten Sonntag im Oktober gefeiert. Und so tat es auch Deodonatus Ngumbu in festlichem Ornat.

Zur Dankesfeier hatte Deo nicht nur den Altarraum, sondern auch die Stufen zum Altar hin, ebenso eine zentrale Spur im Mittelgang, als auch den Eingangsbereich der Kirche mit allen erdenklichen Früchten und Grünzeug schmücken lassen. Wie immer waren ihm die Frauen des Bibelkurses zur Hand gegangen und hatten unter seiner barocken Regie Feld-, Baum- sowie Supermarktfrüchte in kunstvoller Ornamentik um und in der Kirche angeordnet. Die Rollator fahrenden Gläubigen mussten nörgelnd einen Frucht- und Gemüseslalomparcours meistern, um an ihre Stammplätze zu gelangen.

Die Kirche war, entgegen landläufigem Trend, wie immer gut gefüllt. Vor allem reifere Damen liebten die wortgewaltigen Predigten des schwarzen Geistlichen. Selbst aus der Bodenseeregion reisten glückliche, alte Mütterchen an, die von ihren griesgrämigen Söhnen widerwillig chauffiert wurden, um das Erbe nicht zu gefährden. Viele der Gläubigen brachten noch Körbchen, gefüllt mit Äpfeln, Birnen, Kartoffeln, Lauchstangen, Kohlräbchen, Rosenkohlröschen und ähnlichem Grünzeugs mit. Die Herzen der Veganer schlugen höher. Sie deponierten ihre frugalen Mitbringsel in Ermangelung weiterer Stellplätze im hinteren Bereich des Altarraums, so dass nach dem glockengeläutgeschwängerten Entree der mächtige Massai Schwierigkeiten hatte, für sich und seine Ministrantinnen einen Platz um den Altar herum zu finden. Im prächtigen, klerikalen Festgewand stakste er zwischen den fruchtbeladenen Körbchen und fand endlich schwankend und balancierend den Platz hinter dem Altar. Schweißperlen standen auf seiner Stirn.

Der Gottesdienst folgte dann dem gängigen katholischen Festritual. Highlight war die Predigt des Geistlichen.

Da ich mittlerweile in meinem eigentlichen Lehrberuf wegen unbedeutender Kleinigkeiten und Kinkerlitzchen nicht mehr erwünscht war und meine Tätigkeit als Privatdetektiv in einer eher friedlichen Region kaum in Anspruch genommen wurde, war ich in der Gemeinde nicht nur Präsident der einzigen Motorradgang, sondern auch zum *Mädchen für alles* avanciert. Und somit auch temporärer Mesner. Ich hatte Deo im Vorfeld gebeten, die Predigt etwas kürzer zu halten, da ich meinen Frühschoppen nicht missen wollte, weil ich noch bei Bilsners Witwe Bibibee und bei Alki-Fone vorbeischauen wollte. Außerdem schlug mein Privatdetektivherz gerade lauter als mein Mesnerherz. Da aber Deo Geistlicher mit Verstand, Herz, aber vor allem Mund war, zerrann meine Hoffnung auf eine kompakte Predigt schon mit den Anfangsworten:

»Lieba Gemeinde, fangen wir bei diesem besondara Fest ganz am Anfang an, nämlich bei Adam und Eva. Schon die Eva hat eina Apfel geerntat und wo das hingeführt hat mit dem Apfel und dem Adam und diesa Frucht vom Baum der Erkenntnis, ist den treua Gemeindemitglieda und vor allem den Dama vom Bibelkurs, dena ich hier für die wundabare Ausschmückung der Kirche ganz herzlich Dank saga möchte, ja wohl bekannt …«

Im Schutz des hohen Chorgestühls im hinteren Bereich des Altarraums streckte ich, so gut es ging, meine Beine aus, mein nächster Job wäre die Betätigung des Glockengeläutschalters zur Wandlung, versank im kopfhohen Seitenteil des Gestühls und drückte mir die kabellosen Ohrhörer mit aktiver Geräuschunterdrückung in beide Ohren. So war ich dank der krautigen Schwabenrocker, die ich bewusst zum Erntedankfest zur musikalischen Erbauung ausgewählt hatte, und neuester Technologie, vor Deos Predigt geschützt:

»All the times I'm searching for the words to say
All the nights that I'm lyin' awake in my bed and pray
No one who cares no one who's there to help me out again
Part of me tries but part of me never will understand
Seems like I am the only one
No! I don't know what's going on with me!
Who should I blame for this misery?«

Das passte zu Deos Predigt: *This Misery.*

Die rockigen Rhythmen sorgten für Entspannung, und ich versuchte mental, die Musik und Deos fuchtelnde

Bewegungen zu synchronisieren. Es gelang mir nicht, es gelang mir aber ruhiger zu werden, und bald schon überkam mich süßer Schlaf.

Jäh weckte mich ein Donnerschlag, Deo hatte seine flache Hand auf den Altar sausen lassen, die Predigt war offensichtlich auf ihrem Höhepunkt angekommen. Ich schaute auf die Uhr meines Handys, schon mehr als 20 Minuten waren seit Beginn seiner Ausführungen zum Erntedank vergangen.

»Ich aba sage Euch, was ihr dem Geringsta meina Brüda getan habt, das habt ihr mir getan. Und deshalb schlägt man doch keina Menscha, vor allem im Schlaf, eina Pfahl durch da Kopf …«

Offensichtlich hatte Deo während meiner kurzen Absens das Thema gewechselt und den Mord an Eginbert Bilsner thematisiert. Warum er das tat, war mir nicht ganz klar, bis ich die gebündelten Blicke aus dem hinteren Altarraum aus meiner privilegierten Sitz-, fast Liegeposition heraus wahrnahm. Während meines kleinen Nickerchens war ein weiterer Gast in Schwarz verspätet in die Kirche gekommen. In der ersten Reihe, dort wo sich sonst niemand hintraute, saß die Jung-Witwe Brigitte Bilsner. Schön, gleichermaßen bleich und schwarz. Ein Bild von einer Frau.

»Und niemand von uns kennt die Stunde, wenn üba den Täta zu Gericht gesessa wird. Aba die Strafe vor dem Herrn wird ihn, egal wo er im Jetzt ist, im Jenseits erreicha. Niemand weiß, wie es in seinem Herza aussieht, aba späta wird ihm für diesa Freveltat die ewige Verdammnis droha. Wer diesa Täta ist, was ihn bewoga hat, unser liebes Gemeindamitglied Eginbert zu töta, das wissa wir nicht, aba eins ist gewiss, er wird …«

Plötzlich aus der hintersten Reihe der Kirche eine Stimme in Zeitlupe, aber deutlich vernehmbar:

»Doch, doch, das war nicht der Engel, das war der Teufel, der war's. Und jetzt geh ich Traktorfahren!«

Stille.

Tizian hatte vom »Deppenbänkle« aus, wie es einige ewig gestrige Riedhagener nannten, gesprochen. Sein Stammplatz war die schmale Bank, auf der die Gotteslob-Bücher auslagen. Immer wieder wurde er von einigen Jugendlichen, die einen Club in einer Hütte am Waldrand hatten, gemobbt, und selbst in der Kirche wurde er ausgegrenzt. Deo hatte öfters mit der Gruppe geredet, um Tizian zu integrieren. Sein Vorhaben war jedoch kläglich gescheitert. Und mittlerweile fühlte sich Tizian auf dem »Deppenbänkle« am wohlsten und am sichersten, von dort aus kommentierte er immer wieder den Gottesdienst. Von dort aus konnte er aber auch kommen und gehen, wann er wollte. Und so stand er auch nach seiner kurzen Rede auf, nahm seine geliebte Mütze mit den glänzenden Anstecknadeln im Mittelgang kurz ab, bugsierte sich neben einen Kürbis, kniete nieder, bekreuzigte sich. Dann umkurvte er bedachtsam Kohlrabigemüse und Karotten, ging zum Weihwasserkessel am Ausgang, bekreuzigte sich mit der benetzten rechten Hand noch einmal, die linke baumelte kraftlos auf Kniehöhe und murmelte ins helle Sonnenlicht hinaus schreitend:

»Nicht der Engel, der Teufel war's.«

Die Witwe Bilsner sprang schluchzend aus der ersten Reihe auf und verließ tränenüberströmt, aber aufrecht hinter Tizian die Kirche. Das Klacken der hohen Absätze hallte nach.

13

Eine Kondolenzkarte, eine schöne, aber traurige Bienen-Frau und ein schützender Holderbusch

Der Achtzylinder blubberte vor sich hin, die Kondolenzkarte ruhte auf dem Beifahrersitz. Kurz zum Briefkasten, das Grollen des mächtigen Motors begleitete mich. Ich wunderte mich nur ein bisschen, dass das Briefkastenschildchen nicht nur Eginbert Bilsner als Bewohner des kleinen Ortsrandhäuschens auszeichnete, sondern auch seine Gemahlin Bibibee Bilsner mit ihrem Künstlernamen. Eigentlich hieß sie Brigitte. Aber wer mit künstlerischen Ambitionen möchte schon wie eine Frauenzeitschrift heißen? Deshalb hatte sie sich das Vornamenpseudonym zugelegt und war im ganzen Dorf und in der näheren Umgebung als Bibibee bekannt.

Gerade als ich mich nach Verrichtung meiner niedrigen Tätigkeit wieder in das grollende Automobil setzen wollte, um nach dem Gottesdienst noch einen Abstecher zu Alki-Fone zu machen, hielten mich Gebell und eine weinerliche Stimme in meinem Rücken zurück. Das Gebell gehörte zu Hektor, Bilsners Deutschem Schäfer. Er bellte aus einer Hundehütte im Schwarzwaldstil unter der Tanne, an die ein mächtiger Mühlstein drapiert war. Daneben stand zur Unterstützung der Schwarzwaldidylle eine herzallerliebste Minimühle. Die Stimme war der Regional-Künstlerin und Jung-Witwe Bibibee Bilsner zuzuordnen.

»Hektor, sitz, brav! Hi, Dani, hast du einen Augenblick Zeit? Der Hund tut nichts, er ist nur nervös, er spürt, dass Egi nicht mehr kommt.«

Sie nahm die Kondolenzkarte aus dem Briefkasten, die Cäci mit trostschwangeren Psychologinnen-Worten angefüllt hatte, die letztendlich Pilsner-Eki auch nicht mehr lebendig machten. Bibibee wedelte mit dem Umschlag, der durch den schwarzen Rand förmlich »Kondolenz« schrie, kurz durch die Luft und murmelte mit tränenreicher Stimme:

»Danke, hilft zwar auch nichts, aber danke. Komm kurz mit rein, ich muss mit dir reden.«

Der sensible Schäferhund verschwand wieder in seiner Hundehütte im Schatten der mächtigen Tanne.

Im Inneren des kleinen Hauses, das der Kategorie *Oberschwäbische Gemütlichkeit* zuzuordnen war, atmete die Wohnstube aus jedem Winkel Bibibees Kunst. Ich war zum ersten Mal Gast in Bilsners Haus und staunte nicht schlecht. Überall hingen Bienen-Mobiles. Ich dachte, die Mobile-Manie wäre schon kurz nach den 80ern wieder ausgestorben, aber weit gefehlt, hier schien sie eine Renaissance zu erleben. Flauschige Wollbienen in allen Farbvarianten, aber immer schwarzgestreift, hingen an gebogenen Drähten und Fäden, vor allem in den Ecken von der Decke.

Bibibee bemerkte meinen erstaunten Gesichtsausdruck:

»Wusstest du das nicht? Wie gefällt es dir? Sei ehrlich!«

Ich wusste es tatsächlich nicht, ich wusste, dass Bibi irgendetwas mit Bienen machte. Ich dachte da eher an Honig oder Kerzen. Um ihr nach dem grausamen Ableben ihres Gatten keinen weiteren Schock zu verpassen, schluckte ich kurz und antwortete, um einen sachlichen Ton bemüht:

»Ähh, erstaunlich, ich finde es echt erstaunlich.«

Bibibee, die Bienen-Künstlerin, fuhr sich durchs brünette Haar, schaute mich traurig aus dunklen Augen an, setzte sich an den Stubentisch und deutete mit einer eleganten Handbewegung auf einen Stuhl.

»Kaffee?«

»Äh, hast du auch ein Bier, ein kleines?«

Sie nickte, stand auf und ging in die nebenan gelegene Küche:

»Bier ist das Einzige, was bei uns nie ausgegangen ist. Du kennst Egis Problem!«

Sie lachte kurz ein Lachen wie Galle und reichte mir ein wohltemperiertes Bier.

»Glas?«

»Hmmm.«

Die Trauer hatte die schöne Witwe vergessen lassen, die Flasche zu öffnen. Ich nutzte einen meiner Silberringe, den mit dem mächtigen Adler, um mit einer routinierten Handbewegung und ausgestrecktem Finger den Kronkorken mit einem hörbaren *Plopp* zu entfernen.

»Oh, sorry, Dani, habe ich vergessen.«

»Äh, macht nichts. Äh, wie geht's dir so, Bibibee?«

»Wie soll's mir schon gehen? Wie wohl? Mir geht's beschissen!«

Um nichts sagen zu müssen, führte ich die Flasche, auf der sich Kondenstränen gebildet hatten, rasch zum Mund und nahm einen tiefen Schluck. Das Bier war so kalt, dass mir ein eisgekühlter Blitz unter der Schädeldecke entlang fuhr und mir Tränen ins Auge trieb.

Bibibee bemerkte das Feucht in meinen Augen, tätschelte mitfühlend meine Hand:

»Ja, das macht viele im Dorf betroffen.«

Ich wollte der Witwe mit den melancholischen Augen nicht widersprechen und ersparte mir den Hinweis, dass wohl die Mehrzahl der Dorfbewohner Eginbert für ein Arschloch gehalten hat.

»Dani, weiß man eigentlich schon was Neues? Wer das gewesen sein könnte? Was wird denn so getratscht?«

Sie machte eine kurze Pause, schaute mich auffordernd an. Eigentlich wollte ich sie reden lassen und mimte den Nachdenklichen. Sie hielt, wie von mir intendiert, die Stille nicht lange aus.

»Denkst du, dass der eine, der neben dieser Schlampe gecampt hatte und der nachts abgehauen ist, den Egi umgebracht hat? Wer nachts heimlich verschwindet, hat doch Dreck am Stecken!«

Ich unterbrach eine längere Phase der Stille:

»Ich weiß nicht, ob er mit Ekis, äh, Egis Tod etwas zu tun hat, aber es ist schon seltsam, dass er so sang- und klanglos verschwunden ist. Da muss ich mal nachbohren.«

»Bist du an dem Fall dran, Dani? Und eins noch, eine Bitte, sag nicht immer Eki zu Egi! Er konnte auch richtig nett sein. Und er hat ganz schön viel für das Dorf gemacht.«

Ich nickte und nahm einen Schluck.

»Bist du an dem Fall dran, habe ich gefragt? Antworte doch! Im Leberwurstfall mit der Moni hast du doch auch ermittelt, damals.«

»Äh, nein, ich bin zwar immer noch als Privatermittler zu haben. Aber ich habe keinen Auftraggeber – und umsonst ist der Tod. Äh, sorry, war nicht so gemeint.«

»Darf ich dir noch ein Bier bringen?«

Ich lehnte mit einer eindeutigen Geste ab.

»Nein, auf keinen Fall, ich muss ja noch fahren.«

»Wo geht's denn hin?«

»Ich schaue noch bei Alki-Fone vorbei.«

Die Neugierde der Witwe war geweckt, sie legte den Kopf schief, sah mich aus dunklen Augen an:

»Also ermittelst du doch?«

»So kann man das nicht nennen, ich möchte nur ein bisschen recherchieren. Es geht ja auch um Friedas Renommee.«

»Und warum gerade bei Alfons? Stimmt es, dass er gestern mit Geld nur so um sich geschmissen hat? Der Fone hat doch sonst nie Geld. Und die Kommissarin, die Blonde, die hat mich gestern nach Egis Geldbeutel, Ausweis et cetera et cetera gefragt. Offensichtlich ist der Geldbeutel verschwunden. Und der Fone, der hat ja sonst nie Geld! Ich möchte ja nichts behaupten, aber das ist schon seltsam.«

Ich resümierte kurz:

»Dann hast du ja schon zwei potenzielle Täter, den Hanomag-Hansel, diesen Friedhelm Fink und unseren Alki-Fone. Und dem werde ich jetzt einen Besuch abstatten.«

»Okay Dani, aber ich würde gerne noch über Egi mit dir reden. Ich finde, er wird in der Öffentlichkeit anders dargestellt, als er es verdient hat.«

Der Blick der Witwe ging abrupt zum Fenster:

»Oh, wer kommt denn da? Die haben mir gerade noch gefehlt!«

»Mir auch!«

Ich sprang schnell auf und fragte:

»Bibibee, gibt es einen Hinterausgang?«

PKA Nedlich schlug mit den Füßen gegen die Weißwandreifen, als er das mächtige Achtzylinderfahrzeug umrundete. Bibibee kam eleganten Schrittes die kleine Treppe ihres Hauses herunter. Die blonde Kommissarin hob grüßend die Hand:

»Haben Sie Zeit für ein paar Fragen?«

Der PKA rief zur Witwe:

»Wissen Sie nicht, dass es verboten ist, ein Fahrzeug nur zum Spaß laufen zu lassen?«

Frau Bilsner antwortete kurz und trocken:

»Das ist nicht mein Fahrzeug!«

Die Kommissarin nickte wissend und zog den eifrigen Beamten vom Fahrzeug weg:

»Dieses motorisierte Monstrum kenne ich zwar noch nicht, aber es kann nur Bönle gehören.«

Der PKA bekam beim Wort *Bönle* sofort einen roten Ausschlag im Gesicht und wütete:

»Dem stell ich jetzt aber einen Strafzettel aus!«

Zürnend rief er:

»Bönle, kommen Sie sofort raus, ich weiß, dass Sie da sind!«

Der Zürnende zückte sein Handy und stellte mir per App und QR-Code eine Verwarnung aus.

Ich stand hinter dem Bilsnerschen Holderbusch neben der Hundehütte und der kleinen Miniaturmühle mit dem alten Mühlstein. Und ich tat einen Dreck, was der PKA forderte. Wenigstens hatte er mich dieses Mal gesiezt.

14

Wie der Alki-Fone einen kommunikativen Riedspaziergang macht und die Vorzüge eines Guinness genießt

Die Verwarnung machte mir keine Sorgen, eher machte es mir Sorgen, wie einfach heutzutage in diesen modernen Zeiten ein Knöllchen digital auszustellen war. Mit knappen 60 Kilometern in der Stunde brabbelte ich durch das Ried. Nachhaltiger ging es kaum, der Wagen würde garantiert noch weitere 60 Jahre gute Dienste verrichten. Und nicht wie die E-Kacke nach wenigen Jahren ausrangiert werden. Mit gutem Öko-Gewissen und in der Hoffnung, einen Biber überfahren zu können, näherte ich mich Alki-Fones Therapie-WG.

Mit drei Mitbewohnern, denen man ihre Krankheit nicht auf den ersten Blick ansah, saß Alki-Fone auf der Veranda des therapeutischen Wohnheims. Fone fiel mit seinem langen, glänzenden Haar und seinem ungepflegten Äußeren schon optisch in der Kleingruppe auf.

Als er mich erkannte, sprang er auf, stieß das kleine Tischchen, um das sie herumsaßen, beinahe um und ergriff die Flucht. Er kam jedoch nicht weit, da er über Brutus, den anstaltseigenen Therapiehund, stolperte. Winselnd verzog er sich, ich packte Fone am Kragen, zog ihn hoch:

»Hast du kurz Zeit, Fone?«

Alfons Bäuerle versuchte vergeblich, sich aus meinem Griff zu befreien, und jammerte:

»Lass mich, ich habe nichts getan. Lass mich sofort los oder ich rufe die Polizei!«

»Gute Idee«, konterte ich, griff mit einer Hand zum Handy und ergänzte, »da ruf ich doch gleich die Kommissarin an, die hat bestimmt noch ein Plätzchen in einer gemütlichen Zelle für dich.«

»Okay, Herr Bönle, nichts für ungut, wir können gerne kultiviert reden. Aber lassen Sie mich zuerst los!«

»Fone, hör mit dem albernen Gesieze auf! Komm, wir laufen ein kleines Stückchen durchs Ried und unterhalten uns kultiviert!«

Fone nickte, ich ließ ihn los, und wir machten uns von der Suchtanstalt, die malerisch am Rande des Rieds lag, auf und suchten die Pfade, die uns ins Moor hineinführten.

»Dani, du hast doch in deinem Straßenkreuzer einen Kühlschrank, einen kleinen. Ist da vielleicht ein Blondes drin? Das würde mir das Reden erleichtern.«

»Woher weißt du das mit dem Kühlschrank?«

»Das weiß jeder!«

»Da ist aber nicht nur Bier drin!«

»Das weiß auch jeder. Stimmt es, dass da immer auch eine Dose Leberwurst drin ist, so für Notfälle?«

Offensichtlich war die Öffentlichkeit über den Inhalt meines Fahrzeug-Kühlschrankes gut informiert.

»Lassen wir das, Fone, hier geht es nicht um meine Leidenschaften. Äh, sondern um Mord!«

Der Alkoholkranke zuckte bei dem Wort Mord zusammen, und ich befürchtete, dass er wieder versuchen würde, auszubüxen. Er blieb jedoch lediglich abrupt auf dem mit Rindenmulch ausgelegten Pfad stehen und stammelte:

»Dani, das war ich nicht! Du weißt doch, ich kann keiner Fliege … Ich war das nicht! Nur weil ich alkoholkrank bin, bringe ich doch niemanden um. Verdammt, das musst du mir glauben! Und jetzt mach schon deinen Kühlschrank auf. Komm, wir gehen zum Auto!«

Fone zerrte mich zurück zum Parkplatz, wo der Achtzylinder, quer eingeparkt auf Grund seiner Länge, zwei Plätze belegte. Zwischen Beifahrersitz und Fahrersitz hatte ich die Dreimann-Couch geopfert und mittig einen kleinen Kühlschrank, der nach oben zu öffnen war und durch eine separate Batterie unter dem Beifahrersitz gespeist wurde, eingebaut. Fone war begeistert. Ich legte ihm vier unterschiedliche Biersorten zur Auswahl auf den Beifahrerplatz.

»Darf ich mir eins aussuchen? Die Auswahl ist ja vorzüglich!«

Mit ausgestreckter Hand präsentierte ich ihm den Inhalt. Fone griff nach dem Guinness, das war mir gerade recht, da ich die dunkle Brühe nicht sonderlich liebte. Es war mein Gäste-Bier. Auch Damen liebten es seltsamerweise.

»Darf ich auch *zwei* nehmen? Das ist ja eine dufte Karre!«

Ich handelte ihn zu seinem Erstaunen auf drei herunter, reichte ihm dazu aber eine alte Metzgerei-Papiertüte, in der ehemals leckere Wurstwaren transportiert wurden, um die ausgewählten Brauereiprodukte zu verstecken. Mir war selbst klar, dass die kalten Getränke seiner Therapie nicht dienlich waren. Aber bei Fone waren Hopfen und Malz verloren.

»Darf ich mich bloß mal so ans Lenkrad setzen?«

Fone war stolz, fuhr mit den Händen andächtig über das große Holzlenkrad und bemerkte das kleine eingeschnitzte Kreuz:

»Was bedeutet das Kreuz?«

»Das geht niemanden etwas an.«

»Okay, tolle Kiste, lass uns ins Ried gehen, Dani, ich habe einen Durst! Das Messer hier in der Ablage ist ja auch spitze, so eins hätte ich auch gerne.«

Er nahm mein Laguiole andächtig in die Hand, öffnete die Klinge und fuhr vorsichtig mit dem Daumen darüber:

»Rasiermesserscharf«, flüsterte er andächtig.

Schnell gingen wir zurück auf den weichen, rindengemulchten Riedpfad. Fone hatte Durst. Ich nutzte seine prekäre Situation schamlos aus, hielt meine Hand abwehrend über die Tüte mit dem begehrten Inhalt:

»Stopp, zuerst reden!«

»Au Mann, Dani, du bist ein echter Arsch! Was willst du denn wissen?«

»Ich will wissen, was am Samstag los war.«

»Was soll da los gewesen sein? Da war wie immer gar nichts los! Darf ich jetzt einen Schluck nehmen? So ein Guinness ist was Vorzügliches!«

Ich schüttelte den Kopf und nahm ihm die Tüte mit dem berauschenden Inhalt weg.

»He, was soll das, ich habe doch nichts Falsches gesagt!«

»Fone, hör mal gut zu! Du kannst mich nicht für dumm verkaufen, ich möchte wissen, was du am Samstagmorgen gehört, gesehen oder sonst irgendwie bemerkt hast, als du zu Frieda in die Riedwirtschaft gekommen bist. Ich weiß genau, dass du immer die Abkürzung durchs Ried nimmst und dann über den Stellplatz zur Gartenwirtschaft.«

Er verschränkte im Dahingehen die Arme vor der Brust und schwieg. Er schielte jedoch zur Tüte. Ich musste ihn irgendwie anfixen. Ich wurstelte eine Guinnessdose aus der Tüte und öffnete sie mit einem zischenden Geräusch. Fone wurde nervös neben mir:

»Falsch! Das machst du falsch, du musst zuerst gegen den Boden klopfen, wegen der Kugel. Da ist eine Kugel. Dann schäumt's und schmeckt besser. Das Aroma wird dann erst vorzüglich.«

Ich zog die Dose langsam Richtung Nase und atmete tief ein:

»Stimmt, das Aroma ist vooorzüüüglich«, seufzte ich genießerisch.

Fone war am Rande eines Nervenzusammenbruchs und jammerte:

»Dani, bitte! Was willst du wissen? Ich erzähle dir alles, ich schwöre! Gib schnell her, das schäumt ja über!«

Ich schaute ihn kalt an:

»Okay, letzte Chance, was hast du mitbekommen am Samstag? Und vor allem, wo hattest du auf einmal das viele Geld her? Du hast Korbi sogar Trinkgeld gegeben, das hast du noch nie gemacht. Also rede endlich!«

»Erst, wenn ich einen Schluck bekomme!«

Ich reichte ihm die Tüte und die geöffnete Dose. Gierig trank er einen großen Schluck, fuhr sich mit dem Handrücken über den ungepflegten Bart, um Schaumrückstände abzuwischen.

»Aaah, der erste Schluck! Vorzüglich, so ein Guinness ist ein vorzügliches Bier. Übrigens war am Samstag alles wie sonst auch. Ich bin durchs Ried, da war's ganz unheimlich, weil Nebel war. Und am Wohnmobilplatz war auch alles noch ruhig. Ich hab dann noch meine Mülleimer-Pfandflaschentour im Ort und an den Parkplätzen gemacht, bevor mir der Tizian das wegschnappt, und dann bin ich wie immer in den *Goldenen Ochsen*. Und den Rest kennst du ja, ihr habt mir Bier spendiert, wie immer. Alles wie immer.«

Ich hatte das Gefühl, dass er mir irgendetwas verheimlichte, und so bohrte ich weiter:

»Das mit dem Geld, das musst du mir erklären. Wir wussten ja nicht, dass du am Samstagmorgen flüssig warst, deshalb haben wir dir wie immer ein paar Bierchen spendiert. Bis wir bemerkten, dass du Geld hast. Und jetzt, zum letzten Mal, wo hast du das Geld her? Du hast sonst nie welches!«

Fone nahm einen tiefen Schluck, um überlegen zu können:

»Eine Tante hat mich besucht, die bringt mir immer mal wieder Geld mit. Das ist ja nichts Schlimmes.«

Und dann war aus Alki-Fone in Sachen Pilsner-Eki nichts mehr herauszubekommen. Mein Gefühl, dass er mir irgendetwas verheimlichte, blieb. Dem Thema Stellplatz-Mord ging er auch bei meinem letzten Anlauf, der Wahrheit etwas näher zu kommen, geschickt aus dem Weg.

»Aber, wenn du schon nachfragst, eins war komisch.«

Er legte eine Kunstpause ein. Ich fragte:

»Was war komisch, Fone?«

»Ich trau mich ja kaum, das zu sagen, das war wirklich komisch.«

»Verdammt, jetzt rede schon, sonst nehme ich dir das Bier wieder weg! Was war denn komisch?«

Alfons blieb stehen, hob den Zeigefinger zu den Lippen, blickte unsicher ins Ried und flüsterte:

»Ich hab ihn gesehen.«

»Wen hast du gesehen? Rede jetzt endlich!«

»Ich hab ihn gesehen, den Butzi!«

Mit allem hätte ich gerechnet, nur nicht mit diesem dummen Geschwätz. Ich winkte energisch ab und schimpfte:

»Lass das bleiben! Der Butzi ist tot und soll in Frieden ruhen. Es gibt keine Geister, die im Ried umgehen. Wenn Butzi etwas macht, dann fährt er mit Petrus zusammen da oben Harley.«

Fone schüttelte den Kopf:

»Ich weiß, was ich an diesem Samstagmorgen im Ried gesehen habe, das war der Butzi! Ganz in Weiß. Der geht um! Die Hedel sagt das auch, und die hat das Gesicht. Die sieht auch andere Dinge.«

»Wer sagt das auch?«

»Die Hedel, äh, die Hedwig, die Blinde, die Oma vom Tizian, die halt, die immer im Bett liegt.«

So, nun war ich informiert. Geschickt hatte Alfons das Thema gewechselt, vom Mord an Bilsner zu unserem auf so tragische Weise verstorbenen Kameraden Butzi, einem MIKEBOSSler der ersten Stunde.

Butzi war der Chaot der Truppe und zu jedem schlechten Scherz bereit. Sein schlechtester war, sich aufgrund einer Wette in eine Saudecke zu kleiden und zur Jagdzeit durchs Gelände zu streifen. Sein eigener Vater, leidenschaftlicher Waidmann, hatte ihn mit einem Blattschuss erlegt. Und seither immer wieder die alte Mär vom Butzi, der in allen erdenklichen Aggregatzuständen durchs schaurige Moor geistert.

Fone wusste, wie sensibel ich auf dieses Thema reagierte, und hatte mich geschickt zum Schweigen gebracht.

Als ich mit Fone im Schlepptau, der wünschte, zu einem Sonntagsumtrunk mit zu Frieda kutschiert zu werden, zum Suchtklinik-Parkplatz kam, fuhren just die Frau Kommissarin und ihr PKA heran und parkten neben meinem Achtzylinder.

»Sie belegen zwei Parkplätze! Und was machst du hier, Bönle?«

»Einer reicht nicht aus, und ich gehe mit Herrn Bäuerle spazieren.«

Der PKA war sichtlich echauffiert, mich ein zweites Mal an diesem schönen Morgen zu sehen.

»Und was sehe ich da auf dem Beifahrersitz? Das ist doch Alkohol?«

Ich blickte auf das Corpus delicti, ich hatte tatsächlich nach der Präsentation des Sortiments vergessen, es wieder in den Kühlschrank einzuräumen. Ich nickte der adretten Kommissarin und dem nörgelnden PKA freundlich zu:

»Ich hätte auch noch kühle. Darf es eins sein, die Dame, der Herr?«

Alki-Fone horchte auf:

»Und ich?«

Die Kommissarin kam auf mich zu, kam ganz nahe, zog ihre Sonnenbrille zur Nasenspitze, tippte mir mit knallroten Fingernägeln auf die Brust:

»Herr Bönle, mein Gefühl sagt mir, dass Sie hier herumschnüffeln. Halten Sie sich einfach aus dem Fall raus, sonst bekommen Sie Ärger. Haben Sie mich verstanden?«

Der PKA kam ebenfalls auf mich zu und wiederholte:

»Haben Sie das verstanden?«

Ich kam ganz nahe an ihn heran, tippte ihm gegen die Brust:

»Ja, was jetzt, Siezen oder Duzen?«

Er bekam schon wieder rote Flecken im Gesicht und fauchte mich an:

»Nimm deine Finger da weg, Bönle! Das ist Körperverletzung!«

Ich grinste, scannte ihn von oben bis unten:

»Das scheint bei Ihrem fragilen Körper recht einfach zu sein.«

Alki-Fone hatte es sich auf dem kunstledernen Beifahrerbänkchen bequem gemacht und schaute stolz aus dem mächtigen Cabriolet, als die Kommissarin ihn zurückpfiff.

»Was glauben Sie, Herr Bäuerle, warum wir hier sind? Raus aus dem Schiff! Ich habe einige Fragen an Sie. Und Bönle, Sie schauen, dass Sie Land gewinnen! Sie halten sich auch zur Verfügung. Es gibt auch an Sie noch etliche Fragen.«

15

Wie der Butzi wieder über die Hedel ins Spiel kommt, obwohl er eigentlich längst raus ist, und wie die Bibel Rätsel aufgibt

Da es auf dem Weg lag, schaute ich bei der alten Henke vorbei, der Hedel, wie Alfons sie genannt hatte. Frau Kümmerle, Hedels Tochter, öffnete und zeigte mir den Weg nach oben in Hedwig Henkes Kammer. Die Tür war einen Spalt geöffnet, und ein eigenartiger Singsang war zu vernehmen. Ich lugte durch den Türspalt, fasziniert beobachtete ich die skurrile Szene.

Beide Stimmen beteten gemeinsam:

»Heilige Maria, Mutter Gottes, bitte für uns Sünder, jetzt und in der Stunde unseres Todes. Amen.«

Dann fungierte Hedel Henke als Vorbeterin:

»Ehre sei dem Vater und dem Sohn und dem Heiligen Geist.«

Dann sangen wieder in einschläfernder Weise beide Stimmen:

»Wie im Anfang, so auch jetzt und alle Zeit, und in Ewigkeit. Amen.«

Nun wieder Hedel im Vorbeterinnenmodus:

»O mein Jesus, verzeih uns unsere Sünden. Bewahre uns vor dem Feuer der Hölle und führe alle Seelen in den Himmel, besonders jene, die deiner Barmherzigkeit am meisten bedürfen.«

Und dann erkannte ich durch den Türspalt den vor dem Bett knienden Mitbeter: Es war Tizian.

Vorsichtig klopfte ich an die Tür, um die beiden nicht zu erschrecken.

»Wer ist das?«

Die Alte setzte sich abrupt im Bett hoch, ihr Enkel drückte sie sanft ins ausladende Kopfkissen zurück. Tizian beruhigte seine Oma:

»Das ist bloß der Dani.«

Die Alte konnte mit dieser Aussage nichts anfangen:

»Wer ist das und was will er?«

Ihre trüben Augen versuchten mich zu erkennen. Ihr Enkel versuchte zu erklären:

»Weißt du, Oma, das ist der Papa vom Korbi, von meinem Freund Korbi.«

Die Alte lächelte wissend:

»Ah, der Bönle, der Daniel, der unten ins Ried gebaut hat, der Lehrer, den sie rausgeschmissen haben.«

Sie lachte ein heiseres Lachen und fuhr fort:

»Deine Frau, die Cäcilia, ist eine Hübsche, die ganzen Bauernbuben waren mal hinter ihr her. Aber die Frieda war früher auch mal eine schöne Frau. Stimmt es, dass ihr jetzt noch eine Tochter bekommen habt? Mit einem komischen Namen?«

»Nein, das stimmt nicht, sie heißt Annamirl Bonneville.«

Tizian kicherte vor Freude und tanzte mit den Händen fuchtelnd durch das kleine Schlafzimmer, die linke schien spastisch verkrampft. Seine Oma fragte mit Erstaunen in der Stimme:

»Was freut dich so, Bub?«

»Die Annamirl, ich hab sie auch schon mal tragen dürfen.«

Die Alte blickte in meine Richtung und fragte streng:

»Stimmt das, hat der Tizian sie tragen dürfen?«

»Ja, warum nicht?«

Sie lächelte in meine Richtung und meinte milde:

»Das ist gut, der Tizian tut niemandem etwas zuleide. Die Leut im Dorf, die sind schon manchmal böse zu unserem Tizian. Aber der Tizian, der tut keiner Fliege was zuleide. Der Tizian hat halt seine Wehwechen, aber daran ist er nicht schuld und trotz der bösen Hand schafft er viel. Und nicht nur für sich! Der Tizian ist ein Guter, auch wenn die Leut oft böse über ihn reden. Komm, setz dich zur Oma her.«

Hedel klopfte mit der flachen, altersgefurchten Hand auf den Bettrand.

»So, Bönle, was verschafft mir die Ehre eines Besuchs?

Bestimmt nicht der Erntedank. Was willst von einer alten Frau? Du hast doch eine hübsche zu Haus.«

Ich überlegte kurz, wie ich es formulieren sollte. Da überlegen meist nichts nützt, sagte ich einfach:

»Die Leute im Dorf behaupten, Sie hätten das Gesicht, und eigentlich sind es zwei Dinge, die ich wissen möchte. Erstens: Wer hat den Bilsner umgebracht? Und zweitens: Wer behauptet, dass Butzi im Ried umgeht?«

Die Alte überlegte kurz, spielte mit dem Rosenkranz zwischen den Fingern:

»Ich habe nie behauptet, das Gesicht zu haben, die Leut sagen es, *ich* nicht. Aber eins weiß ich, ich habe schon oft Recht gehabt und vorhergesehen, wenn das Unheil kommt.«

Sie nahm Tizians Hand in die ihrige und hielt sie so fest, dass die Knöchel weißlich erschienen:

»Ich hab auch seine Eltern damals gewarnt. Sie sollen den Tizian nicht auf das Zeltlager lassen, da wird ja heutzutage bloß gesoffen und rumgehurt. Hätten sie auf mich gehört …«

Die zittrige Rechte suchte Tizians dunkles Haar. Er beugte sich zu seiner Großmutter. Sie lächelte.

Ich wollte nicht, dass sie wegen Tizians *Unfall* vom Thema ablenkte und fragte direkt:

»Frau Henke, wenn Sie da eine Gabe haben, was es ja geben soll, vielleicht können Sie mir helfen. Haben Sie eine Idee, was hinter dem Tod von Herrn Bilsner stecken könnte? Sie haben doch bestimmt davon gehört, von Ihrer Tochter oder von Tizian?«

Die Alte setzte sich im Bett auf, Tizian stützte ihren Rücken mit einem weiteren Kopfkissen, das am Fußende lag.

»Hol mir's Weihwasser, Tizian.«

Tizian nahm von der Kommode eine wassergefüllte Steingutschale, in der ein welkes Buchssträußchen lag. Hedel Henke begann ein Vaterunser zu beten und verspritzte in meine Richtung das geweihte Wasser, indem sie das Buchsbüschelchen immer wieder in das gesegnete Wasser tunkte.

»Du gehörst doch auch zu den Motorradfahrern, die da durchs Dorf krawallen. Das ist Teufelszeugs! Und Alkohol trinkt ihr auch, der Tizian erzählt mir schon, wie's da immer zugeht. Auch auf diesem neuen Zeltplatz bei euch, auch mit den Weibern. Allhäg habt ihr neue Weibsleut um euch rum. Sodom und Gomorrha! Das ist alles Teufelszeugs. Und da wunderst du dich, Bönle, dass der Butzi im Ried umgeht! Wenn er keinen Frieden findet. Der Satan besitzt euch! Wo ich noch besser sehen konnt', da war mir schon klar, wem ihr huldigt mit euren Totenköpfen auf euren Jacken.«

Sie lehnte sich zurück, deutete auf die Bibel, die mit vielen bunten Zettelchen auf unterschiedlichsten Seiten gespickt war, und forderte Tizian auf:

»Gib mir mal den Zettel von ganz hinten, den auf der letzten Seite!«

Tizian tat ernst, wie ihm geheißen, und orakelte mit feierlicher Stimme:

»Die Bibel, die ist ein Quell.«

Dann bespritzte mich die alte Frau noch einmal mit Weihwasser, fing an zu beten, indem sie vom vergilbten Zettel las:

»Ich beschwöre dich,
Satan, Feind des menschlichen Heils,
erkenne an die Gerechtigkeit und Güte Gottes, des Vaters,

der deinen Hochmut und deinen Neid
durch gerechtes Urteil verdammt hat:
Weiche von diesem Diener Gottes Daniel Bönle,
den der Herr nach seinem Bild geschaffen,
mit seinen Gaben ausgestattet
und als Sohn seiner Barmherzigkeit angenommen hat.
Ich beschwöre dich,
Satan, Herrscher dieser Welt,
erkenne an die Macht und die Kraft Jesu Christi,
der dich in der Wüste besiegt,
dich im Garten überwunden,
dir am Kreuz deine Beute entrissen
und bei seiner Auferstehung aus dem Grab
deine Siegeszeichen in das Reich des Lichtes geführt hat:
Weiche von diesem Geschöpf Daniel,
das er sich durch seine Geburt zum Bruder gemacht und sterbend zum Eigentum erworben hat mit seinem Blut.

So, das reicht fürs Erste. Das hilft dir, vom Satan abzulassen. Oder auch *er* von *dir*!«

Und noch einmal spritzte sie das geweihte Wasser in meine Richtung. Ich staunte über Tizians Oma, hatte sie doch die Kurzform eines Exorzismusgebetes in meine Richtung gesprochen.

Hoffentlich hatte sie mir den Teufel ausgetrieben. Tizian war bei alledem mit großen Augen still neben seiner Großmutter gesessen und hatte sich immer wieder bekreuzigt.

Eine kurze Zeit herrschte sakrale Stille in der kleinen muffigen Kammer, dann forderte die Alte ihren Enkel auf, den Zettel zu falten und zurück auf die letzte Seite der Bibel zu stecken. Tizian tat dies wiederum mit andächtiger Ernsthaftigkeit und fing an, langsam und leise zu reden:

»Die Bibel ist ein Quell. Die Bibel weiß alles. Auch das vom Bilsner. Die Bibel ist ein Quell.«

Ich war erstaunt und fragte neugierig nach:

»Tizi, wie meinst du das, äh, dass die Bibel das vom Bilsner gewusst hat?«

Tizian überlegte lange, seine Großmutter lag angespannt im Bett und horchte aufmerksam.

»Die Bibel ist ein Quell, sie weiß alles, auch, was dem Bilsner passiert, weil er ein Lump ist.«

»Was meinst du damit?«

»Ich sag's doch, die Bibel weiß alles. Ich kann's nicht anders sagen.«

Ich drängte Tizian weiter:

»Und warum sagst du zum Herrn Bilsner *Lump*?«

Nervös scharrte Tizian mit den Beinen, kratzte sich im Gesicht:

»Weil er ein Lump ist! Das ist so!«

Ich unternahm noch einen Anlauf:

»Tizian, denk mal gut nach. Hat der Bilsner dir mal was Böses getan?«

Der Gefragte rutschte auf der Bettkante hin und her, sein Kopf zuckte hektisch hin und her, und er rief:

»Der Bilsner, der Bilsner ist vom Teufel! Er ist an allem schuld! Drum hat er den Pflock im Kopf!«

Offensichtlich hatte ich Tizian mit meinen Fragen überfordert, er sprang von der Bettkante auf und stammelte:

»Ich, ich geh!«

»Bönle, du bringst mir den Buben ganz durcheinander, aber er hat nicht unrecht. Der passt besser auf, als man denkt. Schlag mir mal die Bibel bei Buch Richter auf! Los Bönle, steh nicht nur blöd in meiner Kammer rum! Du willst doch was von mir, ich nicht von dir! So schlag mal

Richter 4, 17 auf. Das mit dem Jael! Hast du's bald? Lies das mal in Ruhe durch.«

Ich tat, wie mir geheißen, obwohl mir ihre Forderung abstrus vorkam. Als ich beim Vers 21 ankam, stockte mir der Atem, laut wiederholte ich ihn noch einmal:

»Doch Jaël, die Frau Hebers, holte einen Zeltpflock, nahm einen Hammer in die Hand, ging leise zu Sisera hin und schlug ihm den Zeltpflock durch die Schläfe, sodass er noch in den Boden drang, während er erschöpft in tiefem Schlaf lag. So fand Sisera den Tod.«

Die Alte drehte den Kopf in meine Richtung:

»So, jetzt weißt du, was der Tizian gemeint hat, ich mach mit ihm immer Bibelstunden. Er kennt sich da fast besser aus als ich. Der ist nicht so dumm, wie man denkt, der kriegt alles mit. Alles!«

In meinem Kopf schwirrte es, jede weitere Frage konnte jetzt zu viel sein. Es war mir nicht klar, wie die Bibelstelle, Bilsners Tod, Tizian, seine Großmutter und diese seltsamen Prophezeiungen zusammenhingen. Aber dass ein Zusammenhang bestehen musste, das war mir klar. Ich wechselte das Thema:

»Frau Henke, wie haben Sie das vorher mit dem Butzi gemeint, äh, dass der Erlösung braucht, damit er nicht mehr umgeht?«

»Ich hab nichts von Erlösung gesagt. Ich hab gesagt, dass er seinen Frieden finden muss, den Frieden, erst dann kann er erlöst werden.«

Ich fragte die alte Frau, die von Minute zu Minute müder wirkte:

»Glauben Sie wirklich, dass der Butzi im Ried umgeht, glauben Sie, dass es echte Geister gibt?«

Sie antwortete mit fester Stimme:

»Wenn es Schutzengel gibt, dann gibt es auch Geister, egal wie man's nennen will. Man kann nicht an das, was einem gefällt, glauben und ans andere nicht. Gibt es Hell, dann gibt's auch Dunkel. Das eine ist wie's andere. Gibt es Schutzengel, woran ich glaube, dann gibt es auch die Kehrseite. Und hätte damals der Tizian keinen Schutzengel gehabt, dann wäre er heute nicht mehr unter uns.«

Sie seufzte schwer, ihre Züge wurden milder, Tränen liefen aus den trüben Augen. Sie wischte sie mit einer raschen Bewegung vom Gesicht. Die Erinnerung an Tizians Schicksal hatte sie tief bewegt. Ich räusperte mich, wollte die intime Situation nicht länger stören:

»Also dann, tschüss, Frau Henke, Ihnen alles Gute, vor allem Gesundheit.«

»Lass das Gelabere, Bönle, lies mir lieber noch was aus dem Buch Richter vor, die Stelle, wo es Abimelech an den Kragen geht! Aber schön laut, hören kann ich zwar noch gut, trotzdem lies schön laut!«

So las ich in einer engen stickigen Kammer vor einer alten Frau mit fester Stimme eine Bibelstelle aus dem Buch Richter, die mir bis dato fremd war und in der es einem gewissen Abimelech schlecht erging:

»Dann zog Abimelech nach Tebez, belagerte die Stadt und nahm sie ein. Mitten in der Stadt aber war eine starke Burg. Dorthin flohen alle Männer und Frauen und alle Herren der Stadt. Sie schlossen hinter sich zu und stiegen auf das Dach der Burg. Abimelech rückte an die Burg heran und eröffnete den Kampf gegen sie. Als er sich dem Burgtor näherte, um es in Brand zu stecken, warf eine Frau Abimelech einen Mühlstein auf den Kopf und zerschmetterte ihm den Schädel. Da rief er eilends seinen Waffenträger und sagte zu ihm: Zieh dein Schwert und töte mich!

Man soll nicht von mir sagen: Eine Frau hat ihn umgebracht. Der junge Mann durchbohrte ihn und er starb.«

Obwohl das Kapitel noch nicht zu Ende war, unterbrach mich die Alte:

»Bis hierher, das reicht. Die Bibel ist manchmal grausam. Mit einem Mühlstein den Schädel einschlagen, so was würde man keinem Hund antun, keinem Hund! So, und jetzt hau ab, Bönle! Und weniger saufen, mehr beten, sag das auch deinen Freunden!«

Die Worte der alten Frau: *Die Bibel ist manchmal grausam. Mit einem Mühlstein den Schädel einschlagen, so was würde man keinem Hund antun, keinem Hund* hatten sich wie ein Menetekel in mein Gehirn eingebrannt und wiederholten sich wie ein irrer Ohrwurm.

16

Wie im Biergarten eine Meuterei droht und Hochprozentiges schlichtet

Da meine Ermittlungen bei Bibibee, Fone und letztendlich bei Tizians Oma ihre Zeit gefordert hatten, kam ich etwas zu spät zur MIKEBOSSler Sondersitzung an diesem

Sonntag. Mit albernen Kommentaren à la: *Ist dein Dampfer stecken geblieben?* Oder: *Hat der Achtzylinder sechs verloren?* wurde ich empfangen. Selbst Deo, unser Ehrenmitglied, der Annamirl auf dem Schoß wippte, erblödete sich eines despektierlichen Kommentars bei meiner verspäteten Ankunft:

»Ooh, oda war der junge Vata mit seina Harley auf Ermittlungstour und hat sie die ganza Strecke schieba müssa?«

Das war recht unbedacht von Deo, da am Tisch mehr Harley- als Quicklyfahrer saßen. Seinen Fauxpas wollte er mit einem weiteren Scherz ausgleichen:

»Oda warst du wieda mit deina Amischüssel auf Bibajagd im Ried und hast versehentlich eina Maus erlegt? Stimmt es eigatlich, dass du letzte Woche ein Biba überfahra hast?«

»Deo, halt einfach deinen Rand! Oder nennt man das schwarzen Humor?«

Der Geistliche wieherte los und brüllte:

»Nein, das nennt man rabaschwarza Humor!«

Nun hatte er wieder seine Lacher. Wer nicht lachte, war Cäci, um meine Bestellung aufzunehmen. Zuerst wurde ich jedoch abgebürstet:

»Zuerst mal zu dir, Deo. Es stimmt tatsächlich, dass er einen Biber überfahren hat, und zwar auf Höhe der Riedwirtschaft. Und er will sich aus dem Fell eine Bibermütze für den Winter machen lassen. Eine Bibermütze! Aber was viel bedenklicher ist, er hat dafür ein Kreuz ins Holzlenkrad geschnitzt und gemeint, dass es hoffentlich nicht das letzte sei!«

Cäci machte eine Tippbewegung gegen ihre Stirn und schüttelte den Kopf, danach vollführte sie mit einer Hand eine Scheibenwischerbewegung vor ihrem Gesicht. Dann polterte sie weiter:

»Wo warst du denn so lange? Ich musste die Annamirl zu Hilde geben, du weißt doch, wann ich Dienst im Biergarten habe. Aber bei dir ist Hopfen und Malz verloren, das nächste Mal …«

»Apropos, gerne eine Halbe, und Annamirl scheint es doch gut zu gehen.«

Cäci drehte wütend ab. Wütend war sie fast noch schöner.

»Stimmt das mit dem Biber und dem Kreuz auf dem Lenkrad?«

Die Frage kam von Goldi, der bekennender Biberlieber war und in irgendeinem obskuren Umweltretterbund aktiv mitarbeitete, um alles zu retten außer Menschen. Ich nickte nur, das reichte als Antwort.

»Okay, als Präsident in aller Kürze: Ihr wisst, warum wir heute alle außerordentlich zusammengekommen sind. Die tragischen Umstände auf dem Stellplatz hier, äh, ein Riedhagener ist ermordet worden. Und da wir ihn kannten und ich schon ein bisschen, äh, recherchiert habe und ihr ja auch eure Ohren am Puls, äh, Riedhagens habt …«

Flaschen Gordon, der Lehrer, unterbrach meine Einleitung wirsch:

»Was soll das Gelalle, gibt es irgendetwas Neues? Rede nicht um den heißen Brei herum. Oder kann vielleicht Blacky aus dem Nähkästchen plaudern? Mir wäre es recht, wenn wir schnellstmöglich zum gemütlichen Teil übergehen könnten.«

Zaghaftes Knöchelklopfen auf dem Tisch. Kräftiges Händeklatschen bei Deo:

»Ich freua mich schon so auf da Vespaplatte und da leckare Lebawurscht und die Essiggürkla.«

Die Motivation meiner Gang, nur etwas Licht ins Dunkel des grausamen Verbrechens, das Tagesgespräch der Region war, zu bringen, schien nicht sonderlich groß zu sein. Im Allgemeinen hatte die Sitzungsdisziplin stark nachgelassen, und so hatte ich schon vor Monaten in präsidialem Einzelgang für den formalen Sitzungsteil ein Alkohol- und Vesperverbot ausgesprochen. Das Alkoholverbot hielt damals nur eine Viertelstunde. Das Vesperverbot hatte noch Bestand, da ich Frieda angehalten hatte, die Vesperbrettchen erst zum Ende des offiziellen Parts herauszugeben. Flaschen Gordon kommentierte undiszipliniert Deos Aussage in meine Richtung:

»Wenn es überhaupt noch Essiggürkchen gibt! Vielleicht hat der Herr Präsident die Essiggurken auch schon in einer diktatorischen Entscheidung vom Vesperbrettchen wegzensiert!«

»Ich finde dein Vesperbrettchen-Verbot auch zu autoritär, wir sind doch erwachsene Menschen. Außerdem sind wir hier nicht in Nordkorea. Prost!«, bemerkte Joe und nahm zum Beweis seines anarchischen Denkens einen kräftigen Schluck vom WalderBräu naturtrüb hell aus dem Krug. Auch unser blond gelockter Jurist musste seinen Senf dazu geben, da Juristen ja grundsätzlich zu allem ihren Senf dazugeben müssen:

»Da kann ich, zwar bedingt, dem Joe zustimmen. Also dein Erlass hätte vor keinem demokratischen Gericht dieser Welt Bestand. Ebenfalls zum Wohle!«

Er hob sein Glas, das mit Medium-Mineralwasser gefüllt war, und prostete anerkennungsheischend in die revoltierende Gruppe. Blacky tätschelte ihrem Goldi anerkennend auf den Oberschenkel:

»Und außerdem, was spricht dagegen, einen Salatteller

zu essen, wenn man eine Besprechung hat? Wenigstens einen Salat sollte man doch …«

Die Strategie Blackys war für mich mehr als durchschaubar, sie wollte sich mit ihrem grasfressenden Partner Goldi solidarisieren, um meine präsidiale Autorität zu untergraben. Als dann noch Gesicht, unser Mucki-Buden-Hengst, der mit ausdrucksloser Mimik und leicht geöffnetem Mund bis hierher meinen Ausführungen geduldig gefolgt war, meinte:

»Ich brauch mein Fleisch, Dani, und ich habe auch keine Lust, hier hungrig rumzuhängen, nur weil *du* allein die Regeln bestimmst!«

Kräftiges Klopfen auf den Tisch vom Anstifter zur Meuterei, Flaschen Gordon:

»Völlig richtig, das ist unser Hauptproblem, dass eigentlich nur noch einer bestimmt, wo es lang geht, und das bist duuu!«

Flaschen Gordons Zeigefinger wollte mich durchbohren, er drohte weiter:

»Ich finde, wir sollten reflektieren, ob wir das so haben wollen. Würde ich so in meinem Klassenzimmer agieren wie du, Dani, meine Schüler würden mich zum Fenster rausschmeißen. Zum Fenster raus!«

Aufgeregt umklammerte er seine Bierflasche und nahm einen schnellen Schluck. Um wieder etwas Ordnung in den MIKEBOSSler-Saustall zu bringen, fragte ich:

»Wer ist denn heute für das Protokoll zuständig?«

Widerwillig hob Blacky eine Hand. Ich zeigte auf Flaschen Gordon und bestimmte:

»Das schreibt heute Gordon. Und keine Widerrede!«

Gordon knallte die Bierflasche auf den Tisch, sodass weißer Schaum überlief, und rief:

»Danke, Adolf! Wie wäre es mit Folterhaft?«

Flaschen Gordon sprang auf, entriss Blacky das unbeschriebene Protokollblöckchen und den Kugelschreiber und knallte mir beides gegen die Brust. Ich wahrte die Contenance und wollte nach diesem Fauxpas seitens Gordons den Platz des Streites verlassen, als ich eine vertraute Stimme aus dem Off vernahm:

»Jetzt haben wir hier eine Leiche, dann werdet ihr euch hoffentlich nicht wegen so eines Scheißdrecks streiten!«

Frieda trat hinter der Laube hervor, hob mahnend den Zeigefinger und stellte eine Flasche Obstler auf den Tisch:

»Die Gläsle kommen gleich und für dich eine Johannisbeerschorle. Ist das recht so?«

Sie grinste in Blackys Richtung. Diese nickte. Cäci brachte auf einem Tablett die Gläschen für den Hochprozentigen und Blackys Saftgetränk. Im Vorbeigehen zischte sie mich an:

»So, jetzt hast du den Dreck, wenn du so weiter machst, warst du die längste Zeit Präsident!«

Da hatte ich doch Gegenwind aus allen Himmelsrichtungen. Ich griff zum randgefüllten Stamperl und prostete meiner Gruppe zu:

»Nichts für ungut, und wenn das so ist, dann ist ab heute das offizielle Vesperverbot für den amtlichen Teil unserer Vereinstreffen Geschichte!«

Ich rechnete mit aufbrandendem Applaus, nur Deo klatschte begeistert in die Hände und drehte sich zu Frieda hin:

»Frieda, hast du gehört, was dein Schwiegasohn gesagt hat, hast du gehört? Da Vespaplatta dürfat ab sofort wieda jedazeit serviert werda!«

»Und wo das Blöckchen schon bei mir liegt, dann übernehme ich das Protokoll. Und wenn es euch zu undemokratisch zugeht, dann soll reden, wer will.«

Deo fiel mir nun auch in den Rücken:

»Spielat wir nun da beleidigta Lebawurscht?«

Wie die Barbaren fielen die BOSSler über ihre Vesper- und Salatteller her, die Cäci nun ad hoc servierte. Der Biernachschub lief ebenfalls reibungslos. Ergebnisse, die Gräueltat betreffend, wurden keine erzielt. Die Stimmung war fast noch ausgelassener als an anderen Sitzungstagen.

17

Eine spontane Trauerfeier, die ein feuchtes Ende nimmt

Nach der Meuterei am Stammtisch war Brunetta Tower erschienen, um uns über eine spontane Trauerfeier am Todesplatz von Eginbert Bilsner zu informieren. Eine sentimentale Stimmung hätte sie übermannt und sie hätte am Ort des Ablebens des Ortsvorstehers eine Kerze aufgestellt und ein paar selbst gepflückte Herbstblumen niedergelegt. Und auch die Kapulskis hätten Lust geäußert, auf Eginberts Dahinscheiden anzustoßen. Und so saß man nun um ein Lagerfeuer herum, das Theo Kapulski einige Meter vom Stamm der Lärche entfernt entfacht hatte. Die MIKEBOSSler holten aus Friedas Holzschopf gesägte Baumstümpfe als Sitzmobiliar, und bald entstand eine zunächst melancholische Stimmung. Auf dem leeren Stellplatz 5 mit dem schönsten Riedblick stand ein rötlich glimmendes, batteriebetriebenes Ewiges Licht mit LED-Beleuchtung. Daneben lagen Feldblumen.

Paris Kapulski hatte noch ein Pils-Fläschchen dazugestellt, das sie empathisch mit einem schwarzen Trauerbändel versehen hatte.

Schon bald wurde die meditative Panflöten-Musik, die Brunetta aus ihrem Nordmende Cassetten-Radio eiernd über das Kassettenteil abspielen ließ, von Paris' Metalmusik, mit der Begründung, Death-Metal würde besser passen, aus einem Bluetooth-Lautsprecher übertönt.

Nach wenigen wortarmen Minuten ging es auch an diesem Ort der Trauer dort weiter, wo wir am Stammtisch aufgehört hatten. Frieda und Cäci kredenzten dem Trauerkreis einen Ring Schwarzwurst, einen Laib Bauernbrot und einen Fünfliter-Krug Most – auf Kosten des Hauses.

Die Kapulskis, die weder Most noch Schwarzwurst kannten, waren zunächst skeptisch, aber fanden bald Gefallen an den oberschwäbischen Nahrungsangeboten. Brunetta holte aus ihrem bunten Bus Zwiebelchen und Tomatenmark, um mit der Schwarzwurst kulinarische Exzesse zu feiern. Vor allem Paris, die Pubertierende, war vom Most begeistert, wenn man diesen mit süßem Sprudel, sie nannte es Limonade, mischte.

Deo genoss von allem ausgiebig, ihm hatte es vor allem, nicht nur wegen der Farbe, die Schwarzwurst angetan:

»Erst, wenn man eina Atheist damit erschlaga kann, ist sie richtig. Da Schwaaazwuscht muss richtig hart sein!«

Deo, der schon einiges an Alkohol intus hatte, bekam rundum Zustimmung, nicht wegen des Atheisten, nein, eine Schwarzwurst musste im Schwäbischen hart sein, um die Sinne zu erfreuen. Ich war ob der Situation zwiegespalten. Einerseits war es ja nett, vielleicht auch passend, zu einer *etwas anderen* Trauerfeier zusammen zu sitzen. Andererseits würde man in der Schule sagen: *Thema verfehlt*! Aber ich hatte es mittlerweile aufgegeben, teleologisch mit den Motorrad-Chaoten vorzugehen. Meist war der Zufall die bessere Wahl, also: Machen lassen. Cäci würde sagen: *Über die Hälfte deiner Leute ist eh nur triebgesteuert, lass das Es entscheiden*. Im Augenblick musste ich Cäci recht geben.

Gesicht stierte vor sich hin, konnte gerade nicht entscheiden, ob er aus seinem Bierkrug oder aus seinem Mostglas trinken sollte. Flaschen Gordon hielt sein Bierfläschchen in der Rechten, mit der Linken tatschte er auf Brunettas Knie herum. Joe schnitt sich, ein Brettchen auf den Knien balancierend, hauchfeine Zwiebelringe, mit denen er die tomatenmarkbeschmierten Schwarzwurstscheibchen krönte, die wiederum auf einer dicken Scheibe Bauernbrot lagen. Blacky und Goldi knutschten, vermutlich zogen sie sich die Salatreste mit den Zungen aus den Zahnzwischenräumen und den Zahnfleischtaschen. Ich war mit der Gesamtsituation nicht sonderlich zufrieden, als ich eine vorsichtige Hand auf meinem Oberschenkel verspürte:

»Das mit dem Bilsner ist ja voll krass!«

Paris hatte sich mit überschlagenen Beinen neben meinem Holzsitz im Gras niedergelassen. In der Rechten hielt sie ihre Mostschorle.

»Wie meinst du das?«

»So, wie ich's meine: Voll krass!«

»Ach so.«

»Jetzt ist der einfach tot. Krasser als tot geht nicht!«

Ich nickte und bestätigte Paris:

»Äh ja, das ist schon krass.«

Sie nickte ebenfalls und wurde philosophisch:

»Noch krasser ist es nur, wenn man selbst tot ist.«

Sie lehnte ihren Kopf gegen meine Hüfte und erkannte:

»Vielleicht kann man aber, wenn man tot ist, gar nichts mehr krass finden, das wäre dann noch krasser.«

Wiederum nickte ich, was sie weiter motivierte:

»Aber, wenn man tot ist, also so, wie der Eki, dann weiß man ja vielleicht gar nicht, dass man tot ist, und dann kann man es ja gar nicht krass finden, das wäre megakrass!«

Ich nickte wiederum.

»Dann wäre es ja egal, ob man tot ist oder nicht. Das ist echt der Hammer!«

Ich wagte eine kurze Frage:

»Das verstehe ich jetzt nicht. Kannst du mir das erklären?«

Aus mostschorlegetrübten Augen blickte sie zu mir hoch:

»Ganz einfach, entweder merkt man, dass man tot ist, oder man merkt es nicht, und beides Mal ist das krass. Das ist doch das Krasse, dass es beides Mal krass ist. Verstehst du das?«

»Äh, nicht ganz.«

»Okay, noch mal ganz langsam für Babys: Entweder ist man tot oder nicht! Wenn man nicht tot ist, so wie wir beide gerade, dann merkt man das ja. Ist man aber tot, dann merkt man's oder auch nicht. Das ist doch voll krass. Und das Krasse ist, das ist ja voll krass, dass es beides Mal voll krass ist. Das könnte ja bedeuten, wenn man merkt, dass es krass ist, dass man gar nicht tot ist, weil man ja merkt, dass es krass ist!«

Ich schaute auf ihr schwarzes Haar hinunter und ihr bleich geschminktes Gesicht:

»Vielleicht nennt man das ja Paradies.«

Sie lächelte und hauchte:

»Das wäre krass! Ich bekomme einen kalten Arsch!«

Ungefragt setzte sich Paris auf meine Knie und zischte:

»Au, schau mal, die Schlampe da drüben! Jetzt steckt sie dem Gordon die Zunge in den Hals. Da wird dann der Bus heute Nacht wieder schaukeln! Da war jetzt eine Nacht *Totenruhe*!«

Paris kicherte wissend.

»Wie meinst du das?«

»Muss man dir eigentlich alles erklären, du warst doch mal Lehrer. Aber das waren ja immer schon die Doofsten! Wenn die nicht mit dem Fink gevögelt hat, dann war's der Bilsner.«

»Woher weißt du das?«

»Hei, hallo, wohnen wir direkt neben der? Platz 1 wir, Platz 3 die Schlampe. Da kriegt man doch alles mit. Und wenn meine Alten pennen, wenn sie vollgefressen und vollgesoffen sind, dann heißt das noch lange nicht, dass ich auch schlafe. Vor allem bei dem kostenlosen Porno-Programm in der Nähe«, flüsterte Paris in mein linkes Ohr.

Um uns herum wurde es immer lauter. Frau Kapulski kam mit dem Mostkrug, der schon deutlich leichter schien, und schenkte ihrer Tochter nach, mahnte jedoch Tochter und mich:

»Na, da haben sich zwei gefunden! Aber von dem Dani, da geht ja keine Gefahr aus, der hat ja eine Premiumschnitte zu Hause, der steht eher auf die Reiferen!«

Bei dem Wort *Reiferen* fuhr sich Susi Kapulski durchs Haar, kicherte und schwang ihre Hüfte lasziv.

»Mama, du bist voll peinlich!«

Paris sprang von meinen Knien auf, schwankte unsicher, verschüttete Most aus dem frisch gefüllten Glas.

»Oh, da wird ja ein Plätzchen frei!«

Mit gespieltem Entzücken ließ sich Susi Kapulski auf meinen Knien nieder, trotz ihres knochigen Hinterns brachte sie mehr Gewicht auf meine Oberbeine als ihre pubertierende Tochter.

Herr Kapulski klopfte sich auf die Schenkel und rief in die Gruppe am Lagerfeuer:

»Endlich bin ich das Unheil los! Wie wäre es, Dani, wenn du mir die deinige schickst?«

Rundum Gelächter.

Bis *sie* auftauchte: die Witwe. Mit Hektor im Schlepptau. Susi sprang von meinem Schoß auf, zog ihren knappen Rock zurecht, setzte sich sittsam zu ihrem Gatten.

Schlagartig war es ruhig ums Lagerfeuer herum. Lediglich das Knistern des Feuers, die Geräusche aus dem Biergarten und die nächtliche Musik des Rieds waren zu vernehmen.

»Entschuldigung, ich wollte nicht stören. Aber ich halte es zu Hause nicht aus. Darf ich mich zu euch setzen? Ich wollte einfach mal schauen, wo es passiert ist.«

In aller Brutalität hatte das Auftauchen Bibibees uns verdeutlicht, wie nahe Leben und Tod zusammenlagen. Die *Trauerfeier* mutierte zu einer Orgie, und plötzlich stand die Witwe vor uns. Aus dem Rund kamen ehrlich gemeinte Beileidsbezeugungen, Bibibee nickte und weinte.

Als Präsident besorgte ich der trauernden Witwe eine hölzerne Sitzgelegenheit. Still und schön saß die Tränenreiche unter uns, allmählich wurden die Gespräche murmelnd wieder aufgenommen. Bibibee, die neben mir saß, ertränkte ihre Trauer in unverdünntem Most, *das hätte sie schon lange nicht mehr getrunken*. Der treue Hektor wurde sofort von Paris in Beschlag genommen, mit einem schwarzen Trauerhalstuch versehen und mit Gummibärchen und einer Schale Wasser verwöhnt.

»Bei euch ist doch der Tratschumschlagplatz Numero Eins, gibt es schon etwas Neues, Dani?«

Ich schüttelte bedächtig den Kopf:

»Gegenfrage: Hat die Kommissarin etwas gewusst, was mir, äh, uns meine ich natürlich, weiterhelfen könnte?«

»Nein, sie hat vor allem nach unserer Beziehung gefragt, aber das weiß ja jeder im Kaff, dass die auch nicht schlechter oder besser als bei anderen Paaren war. Dass der Egi ein Windhund war, das ist kein Geheimnis im Dorf. Und so habe ich es auch der Kommissarin gesagt. Sie wollte dann halt das Übliche wissen, so wie in den Krimis auch. Uhrzeiten und so, wann ich wo war. Dass die Familie an erster Stelle der Verdächtigen steht, das ist mir natürlich bewusst. Aber Kinder haben wir ja keine, ich denke schon, dass ich verdächtigt werde.«

Sie schüttelte kurz den Kopf und schniefte. Blacky, die an ihrer rechten Seite saß, reichte ihr ein Papiertaschentuch, das nach ausführlichem Gebrauch eine blaugelbe Flamme im Lagerfeuer hinterließ.

»Gibt es hier schon Neues? Was wird getratscht?«

Allgemeines Schulterzucken beantwortete Bibibees Frage, sie schien damit nicht zufrieden und fragte in Richtung Brunetta und zur Familie Kapulski hin:

»Und ihr, habt ihr nichts bemerkt? Ihr habt eure Stellplätze neben seinem Zelt und trotzdem nichts gesehen und nichts gehört? Oder gibt es andere Gründe, warum ihr nichts sagt?«

Brunetta ließ sich provozieren:

»Mein Alibi ist wasserdicht, das hat die Kommissarin bereits überprüft, das ist absolut wasserdicht. Das geht aber niemanden etwas an.«

Bibibee lachte schrill:

»Wasserdicht! Heute wird doch nur noch gelogen. Und was ist mit der Familie Kapulski, die haben offensichtlich auch nichts mitbekommen? Die geben sich gegenseitig die Alibis, habe ich recht?«

Susi stand auf:

»Genauso ist's, wir haben nichts zu verbergen, wir sind anständige und ehrenwerte Leute. Und die Kommissarin hat genau nachgefragt, auch ihr netter Assistent, und wir hätten sogar nach Hause fahren können. Durch die Verlängerung der Ferien bleiben wir freiwillig. Auch weil es hier so schön ist. Das sagt doch alles aus, wenn wir verdächtig wären, dann hätten die uns längst inhaftiert! Aber, wie gesagt, wir sind einfache, aber anständige Leute, wir haben mit Mord und Totschlag nichts am Hut. Wir nehmen auch keine Hasch-Tabletten.«

»Mama, du bist soo peinlich, echt krass!«

Nachdem sich die Situation wieder etwas entspannt hatte und die Witwe beruhigt schien, erzählte ich ihr ausführlich vom Besuch bei Alki-Fone und seinem neuen Reichtum. Erwähnte ebenso den anschließenden Besuch der Kommissarin bei Alfons. Auch Bibibee fand das Verhalten von Alfons eigenartig. Die Erwähnung des neuen Reichtums von Alki-Fone machte Bibibee ganz aufgeregt:

»Der Geldbeutel von Egi fehlt, und wenn der Alfons plötzlich Geld hat … Das ist doch seltsam! Das ist doch … Ich will ja nichts behaupten.«

Ich erzählte der Aufgeregten, wie großzügig der Alki-Fone nach der Mordnacht mit dem Trinkgeld war und wie er vom Geschenk einer Tante sprach. Alle am Lagerfeuer lauschten aufmerksam, nur Paris alberte mit Hektor herum. Schon bald tönte es verschwörerisch im Rund um das archaische Feuer: *Die Indizien seien eindeutig, der Alki-Fone müsse zum engsten Verdächtigenkreis gezählt werden.*

18

Alki-Fone und sein verlorenes Gedächtnis, das er jedoch erstaunlicherweise wiederfindet oder: Ohne Alk kein Camping

Und dann machte sich Hektor aus den ungestümen Umarmungen von Paris los, bellte und knurrte in Richtung der Hecke. Und wenn man vom Teufel spricht …

Alki-Fone tauchte schwankend auf dem Schleichweg aus dem Dunkel auf:

»Was ist mit dem Köter los, warum bellt er in die Hecke? Einen schönen guten Abend wünsche ich der Runde. Darf man sich dazusetzen? Oh, die Frau Bilsner! Mein aufrichtiges Beileid auch noch. Gerne würde ich auf Ihren geschätzten Lebensgefährten mit anstoßen. Stört es, wenn ich mich dazusetze?«

Gordon, der Flaschentrinker, der wohl irgendetwas wiedergutzumachen hatte, erhob sich, streckte seine Flasche in den Nachthimmel und rief ins Ried:

»Auf Eki Pilsner und den ewigen Frieden!«

Bibibee schluchzte auf und bat:

»Nennt ihn doch nicht immer so! So schlimm war er auch nicht. Hektor, hör auf, still, komm zum Frauchen! Mach brav Platz!«

Blacky reichte ein weiteres Papiertaschentuch. Ich warf meinen Jungs und Blacky einen strengen Blick zu, wiederholte Bibibees Bitte und bat um Respekt für den tragisch Verblichenen. Und dann meldete sich Blacky, die Polizeisekretärin zu Wort:

»Eins gab's da noch, aber der Hinweis stammt nicht von mir! Ist das klar?«

Ernst schaute sie in die Runde und sprach langsam weiter:

»Eine Sache war den Ermittlern aufgefallen, die sie sich nicht erklären konnten. In der linken Hand hatte Eginbert ebenfalls eine durchgehende Wunde.«

Blacky blickte auffordernd zu Bibibee:

»Hatte die Kommissarin dazu etwas gesagt?«

Bibibee schüttelte entsetzt den Kopf:

»Nein, das hat sie überhaupt nicht erwähnt, das ist ja seltsam. Wie grausam können denn Menschen sein?«

Ich beruhigte sie:

»So seltsam ist das nicht, sie hält es für Täterwissen und will, dass es niemand erfährt.«

Bibibee schaute zu Blacky. Blacky hielt sich zum Zeichen der Verschwiegenheit den ausgestreckten Zeigefinger an ihre Lippen.

Deo meldete sich zu Wort und fragte Blacky:

»Was war das für eine Wunde, ging die nur durch eina Hand? Und ging die ganz durch?«

»Ja, aber wie gesagt, von mir habt ihr diese Info nicht! Und Fone, wenn du deinen Mund nicht halten kannst, dann gibt es samstags kein BOSSler-Bier mehr! An dich haben wir sowieso noch ein paar Fragen.«

Fone wurde nervös und wollte Richtung Gartenwirtschaft aufbrechen. Ich nötigte ihn zu bleiben, während Deo seine theologische Kompetenz einbrachte:

»Das ist sondabaa, stigmatisiert durch da Hand wie Jesus und ermordat wie da Sisera, dem die Jael eina Zeltpflock in da Schädel haut – im Buch Richta! Das eine ist da Neue Testament, das Buch Richta ist da Alte Testament.«

Ausführlich erklärte Deo die Parallelität des Todes von Eginbert Bilsner zum Tode Siseras im Buch Richter. Er erzählte auch aufgeregt in allen Details, dass die alte Henke diese Geschichte des Alten Testaments bei seinem Krankenkommunionsbesuch als Bibelstelle ausgewählt hatte, um sie ihr vorzulesen. Deo war sich sicher, dass die Alte *das Gesicht* hatte. Dass sie mit übersinnlichen Fähigkeiten ausgestattet war, sonst würden die Dorfbewohner ihrer Generation sie nicht als Hexe bezeichnen. Genauso ausführlich, wie unser Geistlicher es tat, gab ich resümierend meinen Besuch bei der alten Henke wieder. Kurz herrschte schaurige Stille am Lagerfeuer, vor allem, als ich die Theorie zu Butzis Geist im Ried erwähnte.

Ein ausführliches Rätselraten begann, warum wohl die alte Frau Henke ausgerechnet diese Bibelstelle ausgesucht hatte, obwohl sie, nach ihrer Aussage, noch nichts vom Tod des Ortsvorstehers wissen konnte. Unisono waren wir der Meinung, dass entweder Tizian oder ein anderer Familienangehöriger als Informationsquelle in Frage kam, die Alte es dann wieder vergessen hatte und unbewusst die passende Bibelstelle ausgewählt hatte. Quasi Freud – Unbewusstes und so. In diesem Zusammenhang erwähnte ich auch noch, dass ich ebenfalls aus der Bibel vorlesen musste, ebenso wie Deo eine Stelle aus dem Buch Richter, in der beschrieben wird, wie einem Mann von einer Frau der Schädel mit einem Mühlstein eingeschlagen wird. In diesem Zusammenhang erwähnte ich auch die kryptische Aussage der Alten vom Hund. Ich versuchte mich, so gut es ging, zu erinnern:

»Sie sagte so etwas wie, *das tut man doch keinem Hund an.* Ich verstehe den Zusammenhang gar nicht. Wie kommt sie plötzlich auf einen Hund, da in der Bibel keine Rede von einem Hund war? Das muss man nicht verstehen.«

Ich schüttelte ratlos den Kopf, auch die Übrigen konnten keine Erklärung für die geheimnisvolle Aussage der Alten finden. Nur Deo mutmaßte:

»Untaschätz die alte Frau nicht, die hat das Gesicht, die ist bestimmt auch Hellseherin. Auch in da Bibal gibt es viele Menscha mit der Gabe der Prophetie!«

Einige in der Runde winkten ungläubig ab, andere wirkten nachdenklich. Alfons Bäuerle wurde unruhig und versuchte, die Situation auszunutzen:

»Ich schau dann mal hoch in den Biergarten, die Frieda hat bestimmt ein Tropfbier für mich. Also, bis dann!«

Ich reagierte sofort:

»Halt, halt, Freundchen, jetzt raus mit der Wahrheit! Wie bist du auf einen Schlag zu Geld gekommen? Ich habe da so meinen Verdacht.«

Alfons Bäuerle, unser Fone, versuchte noch einmal die Flucht zu ergreifen, ich hatte ihn jedoch mit einer schnellen Handbewegung wieder fest im Griff.

»Aua, du tust mir weh! Das ist Freiheitsberaubung, das ist nicht erlaubt!«

»Gut, wir können die Polizei rufen, bei einem Mordfall kommen die sogar mitten in der Nacht. Sogar am Erntedanktag, du hattest doch heute schon Besuch. Die sind nur ein bisschen grantiger, wenn sie jetzt noch einmal wegen dir antanzen müssen. Und die waren ja heute Morgen schon nicht sonderlich gut gelaunt.«

Ich griff zu meinem Handy, um die gespielte Ernsthaftigkeit zu unterstreichen. Alki-Fone fiel darauf herein:

»Okay, ich hab's schon zweimal gesagt, dir und der Kommissarin. Und dem komischen Typen. Das ist ein

Geschenk von meiner Tante, die unterstützt mich ein bisschen. Die hat wenigstens Mitleid mit mir und meiner Krankheit. Immer wieder lässt die ein paar Scheine herüberwachsen. So eine Krankheit ist nicht billig.«

Ich schüttelte meinen Kopf, schenkte ein Gläschen von Friedas Obstler ein und hielt es Alfons unter die Nase:

»So, und jetzt die echte Wahrheit! Jetzt reden wir Tacheles. Wo hast du das Geld her?«

Fone weinte:

»Ich hab's doch gerade gesagt, von meiner Tante. Es ist von meiner Tante, warum glaubt mir denn keiner?«

Ich packte Fone im Genick und drückte mit meiner harleygestählten Kupplungshand kräftig zu. Alfons schrie vor Schmerz auf:

»Okay, ich geb's ja zu! Ich hab den Geldbeutel gefunden, hier in der Nähe im Gras. Das stimmt. Lass mich los, das tut weh! Das ist Körperverletzung, das ist strafbar!«

Manchmal ist Gewalt besser als Geduld. Fone, von seiner Lügen-Schuld befreit und Schnaps so viel er wollte, erzählte immer wieder, wie er es kaum glauben konnte, auf seinem »Frühstücksweg« vom Ried zum *Goldenen Ochsen* auf dem Stellplatz bei der Hecke einen vollen Geldbeutel gefunden zu haben. Und wie unwohl ihm gewesen sei, als er mitbekommen hatte, dass der Geldbeutel, laut Kärtchen und etlichen Ausweisen, dem Ermordeten gehöre. Ihm als Alkoholkrankem würde man natürlich nicht glauben, mit dem Mord nichts zu tun zu haben. Mit ihm hätte man einen bequemen Verdächtigen. Und daher hätte er das Geld behalten und den Beutel mit den Kärtchen im Ried versenkt. Wo, wisse er nicht mehr genau, da er ja, wie wir bezeugen könnten, ordentlich getankt hatte.

Den Mord an Bilsner traute Alfons Bäuerle keiner aus der Runde zu. Glaubwürdig hatte er seine Version des Morgens geschildert. Nur Bibibee war sich nicht sicher, was sie von der Geschichte des Alkoholkranken halten sollte.

Schon bald wurde es um die Glut des Lagerfeuers herum wieder lauter. Selbst Bibibee fand Momente des Lächelns, als ihr Deo Komplimente machte, wie tapfer sie im Angesicht des Todes sei. Auch Hektor war kaum mehr zu bändigen, da Paris ihn immer wieder am Schwanz zog. Und dann schnappte er nach ihrer Hand. Es floss ein bisschen Blut.

Und all dies wurde von zwei funkelnden Augen aus der riednahen Hecke beobachtet.

19

Der Platzwart sorgt für Ordnung und steht vor einem silbernen Rätsel

Montag, 3. Oktober, Tag der Deutschen Einheit

Noch lange hatten wir dann mit kaltem Rücken und heißen Gesichtern um die Lagerfeuerglut in den Morgen hinein diskutiert, ob wir die Tag-der-Deutschen-Einheit-Party feiern sollten. So wie wir das jedes Jahr machten. Wir kamen dann zum Entschluss, dass es den Egi, wie wir ihn mit Rücksicht auf Bibibee und ihre Bitte hin, ihn nicht mehr als Eki Pilsner zu bezeichnen, nun nannten, nicht mehr lebendig machen würde, wenn wir nicht wie gewohnt unser Tag-der-Deutschen-Einheit-Fest feiern würden. Außerdem wäre es zu diesem Zeitpunkt kaum mehr möglich gewesen, den Akteuren abzusagen. Auch Frieda würde ungern auf den georderten Nahrungsmitteln sitzen bleiben.

Selbst Bibibee hatte uns zugestimmt, den Tag zu feiern, vielleicht war ihr diese Entscheidung leichter gefallen, weil sie den Rest aus der Obstler-Flasche zu ihrem morgendlichen Aufbruch nach unserer *Trauerfeier* auf ex zu sich genommen hatte. Sie hatte auch nach einem von Deo gebeteten Rosenkranz versprochen, unserer Tag-der-Deutschen-Einheit-Party beizuwohnen. Mit dem völlig verwirrten Hektor an der Leine war sie dann schwankend gen Morgensilberstreifen gezogen.

Und ich stand nun vor der Sauerei, da vor der Tag-

Der-Deutschen-Einheit-Party eigentlich keine Trauerfeier eingeplant gewesen war. Ich hatte das alte Molke-Wägelchen mit Rechen und Besen im Schlepptau und stand etwas ratlos vor den traurigen Überresten des abendlichen Abschiedsfestes für Egi. Leider hatte der morgendliche Riednebel den Müll nicht verschluckt, und so war ich in einer meiner vielfältigen Funktionen, nämlich temporär der des Platzwartes gefragt. Die Arbeit war die, welche mir am meisten verhasst war.

Gerne war ich kreativer Ersatz-Koch bei Frieda, wenn es mal klemmte, gerne war ich besorgter Mesner bei Deo oder sogar ambitionierter Alt-Ministrant, wenn es mal von Nöten war, gerne war ich liebevoller Vater und fürsorglicher Hausmann, wenn Cäci in ihrer Psycho-Praxis irgendwelche Psychopathen therapieren musste, gerne war ich kompetenter Mechaniker, wenn Flaschen Gordon an seiner Harley eine illegale Auspuffanlage montiert haben wollte, gerne leitete ich empathisch einen Selbsterfahrungskurs für unbefriedigte Hausfrauen mit dem Thema: *Wie finde ich zu mir selbst, auch wenn ich mich nicht erkennen kann?* für die Gemeinde Riedhagen, gerne war ich beliebter Lehrer, bis sie mich rausgeschmissen hatten, gerne war ich, wenn eine Wäschespinne im Ort geklaut wurde, selbstbewusster Privatdetektiv und ermittelte für einen geringen Lohn, aber sehr, sehr ungern war ich Platzwart auf Friedas Stellplatz.

Nichtsdestotrotz musste die Arbeit gemacht werden, und zwar, laut Anweisungen Friedas, *hälenga.* Was so viel wie leise, fast schon heimlich bedeutete. Es durfte keiner mitbekommen, damit die werten Campinggäste nicht schon frühmorgens durch schnöde Arbeit gestört wurden. Andererseits durfte bei den ersten Toilettengängen hin zur umgebauten Scheune auch kein Müll mehr den Weg der zahlenden Gäste verunzieren. Den Deal, dass ich Annamirl Bonneville morgens wickelte und Cäci Platzwartin spielte, machte diese bedauerlicherweise nicht mit. Alles blieb mal wieder an mir hängen.

Hälenga, um die verlängerte Nachtruhe von Brunetta Tower und der Familie Kapulski nicht zu stören, stapfte ich durchs kühle, taubenetzte Gras, stakste nahezu geräuschlos über die gekiesten Stellplatzflächen und sammelte den Unrat der Nacht ein – überwiegend leere Flaschen und Kippen. Abschließend zog ich den Rechen kaum hörbar mit fast meditativen Bewegungen durch die Kiesflächen, um letzten Müll zu sondieren und ein Zen-verdächtiges Muster zu kreieren. Dann ging es hangabwärts, entlang des Schleichweges. Auch dort fand ich hart gewordenes Kaugummi, achtlos weggeworfene Zigarettenstummel und überall durchsichtige Plastikfetzen irgendwelcher Verpackungen. Selbst in der wegbegrenzenden Hecke hingen Reste von Tüten. Ich stieg in die Hecke hinein, um auch die letzten Müllfitzelchen im alten Zinkeimer auf dem Molkewägelchen verschwinden zu lassen.

Und da sah ich es blinken, es hing an einem Hagebuttenzweig. Mit dem Nadelanstecker hatte es sich im dünnen, wirren Geäst der Hagebutte verfangen. Hätte die morgendliche Helligkeit es nicht aufblitzen lassen, hätte ich es übersehen. Es wäre für mich auch ohne Bedeutung gewesen, wäre gestern Hektor nicht an dieser Stelle aufgeregt gewesen und bellend davorgestanden. Vielleicht hatte er gar nicht Alfons angebellt, sondern jemanden in der Hecke gewittert. Aufmerksam betrachtete ich die kleine Anstecknadel und drehte sie neugierig zwischen meinen Fingern. Wie war sie wohl in die Hecke gekommen? Wem mochte sie gehören? Und dass sich jemand in der Hecke befunden haben musste, zeigte das zertretene Gras am Fuße des Hagebuttenstamms. Der Anstecker lag leicht in meiner Hand, glänzte silbern-orange im Licht der frühen Sonne.

Ein Edelweiß.

20

Blacky informiert: Verdächtiger Hanomag gesichtet oder: Friedhelm Fink auf Abwegen

Die Info kam per WhatsApp von Blacky, die Feiertagsdienst auf dem Revier hatte: *Verdächtiger Hanomag auf Waldweg in der Nähe von Heiligenberg gesichtet.*

Blacky hatte mir die exakten Koordinaten geschickt, und sofort hatte ich mich auf den Weg gemacht. Vermutlich würde ich wieder zurück sein, bevor Cäci und die Kinder richtig wach waren. Laut Blacky hatte ein Förster das Hanomag-Wohnmobil gemeldet, da das Wildcampen in seinem Revier in Bodenseenähe stark zugenommen hatte. Und wenn ich mich beeilen würde, könnte ich Herrn Fink noch vor den Kollegen stellen, da diese zu einem Verkehrsunfall gerufen worden waren.

Für diese Mission zog ich den alten Toyota Land Cruiser J4, einen Dinosaurier aus den 80ern, aus der Garage. Als der Dieselmotor warm war, gab ich ihm auf den letzten Kilometern zum Ziel die Sporen. Mein Handy navigierte mich zielsicher zu den Koordinaten, die mir Blacky gesendet hatte.

Zwischen Tannen und Eichen entdeckte ich auf einer kleinen Lichtung den Hanomag mit dem Stuttgarter Kennzeichen. Es war tatsächlich das Gefährt, das vor Kurzem noch auf Friedas Stellplatz stand. Nur deutlich verdreckter. Da das Waldstück Richtung Süden zum Bodensee hin abfiel, konnte ich den Motor des Land Cruisers abstellen und ihn im Leerlauf die letzten Meter zur Lichtung hin nahezu geräuschlos rollen lassen. Nur das mahlende Geräusch grobstolliger Reifen auf geschottertem Waldboden war zu hören. Wenn ich Glück hatte, befand sich Friedhelm Fink noch im Schlafmodus und ich konnte ihn mit meinem Besuch überraschen. Leider war dem nicht so.

Als ich in die Lichtung einbog, öffnete sich die Tür des Aufbaus und Friedhelm stand in kurzen Hosen und mit nacktem Oberkörper mit einem Satz barfuß auf bemoostem Boden. Er hob schützend eine Hand über die Augen, um besser erkennen zu können, wer ihn mitten im Wald aufsuchte. Erst als ich ausstieg, erkannte er mich. Seine Reaktion war erstaunlich.

Wie der Blitz vollführte er eine halbe Körperdrehung und floh in das dichteste Gehölz des Forstes. Damit hatte ich nicht gerechnet, aber ich war im Vorteil, ich hatte Schuhe an. Als er bemerkte, dass ich ihm folgte, rief er:

»Ich kann da nichts dafür. Es war nicht meine Schuld!«

Und als er mit hohem Tempo in eine Tannenschonung verschwand, verstand ich so etwas wie: *Es hat sich so ergeben.*

Mir war klar, dass ich im Vorteil war. Entweder wartete ich bei den Autos, bis der Flüchtige wieder auftauchte, oder ich würde ihm durch den Wald folgen. Angezogen und mit Schuhen ausgestattet würde ich ihn rasch eingeholt haben. Ich entschied mich für einen bequemeren, dritten Weg und rief in die Tannenschonung hinein:

»Friedhelm, ich will nur mit dir reden. Das macht doch keinen Sinn abzuhauen. Entweder kommst du jetzt raus … oder … oder … oder …«

So gut war ich nun auch wieder nicht vorbereitet. Wenigstens hörte ich keine raschelnden und knackenden Fluchtgeräusche mehr. Aus dem Wald vernahm ich unverhofft keuchende Rufe:

»Oder was, Bönle. Oder was?«

Ich überlegte, was für ein *Oder* ich meinte und schrie zurück:

»Oder ich fackel deinen Hanomag ab!«

Stille – der ganze Wald schien erstarrt durch meine Antwort. Dann ein höhnisches Lachen aus dem dunklen Grün:

»Das würdest du nie tun!«

»Doch!«

»Nieee im Leben würdest du das wagen!«

»Fink, rate mal, was ich gerade tue?«

Ein unsicheres *Was?* tönte aus dem Wald.

»Ich hole meinen Spritkanister.«

»Das glaube ich nicht.«

»Doch, ich habe gerade meinen Ersatzkanister aus dem Land Cruiser geholt, vermutlich kannst du mich sehen, ich werde jetzt deinen Scheiß-Hanomag übergießen und ihn anzünden. Auch Diesel brennt ganz gut!«

Aus dem Wald kam es zornig zurück:

»Bönle, hast du tatsächlich Scheiß-Hanomag gesagt?«

»Jaaa, Scheiß-Hanomag!«

»Noch einmal und ich schlag dir die Fresse ein!«

»Scheiß-Hanomaaag!«

Wie ein Berserker brach Friedhelm Fink durch das Gehölz, rote Striemen und blutige Kratzer zeichneten Gesicht und den nackten Oberkörper. Er raste mit wutverzerrtem Gesicht auf mich zu. Als er sah, dass ich lediglich eine Porta Potti, eine Camping-Tragetoilette, in der Hand hielt, bremste er seinen aggressiven Spurt so ab, dass er sich den Fuß verstauchte und vor mir auf den wurzeligen, moosigen Waldboden stürzte. Außer Atem stammelte er zu mir hoch:

»Du hättest aber nicht deine Kacke über meinen Hanomag geschüttet?«

Ich hielt die Notfalltoilette mit einer Hand hoch und schüttelte sie kräftig:

»Da ist nichts drin!«

Ein erlösendes Lächeln huschte über Friedhelms Gesicht:

»Boooah, du Arsch, du hast mich voll erschreckt! Was willst du von mir?«

Ich half dem Hanomag-Fahrer auf die Beine, ich stützte den Humpelnden bis zu seinem Wohngefährt. Ohne zu reden, stellte er einen Campingtisch und zwei Klappstühle mit blau-weiß gestreiften Sitz- und Lehnflächen auf.

»Bier?«

»Klar!«

»Prost!«

»Prost!«

»Aaaah, euer Walder, das ist gar nicht schlecht, bekommt man bei uns nicht.«

»Ist eine kleine Brauerei!«

Friedhelm zog umständlich Papierchen aus einer Tasche, holte grünliche Krümel aus einem Silberdöschen, vermengte sie mit dem Tabak und rollte einen unansehnlichen Joint, zündete ihn umständlich an.

»Auch?«

Er hielt mir das stinkende und qualmende Halluzinogenprodukt vors Gesicht. Ich schüttelte den Kopf:

»Nicht mein Ding, meine Droge ist der Rock'n'Roll und das hier!«

Ich hob mein Walder-Fläschchen in die Höhe und grinste. Friedhelm war aufgesprungen, ich dachte schon, er würde ein weiteres Mal die Flucht ergreifen. Aber er öffnete lediglich die Beifahrertür des Hanomag, in die überdimensionale Lautsprecher eingebaut waren. Er drückte ein paar Knöpfe und mit viermal 200 Watt röhrten The Who in den Wald: *Yeah, I hope I die before I get old, talkin' ›bout my generation …*

Ich brüllte in Friedhelms Richtung:

»Warum bist du abgehauen?«

Er drehte die Musik leiser und stellte die Gegenfrage:

»Warum bist du überhaupt hier?«

»Kannst du dir das nicht vorstellen?«

Er kratzte sich verlegen am Kopf und meinte:

»Doch schon, aber ich hätte nicht gedacht, dass du deswegen hinter mir herfährst. Und warum ausgerechnet du? Ich hätte eher mit der Alten gerechnet.«

Ich war ob Friedhelms Aussage etwas ratlos und bat um Klärung:

»Bei Mord, da gibt es für mich kein *Warum*! Und welche Alte meinst du?«

Wieder war der Kiffer aufgesprungen, Überraschung stand in sein Gesicht geschrieben:

»Was für ein Mord? Wer ist ermordet worden? Verarsch mich nicht!«

»Ich verarsch dich nicht, der Eginbert, der Ortsvorsteher, der Bilsner, der neben der Brunetta stand, der ist ermordet worden, und zwar in der Nacht, in der du verschwunden bist!«

Friedhelm nahm beidhändig, eine Faust bildend, einen tiefen Zug vom Joint, ging, immer noch leicht humpelnd, nervös hin und her:

»Ich glaub's ja nicht, ehrlich, ohne Verarsche, der Bilsner, der ist tot?«

Ich nickte bestätigend:

»Mausetot sogar.«

»Und wer war's?«

»Du?«

»Quatsch, ich bin vielleicht ein Kiffer, aber ansonsten völlig harmlos.«

»Und warum bist du dann geflohen, als ich hier aufgetaucht bin, und warum hast du irgendetwas von *das war nicht meine Schuld* gerufen? Los, rede! Was ist auf dem Campingplatz vorgefallen?«

Friedhelm hatte sich wieder gesetzt und The Who wurden von Led Zeppelins *Stairway to heaven* abgelöst. Er überlegte ganz kurz, fuhr sich durch das lange Haar:

»Die Kleine von den Kapulskis, die war halt scharf auf mich. Ich habe ihr dann einen Joint angeboten. Aber sie wollte *es* … Dann hat eben das eine das andere ergeben, und irgendwann sind wir dann halt bei Frieda im Stroh gelandet. Aber eins weiß ich genau, die Paris war keine Jungfrau mehr. Als ich dann wieder einigermaßen nüchtern war, habe ich gemerkt, was ich da für eine Scheiße gebaut habe. Ich wusste nicht, dass sie sooo jung ist! Aber mit dem Mord, mit dem habe ich nichts zu tun, das musst du mir glauben! Dani, ich schwöre, damit habe ich garantiert nichts zu tun! Glaubst du mir?«

Ich stellte dem Kiffer noch einige Fragen, die Mordnacht betreffend. Er konnte jedoch einigermaßen glaubhaft versichern, nichts vom Mord an Eginbert Bilsner mitbekommen zu haben. Sein Alibi, in Form eines kräftigen Joints und der blutjungen Paris, war alles andere als ein Premium-Alibi. Daher beschloss Friedhelm Fink, aus dem Waldstück zu verschwinden.

Und ich hatte mit der ganzen Sache sowieso nichts zu tun und machte mich auf den Rückweg – in Gedanken schon beim Tag-der-Deutschen-Einheit-Fest. Kurz vor Riedhagen kam mir ein Polizeifahrzeug mit Blaulicht entgegen. Vermutlich auf dem Weg Richtung Heiligenberg.

21

Das Tag-der-Deutschen-Einheit-Fest oder das Southside-Festival von Riedhagen

»Höchste Zeit, dass du den Grill anwirfst! Wo warst du denn?«

Kurz und bündig erklärte ich Cäci, wie ich den Fink aufgespürt und befragt hatte und dass ich die Polizei davon nicht informieren würde, da die Kommissarin mir verboten hatte, mich in den Fall einzumischen.

Das Tag-der-Deutschen-Einheit-Fest hatte mittlerweile regionalen Kultstatus erreicht und lockte alljährlich Hunderte von Gästen in Friedas Biergarten. Es wurde ironisch das Southside Festival von Riedhagen genannt. Traditionell war das Wetter an diesem Tag von blauem Herbsthimmel und der dazugehörigen Sonne gekrönt.

Die gelblich-weißen Hühnerleichen hatten, von Cäcis Händen massiert, nun eine rötlich-braune Färbung angenommen, die an Sonnenbrand erinnerte. Ich steckte jedem Kadaver einen Rosmarinzweig und eine runde, chinesische Knoblauchzehe in die hintere Körperöffnung. Dann ging es für das Geflügel ab auf die langen Grillspieße, die mittels Motor, Zahnrädern und Kettenantrieb für eine gleichmäßige Karussellfahrt der ehemals Gefiederten sorgten. Mit Hilfe von Friedas und Cäcis Föhnen und Korbis tatkräftiger Unterstützung gelang es mir, die verlorene Zeit einzuholen, den langen Holzkohlegrill auf Temperatur zu bringen und Cäcis Laune zu steigern. Die Hühner verbreiteten auf dem Grill bald einen speichelfördernden Geruch, der übers sonnenverwöhnte Ried zog und unentschlossene Wanderer magisch anziehen würde.

Die angekündigte Band, *Die Fidelen Original Kugelsberger,* befanden sich in gemütlicher Geschäftigkeit in der Vorbereitungsphase. Die vier bierbauchigen Herren im besten Alter trugen rot-weiß karierte Hemden, krachlederne Kniebundhosen mit Humorsocken in der Grundfarbe weiß, die mit knallroten Herzen bestickt waren. Die Krönung und ihr Markenzeichen waren jedoch Deppenmützen, wie sie meist von Fischern getragen wurden. Sie waren, wie die Socken, ebenfalls weiß und mit roten Herzen geschmückt. Auf den Herzen stand in weißer Schrift: *FRAUEN.* Die Musikanten soundcheckten ihre Instrumente oder standen am Mikro und sagten Dinge wie: *Test, Test, Test, Eins, Zwo, Drei.* Ein weiteres Alleinstellungsmerkmal der Herren waren die Bierkrüge, die sie wie einen Schatz hüteten. Es waren Spezialanfertigungen, Zweiliter-Maßkrüge, auf denen ebenfalls die roten Herzen mit der Aufschrift *FRAUEN* prangten. Zum Warmwerden waren die gläsernen Behältnisse mit Bier befüllt, später würde immer mehr Mineralwasser beigemengt werden. Frieda sah all dies mit Wohlwollen, der Umsatz würde stimmen.

Und dann pilgerten die einzelnen Grüppchen durchs Ried heran. Zuerst die Dürstenden, die sich die besten Plätze aussuchten, weg von der Musik, nahe am Ausschank, aber: bester Riedblick. Dann die Wanderer, die nun die Plätze zweiter Wahl belegten, weg von der Musik, nahe an den Toiletten. Fast zum Schluss tauchten die Riedhagener auf, und da man es nicht weit hatte und fälschlicherweise von Ortsprivilegien ausging, blieben nur noch die Plätze dritter Wahl, direkt bei der Musik und am rauchenden Grill.

Noch später kamen nur noch die Lehrerinnen und Lehrer, sie waren wie immer unentschlossen, ob sie sich solch niedrigen Freuden hingeben oder doch vielleicht die Korrekturen in Angriff nehmen sollten. Sie holten Decken aus ihren E-Autos, und wenn sie mit den E-Bikes angereist waren, nutzten sie ihre teuren Outdoor-Allzweckjacken als Sitz- und Liegestätte in Friedas Streuobstwiese. Sie sahen es als Privileg, nicht mit dem gemeinen Volk an Tischen, die in Reih und Glied standen, sondern in freier anarchischer Form romantisch zwischen Bäumen zu lagern.

Zu spät kamen, wie immer, die Jugendlichen. Sie lungerten cool zwischen den Gebäuden oder am Camping-Stellplatz bei der großen Lärche herum.

Einige Gäste kamen seit Jahren mit kleinen Zelten, Frieda nannte sie die Southsidler, und sie übernachteten in der abfallenden Streuobstwiese neben dem Stellplatz für die Wohnmobile zwischen den Bäumen.

Den MIKEBOSSlern war der Stammtisch reserviert.

Da mich der Grill in meinen gesamten Skills forderte, hatte ich Frieda, Cäci, die BOSSler, selbst Korbi instruiert, Augen und Ohren offenzuhalten, was die Causa Eginbert Bilsner betraf. Gerade der Tratsch, wenn man es verstand, das Prozent Wahrheit aus den 99 Prozent Schwachsinn zu extrahieren, offenbarte in diesem einen Prozent, wie im Spot eines Scheinwerfers klar abgegrenzt, den Unterschied zwischen Lüge und wahrer Erkenntnis. Auch sollte mir sofort gemeldet werden, wenn Frau Kommissarin mit ihrem PKA auftaucht.

Schon bald gingen die ersten saftig gegrillten Rosmarin-Hähnchen mit knuspriger Haut über den Tresen. Jedes Hähnchen wurde von mir persönlich betreut, nur im besten Zustand verließen sie auf ihrem letzten Weg das Holzkohlekrematorium.

Deo kam immer wieder vorbei, um von der *Ausschussware* zu stibitzen. Mal war ein Flügelchen, mal ein Stück Fleisch oder krosse Haut am Spieß hängen geblieben oder abgefallen. Für ihn gab es nichts Köstlicheres als diese fast schon verbrannten Teile des malträtierten Federviehs.

»Da muss ich dir ausnahmsweise mal ein Kompliment aussprecha, Dani. Da Hähncha sind bessa als letztes Jahr. Viel saftiga und noch knuspriga! Ist vielleicht noch eina Flügale abgefalla?«

Ich zupfte mit der Grillzange einem Hähnchen, das sich schon auf der Ehrenrunde befand, ein dunkelbraunes Flügelchen ab, das schon zu gar abstand und in der Achselhöhle einen Blick auf das helle Brustfleisch preisgab, und kommentierte:

»Oh, Deo, du hast aber Glück, gerade ist eins abgefallen!«

Ich legte es auf eine Pappschale und fragte den Geistlichen:

»Chilimayo?«

Er nickte, strahlte und meinte:

»Deine Chilimayo ist ein Gedicht, Dani. Verrätst du mir das Rezept?«

Ich freute mich, wusste jedoch, dass Deo sehr strategisch vorging. Durch die Komplimente versuchte er noch mehr Grillausschuss kredenzt zu bekommen. Trotzdem verriet ich ihm, wie jedes Jahr, das Rezept meiner Chilimayo:

»Zuerst mache ich meine Chili-Marmelade wie ganz normale Marmelade: Chilis, Paprika rot, Tomatenmark, Knoblauchzehen, etwas Salz und Rosmarin mit Zitronenzesten pürieren und mit Gelierzucker zu Marmelade verarbeiten. Die kannst du dann wie ein ganz normales Xälz im Glas aufbewahren. Dann eine Mayo machen: Ei, Öl, etwas Senf mit Pfeffer, Salz und Zucker zur Mayo hochziehen. Wenn dir Ei zu heikel ist, dann kannst du auch Milch nehmen – wissen die wenigsten. Und jetzt nur noch die Mayo mit der Chilimarmelade verrühren. Schon hast du den idealen Dip für viele Grillgerichte, voilà!«

Deo strahlte:

»Oh, schau, Dani, da ist gerade sogar eina Schenkale abgefalla, was für ein Glück!«

Vom Hähnchen auf der Ehrenrunde ließ sich auch ein Schenkelchen gut lösen. Deo seufzte vor Zufriedenheit:

»Dani, du bist mein besta Freund! Ich geh mal zu da Cäci, vielleicht hat die noch eina Tropfbier für den Herr Pfarra!«

Zunächst verlief das Tag-der-Deutschen-Einheit-Fest wie gewohnt. *Die Fidelen Original Kugelsberger* schafften es in kürzester Zeit, das Publikum zu gewinnen, selbst die in den Wiesen lagernden Oberstudienrätinnen, allesamt Sting-Fans, klopften sich im Rhythmus der schmissigen Melodien auf die Oberschenkel. Die männlichen Begleiter zeigten weniger Interesse an den musikalischen Genüssen, sie achteten mehr auf die Bierspezialitäten, die aus der nahen Walder Brauerei kamen, und auf die überwiegend mit Ostbackground ausgestatteten gut gebauten weiblichen Bedienungen, die Frieda zusätzlich angeheuert hatte.

Quasi *Erntehelferinnen* im Kontext Kohle, mit *Zusatzausbildung B & B*, wie Cäci es nannte: Brust und Bier.

Die Fidelen Original Kugelsberger brachten die Menge mit ihrem Regio-Hit *Die Barbara von nebenan* in frühe Schunkelstimmung, der Sänger mit dem unsäglichen Horst-Lichter-Schnauzbart näselte ins Mikro:

»Ja, ja, die Barbara von nebenan,
die hat's mir wirklich angetan.
Wie ein Blitz traf mich der Liebesschmerz,
ja ja ja ja, der Barbara, der schenke ich mein rotes Herz.
Ja, ja, der Liebesschmerz, der war so groß,
Trouble in der Lederhos, Trouble in der Lederhos ...«

Immer zum Refrain präsentierte der kühne Barde mit einem gewagten Tanzschritt die Socken mit dem roten Herz, auch hob er den beherzten Krug, forderte das Publikum auf, einen tiefen Schluck zu nehmen.

22

Das Tag-der-Deutschen-Einheit-Fest und die Mutmaßungen der Dürstenden (Alki-Fone und Freunde)

Die Dürstenden rekrutierten sich überwiegend aus der Zieglerschen.

Schon im Jahr 1837 war man nicht in der sozialen Eiszeit erstarrt, man erkannte die Notwendigkeit, Menschen, die das Leben irgendwie vergessen hatte, zu akzeptieren und aufzunehmen. Mit ihnen zu leiden, ihnen zu helfen, sie nicht mit ihren Schwächen, Süchten und Sehnsüchten allein zu lassen. Und so wuchs eine diakonische Einrichtung, die sich in ihren Gründerzeiten vor allem um die Eingliederung von Taubstummen kümmerte. Daraus entstand über die Jahre hinweg eine soziale Gemeinschaft, die sich Altenhilfe, Behindertenhilfe, Jugendhilfe, Hör- und Sprachbehindertenhilfe und die Suchthilfe auf die Fahnen geschrieben hatte.

Die Fachklinik Ringgenhof ist spezialisiert auf die Behandlung von Männern, die mit, aber vor allem ohne Alkohol ein Problem haben, die sich der Spielsucht und allem, was sich unter dem Begriff Drogen sammelt, hingeben. Männer, die ihre Sehnsucht in Sucht ausdrücken, Männer mit Psychosen, Männer, denen das Leben ein Bein gestellt hat, Männer, die Hilfe brauchen. Und jenseits des Riedes fanden diese Herren Hilfe, in äußerlicher Form einer attraktiven Fachklinik mit Fitnessraum, Sporthalle, Tennisplatz, Sauna, Kegelbahn, Musikraum, Computerraum, Bibliothek und vielen weiteren Annehmlichkeiten. Zum *Bedauern* der zu Therapierenden gab es keinen Bierautomaten in der Klinik. Die nächste *Tankstelle* war, zum *Bedauern* der Therapeuten, diesseits des Riedes der *Goldene Ochsen*.

Nicht, dass Frieda nicht wusste, dass die soziale Ader ihrerseits konträr zum Ansinnen der Zieglerschen stand. Mit ihrer *Ich kann die armen Teufel doch nicht mit einem Glas Hahnenwasser glücklich machen*-Mentalität konterkarierte sie die Bemühungen der Zieglerschen und musste die Kritik ihrer Psychologen-Tochter ertragen, die ihr den Unsinn ihres Handelns mit viel fachwissenschaftlichem Blabla erläuterte. Und trotzdem trug Cäci nun sechs Maßkrüge mit Bierschorle sauer zu den Dürstenden.

»So, die Herren, mal wieder die besten Plätze. Grüße von Frieda: Eine Radlermaß und ein halber Gickeler mit Pommes sind umsonst. Der Rest wird abgearbeitet: Äpfel lesen, Hasenstall herrichten, das Übliche.«

Die Herren nickten dankbar.

»Und wenn ihr sonst noch Wünsche habt: Korbi ist in der Nähe.«

Korbinian winkte mit freundlicher Miene den Suchtlern zu, obwohl er wusste, dass von ihnen kein Trinkgeld zu erwarten war.

»Komm, setz dich zu uns, die Oma hat noch keine Arbeit für dich!«

Alki-Fone klopfte auf die Holzbank der Biertischgarnitur und lockte noch vor dem ersten Schluck Korbi neben sich. Und schon klirrten die Gläser, begleitet von einem heiseren *Prosit*, zitternd gegeneinander, gierig die ersten Schlucke, lang gedehnte Aaaahs und Mmmmhs, glitzernde Tropfen an Kinn, Mundwinkeln und Bärten. Ein kurzes Absetzen, *Aaah, tut das gut,* dann die nächsten gurgelnden Schlucke. Rote Köpfe, schweres Atmen.

»Danke für den Tipp, Fone. Du hast nicht zu viel versprochen! Und auch noch einen halben Gickeler dazu, davon hast du gar nichts gesagt.«

Alki-Fone zuckte mit den Schultern:

»Das hatte ich ganz vergessen, das mit dem Gockel, also, dass die Frieda uns auch noch ein Essen spendiert.«

Er klopfte Korbi auf die Schultern und ergänzte:

»Sagst der Oma nachher liebe Grüße vom Ringgenhof-Team und vielen Dank, äh, für alles.«

Korbi nickte artig und erklärte:

»Die Oma ist halt so, sie hat ein gutes Herz.«

Die sechs Herren nickten:

»Zum Wohl, auf die Chefin und auf den *Goldenen Ochsen*!«

Wieder stießen die Herren die mächtigen Einliter-Glaskrüge gegeneinander.

»Wenn das der Doktor Leiberl sehen würde, die würden uns rausschmeißen.«

Alki-Fone hob die Hand:

»Ihr müsst versprechen, euer Maul zu halten, ich habe euch gesagt, das ist ein Geheimtipp. Keiner geht quer durchs Ried, das trauen die uns sowieso nicht zu. Und der Riedweg außen herum, der ist ja viel zu lang. Keiner von denen ahnt, dass wir nicht beim Joggen sind. Und denkt nachher unbedingt an die Minze aus Friedas Kräutergärtchen! Da ernte ich immer, bevor's zurückgeht. Da riecht niemand etwas.«

Die Herren lachten und nickten. Korbi fragte pflichtbewusst:

»Soll ich euch die Minze gleich pflücken?«

Fone beruhigte den Übereifrigen:

»Lass nur, Korbi, die pflücken wir erst, wenn wir gehen.

Heute haben wir langen Ausgang, die holen wir uns ganz frisch. Erzähl uns lieber was vom Mord.«

Mit großen Augen erzählte Korbi aufgeregt, wie er morgens den Bilsner aufgefunden hatte und wie bei diesem etwas im Kopf steckte.

Als die zweite Maß, die sogenannte Abarbeitungs-Maß, auch schon in den Köpfen verschwunden war, erzählte Fone seine Geschichte vom Grusel-Morgen.

»Selten hatte ich so einen Durst, wirklich selten, drum bin ich viel früher los. Mir war schon klar, dass der *Goldene Ochsen* noch nicht offen war, aber die Frieda, die steht ja mit den Hühnern auf. Und manchmal gab's da schon ein Frühstücksbier für mich. Die Frieda schimpft zwar immer, aber sie hat für unsereins ein großes Herz. Und da hab ich halt gedacht, ich geh früher durchs Ried. Und ihr kennt ja jetzt meinen Weg mit den gelben Bändeln, das geht ruckzuck. Außen rum braucht man Stunden.«

Korbi fasste Fone am Arm:

»Das darfst du nicht! Mama sagt, das ist gefährlich, schon viele sind im Ried verschwunden und nie wieder aufgetaucht. Außerdem geht's da um.«

»Was meinst du damit?«

»Da geht's um, einen haben mein Papa und meine Mama auch gekannt, der da umgeht. Den Butzi, das war sogar ein Freund von meinen Eltern. Der war auch bei den Bikern.«

Einer der Herren lachte laut auf:

»Ach, das ist doch ländliche Spinnerei, es gibt keine Geister!«

Es entwickelte sich am Tisch der Dürstenden eine hitzige Diskussion über Geister und ihre Möglichkeit und Unmöglichkeit. Der Alkohol machte die Männer mutiger und ruhiger, die Hände zitterten kaum mehr, als erneut frisch gefüllte Krüge aneinander knallten.

Alki-Fone streckte verschwörerisch den Kopf Richtung Tischmitte und hob einen Zeigefinger an die Lippen:

»Das bleibt aber unter uns: Ich weiß, wer den Ortsvorsteher umgebracht hat, diesen Bilsner.«

Am Tisch herrschte schlagartig Stille. Die Geräusche rundum kümmerte dies nicht, Gelächter in den blauen Himmel, ein weiterer Hit der *Fidelen Original Kugelsberger* dröhnte über die essende und trinkende Menge und strapazierte die Gehörgänge:

»... So schön wie du, du, du,
ist keine Kuh, Kuh, Kuh,
drum komm ich gern, gern, gern,
mein Augenstern, Stern, Stern,
und mit Genuss, Nuss, Nuss,
gibt's einen Kuss, Kuss, Kuss, ...«

Fone genoss es, im Mittelpunkt der Herrenrunde zu stehen. Alle blickten fragend in seine Augen.

»Ob ihr's glaubt oder nicht, ich hab den Mörder gesehen, oder äh, die Mörderin, es ist nämlich ein Frauenwesen!«

»Ein was?«

»Ein Frauenwesen!«

»Was heißt das, ist es eine Frau oder keine Frau?«

»Ich sage doch: Ein Frauenwesen, und es ist die schwarze und die weiße Macht. Hinein geht sie schwarz und heraus kommt sie weiß.«

»Wie bitte? Erklär uns das mal. Hattest du von Frieda vor dieser Sichtung schon ein Bier bekommen?«

Gelächter aus der Runde und wieder erwartungsvolles Schweigen der Herren vom Ringgenhof.

»Also, das ist so: Dieses Wesen ist irgendwie zweifach. Zuerst war es weiß oder schwarz, dann war es schwarz oder weiß, das weiß ich nicht mehr so genau. Aber es hat sich verändert. Als es ins Zelt rein kroch, war es anders, als es wieder raus kam.«

»Und warum hast du das Wesen nicht genau erkannt?«

»Erstens wird es gar nicht mehr so früh hell, es herbstelt schon ordentlich, zweitens war Nebel, drittens war gar kein Mond, und viertens hatte ich selbst noch leichten Bodennebel vom Vortag.«

Korbi meldete sich spontan zu Wort:

»Die Oma sagt zwar immer noch, dass die Nachtfrau im Ried unterwegs ist, aber die will mir nur Angst machen. Aber das passt ja schon ...«

Fone fragte neugierig:

»Was passt?«

Korbi überlegte, wie er es formulieren könnte und kratzte sich am Kopf:

»Das ist so: Wenn es Nacht ist, dann ist es doch dunkel, dann ist die Nachtfrau auch dunkel gekleidet. Und wenn es Tag wird, dann ist sie bestimmt hell gekleidet, dann wird sie die Tagfrau.«

Stille am Herrentisch ob der Logik des Kindes, bis einer der Biertrinker das Thema wechselte und Fone direkt fragte:

»Und warum um Gottes willen warst du schon so früh in den *Ochsen* unterwegs? Jetzt rück endlich mit der Wahrheit raus!«

Fone scharrte verlegen mit beiden Füßen im Kies und druckste herum:

»Eigentlich wollte ich…, aber das geht euch gar nichts an. Ich konnte einfach nicht schlafen, habe immer nur an Alkohol gedacht. Ich war so unruhig, eine innere Unruhe. Dann wollte ich einen kleinen Spaziergang machen, aber es hat mich einfach in Richtung zum *Goldenen Ochsen* gezogen. Das war fast schon unheimlich, wie magisch. Und wenn ich viel zu früh dran bin, dann lege ich mich manchmal ins Stroh.«

Fones Nebensitzer meinte trocken:

»Einfach dem Geruch des Bieres folgend, quer durchs Ried, und das bei Nebel!«

»Ja, das ist schon eine Herausforderung! Aber das hält mich auch fit.«

Fone bestellte eine weitere Maß, mit dem Hinweis, nicht anzuschreiben, er könne bezahlen.

»Wo hast du denn das Geld her? Sonst warst du doch immer knapp bei Kasse!«

Unsicher fasste Fone zur Gesäßtasche, in der eine dicke Beule vom wohlgefüllten Geldbeutel kündete. Schneller war jedoch sein Nebensitzer, mit Schwung zog er den krokodilsledernen Beutel hinter seinem Rücken heraus und knallte ihn lachend auf den Tisch. Vom kraftvollen Schwung klappte der Beutel auf, das Lachen am Tisch verstummte.

Bibibee lachte der Herrenrunde entgegen. Im transparenten Sichtfenster des Dokumentenfachs steckte ein Bild von Bibibee Bilsner. Adrett lächelte sie in die Herrenrunde. Blitzschnell streckte Fone seine Hand nach der Geldbörse aus, um sie wieder an sich zu nehmen. Sein Gegenüber war schneller. Korbi beobachtete fasziniert die Szene.

»Der gehört gar nicht dir. Wer ist die Hübsche?«

»Krokoleder, dein Geldbeutel ist doch nicht aus Krokoleder! Du steckst doch das Geld, wenn du mal was hast, normalerweise lose in die Hosentasche.«

»Stimmt, ich habe dich noch nie mit einem Geldbeutel gesehen.«

Die fünf Herren waren sich einig, das konnte nicht Fones Geldbeutel sein. Schweigend verfolgte Korbi die Szene, als die Männer Aufklärung von Fone verlangten. Vor allem das Damenportrait hatte ihr Interesse geweckt.

»Los, rück raus, wer ist die Süße?«

Alle Augen am Tisch richteten sich zu Fone hin. Mit hochrotem Kopf saß dieser da und schwieg. Ins kumulative Schweigen hinein die erstaunte Kinderstimme:

»Das ist doch die Bibibee, die Frau vom Bilsner Egi!«

Und wieder Schweigen am Tisch, von der Bühne her dröhnte es melodisch:

»… keine tanzt wie du, du, du,
mit den roten Schuh, Schuh, Schuh,
drum tanze ich so gern, gern, gern,
mit dir, mein Augenstern, Stern, Stern
und ganz zum Schluss, Schluss, Schluss,
gibt's einen Kuss, Kuss, Kuss, …«

23

Das Tag-der-Deutschen-Einheit-Fest und die Mutmaßungen der Wanderer

Gleich zu gleich gesellt sich gern, und so saßen die Wanderer in einem losen Grüppchen an den Tischen in der Nähe zur Außentoilette, die hinter einem efeubewachsenen Holzpaneel auch den Campern zur Verrichtung ihrer Notdurft dienlich war.

Die Wanderer waren an ihren karierten Hemden und den gewagten Wanderhütchen mit den vielen Abzeichen sowie am fortgeschrittenen Alter zu erkennen. Auch waren einige von ihnen mit Stecken bewaffnet, die, wie die albernen Hütchen, mit allerlei unnützem, buntem Blechzeugs geschmückt waren. Auch waren die Wanderer sangesmutiger als die übrigen Tag-der-Deutschen-Einheit-Festgäste. Und so missklang es unisono mit den Berufsbarden in melancholischem Moll vom Wandererresort über den Platz:

»... und so hab ich dich verloooren
und mir geschwoooren,
ich hole dich zurück zu mir,
denn du gehörst nur miiir allein,
zum Glücklichsein ...«

Die Wanderer bestellten für ihre quengelnden Kinder Almdudler, die Wanderinnen bestellten für sich Buttermilch, um in Form zu bleiben, und die Hirsche bestellten ein

Bier, da man es sich verdient hatte und um ebenfalls die Figur nicht zu verlieren.

Sie unterhielten sich zunächst über die Strapazen des Anmarsches und über etliche Unwägbarkeiten, die sie bravourös gemeistert hatten. Zentrum des Gesprächs war zunächst der Kampf mit einer Schlange, die auf dem Waldweg lag und ihnen den Weg versperrte. Einer der mutigsten der Gruppe, der Frieder, hatte sich dann in Todesgefahr begeben und sie mit seinem Stecken erschlagen. Er wurde zunächst für diese selbstlose Tat gerühmt, vor allem von den verängstigten und nahezu hysterischen Frauen, da sie mehr Angst vor Schlangen hatten als vor Mäusen und Spinnen, bis sie der kleine Sohn von Frieder aufklärte, dass die Panik nicht nötig gewesen wäre, da es sich bei dem durch Gewalteinwirkung verstorbenem Reptil zweifelsfrei um eine Blindschleiche handelte. Und so kam man über das Thema Mord 1 zum Thema Mord 2. Man war ja auch ein bisschen aus Wunderfitz in Friedas Schenke gewandert, um den Ort der Tragödie von Mord 2 live zu erleben. Die Gespräche gingen bald schon wie eine Einbahnstraße in diese Richtung:

»Der muss ja fürchterlich zugerichtet worden sein!«

»So etwas gab es noch nie.«

»Zu was Menschen fähig sind! Ein Hund würde so etwas keinem anderen Hund antun.«

»Auch meine Katze nicht.«

»Eine Katze macht meinem Brutus bestimmt nichts.«

»So habe ich das nicht gemeint.«

»Man sagt, er sei mit einem Zelthering durch den Kopf am Boden festgenagelt gewesen.«

»Wer macht denn so was?«

»Bestimmt keine friedlichen Wandersleut'!«

Man war sich schnell einig, dass friedliche Wandersleute zu so einer Tat nicht fähig waren, und so gingen die Spekulationen, gespickt mit Halbwissen und Tratsch, eifrig weiter.

»Man sagt, der Schwiegersohn der Wirtin, das ist der am Hähnchengrill, der könne jeden Fall lösen, der hat auch damals den Leberwurstfall gelöst.«

»Ach der, den kenne ich, der war Lehrer von meiner Tochter, der hat keine Ahnung, von nichts, das ist reiner Zufall, wenn der etwas herausbekommt. Das Einzige, was der kann, ist die Luft verpesten mit seinem Motorrad und die schöne Natur versauen mit seinen Ami-Fahrzeugen. Wenn einer schuld ist, dass es bald kein Ried mehr gibt, dann der. Man sagt sogar, er hätte Kerben in seinem Lenkrad für jeden überfahrenen Biber.«

»So ein Quatsch! Und bist du scharf darauf, dass dir der Biber deinen Wander-Wald zusammenfrisst? Wenn das so weiter geht, dann laufen wir das nächste Mal durch eine Steppe hierher und nicht durch einen Wald. Und außerdem, wo bekommt man so knusprige Hähnchen? Außer hier? Und die Gewürzmischung ist sogar geheim, die hat er selbst zusammengestellt. Ihr wolltet doch wegen den Hähnchen zum Fest.«

Eine Lehrerin von der Lager-Wiese, die gerade dabei war, sich eine weitere Buttermilch zu gönnen, zuckte kurz zusammen und korrigierte en passant:

»Genitiv, wegen *DER* Hähnchen.«

Die Wanderer, sofern sie es gehört hatten, schauten sich ratlos an und machten Wischbewegungen vor den Köpfen, diskutierten und spekulierten angeregt weiter.

»Ich habe im Zumba gehört, dass der Ortsvorsteher, das war ja der Ortsvorsteher, dem man den Garaus gemacht hat, dass der Weibergeschichten hatte. Und dann kann man Eins und Eins zusammenzählen.«

Die Rednerin nickte wissend in die Runde der Wanderfreunde.

»Was kann man da zusammenzählen? Lass raus!«

Die Rednerin senkte Stimme und Haupt:

»Ja, seid ihr alle begriffsstutzig? Das war sein Weib, die war eifersüchtig, das war eine Eifersuchtstat. Ich würde genauso handeln.«

Der Mann im rotkarierten Hemd neben der Redenden zuckte kurz zusammen, verschluckte sich an einem Brösel vom knusprigen Weckle, das zum aromatisch duftenden Hähnchen gereicht wurde.

»Was hat der Ortsvorsteher, der kommt doch aus Riedhagen, überhaupt hier auf dem Campingplatz gemacht? Man campt doch nicht dort, wo man wohnt!«

»Die Leute sagen, der wollte Probe campen, und weil das hier eigentlich gar kein Campingplatz ist, sondern nur ein Stellplatz, hat der wohl geguckt, ob sich hier ein Campingplatz lohnt. Der Bilsner, das ist ein echter Rattenschlitz, dem gehört hier viel Land. Und Camping heutzutage, das ist eine echte Goldgrube!«

»Dann denkst du, die Frieda hat ihn ermordet?«

Gelächter am Tisch der Wandersleut', ein ebenfalls Rotkarierter setzte mit großem Lacherfolg noch eins drauf:

»Oder der Mann am Grill war's, der Schwiegersohn von der Wirtin, und wenn er ermittelt, dann scheint er zunächst unverdächtig.«

Nochmals Gelächter.

Mit viel Schmalz in der Stimme säuselte es von der Bühne:

»… und wenn dich nun ein andrer dein eigen nennt,
und dich in Händen hält, so glaube mir,
mein Herz gehört nur diiir.«

24

Das Tag-der-Deutschen-Einheit-Fest und die Mutmaßungen der Riedhagener

Die Riedhagener schauten natürlich, dass man unter sich war, und so musste Frieda für die Landfrauen Riedhagen, die katholische und evangelische Gemeinde, die Feuerwehr und die Blasmusik und deren Familien etliche Tische reservieren. Nicht zu nahe an der Musik, auch nicht zu nahe an den Toiletten, mit etwas Distanz zum Grill, aber auch der nötige Abstand zur Lamaweide sollte berücksichtigt werden und natürlich im Schatten der Kastanien, aber nicht unter der mit dem vielen Ungeziefer, auf keinen Fall unter den Sonnenschirmen, unter denen man so seltsam rot aussah, wenn möglich auch nicht zu nahe an den Campern.

Und so saß man, wie es sich für die Festgemeinde gehörte, in privilegierter Position, so dachte man und so war es gut. Man lobte die tolle Organisation: *Frieda macht man da nichts vor, vom Almdudler bis zur Buttermilch, vom Whisky bis zum Walder. Das Essen ein Gedicht. Die Cäci wirbelt und zaubert und immer freundlich und hübsch. Und das mit zwei Kindern, selbst der Korbi hilft mit. Auch er, der Bönle, das muss man auf dem Handy festhalten, dass der auch mal was schafft und nicht nur die Umwelt mit seiner Harley verpestet. Sonst ist der ja ein Totalausfall, aber am Grill, da macht ihm keiner was vor.*

Obwohl es thematisch nicht ganz sauber abgestimmt schien, drängte es schmissig und mit viel Bass von der Bühne:

»… Ein Fest, so wie ich mir es wünsch,
mit Polka, Würsteln und mit Wein,
beim Mondenschein bin ich ganz dein …«

Die Riedhagener schien es wenig zu kümmern, um diese Zeit war man weder in der Laune, eine Polka oder sonst etwas zu tanzen, Würstel gab es sowieso keine, und vom Mondschein war man noch weit entfernt. Wichtiger war es, zu schlemmen, sich über die Tische hinweg auszutauschen und den neuesten Tratsch unter dem Deckmäntelchen investigativen Privatjournalismus' weiterzugeben.

»Die Hähnchen sind wie jedes Jahr spitze.«

»Stimmt es, dass deine Tante nur wegen der Hähnchen aus Australien angereist ist?«

»Wer erzählt denn so einen Schwachsinn, die kommt wegen der Beerdigung vom Bilsner, wir sind um ein paar Ecken rum mit dem verwandt.«

»Aber die Hähnchen sind wirklich spitzenmäßig. Sonst

kriegt er ja nichts auf die Reihe, außer lärmend und stinkend durch die Gegend zu fahren. Aber am Grill, da ist er wirklich unschlagbar! Aber bei den Bauern ist er sehr beliebt, er hat angeblich schon mehrere Biber überfahren.«

Höhnisches Gelächter am Tisch, Krüge klirrten gegeneinander, fettverschmierte Münder, lachend weit geöffnet, Hühnerfleischreste zwischen den Zähnen.

»Einspruch! Auch sein Kurs damals für die VHS war klasse, das war ein Selbstfindungskurs für Hausfrauen. Ich erinnere mich sogar noch an den Titel: *Wer bin ich? Versuch einer Definition des Ichs zwischen Küche, Beruf und Kindern.* Und als Mesner ist er auch sehr engagiert und steht Deo immer beiseite. Und hätten seine Jungs letztes Jahr die Quickly nicht gelöscht … Wenn die explodiert wäre … Deo hatte vergessen, das Benzin aus dem Tank abzulassen, bevor er sie wie Abraham seinen Sohn Isaak opfern wollte. Wenn die explodiert wäre, dann wären mehr Tote auf den Gräbern als in den Gräbern gelegen!«

»Apropos Deo, der steht schon wieder am Grill, wie die Jahre zuvor auch. Seht ihr das? Er wartet nur darauf, dass etwas von den Hähnchen für ihn abfällt. Und die Frieda und die Cäcilia müssen ihm immer wieder vom Tropfbier bringen. Der kriegt den Ranzen auch nicht voll!«

»Ist Völlerei nicht eine Todsünde bei den Katholischen?«

»Keine Ahnung. Bei den Evangelischen nicht? Dann haben wir Glück. Prost!«

»Basti, du bist doch katholisch und hast dein Theologiestudium abgebrochen. Was sind denn die Todsünden?«

Der Angesprochene überlegte kurz:

»Man sagt nicht unbedingt, äh, Todsünden, man nennt die moderner auch *Die Hauptsünden* und dazu gehören:

Stolz, Habsucht, Neid, Zorn, Unkeuschheit, Unmäßigkeit, Trägheit oder Überdruss, die sogenannte *Acedia.*«

Kurzes ungläubiges Schweigen am Tisch ob der unerwarteten Antwort.

»Und Mord, ist das keine Todsünde? Dann hat ja der Mörder vom Bilsner keine Todsünde begangen?«

Und schon war man beim Thema, das nicht nur die Riedhagener umtrieb: Wer war schuld am Tod des Ortsvorstehers von Riedhagen? Der Disput plätscherte dahin, schwoll an, war aufbrausend, ebbte wieder ab, wie die Wellen des fernen Meeres.

»Da kann nur ein krankes Hirn dahinterstecken. Ein Psychopath!«

»Oder eine Frau?«

»Äh, wie meinst du das?«

»Es gibt auch Psychopathinnen.«

»Ach so, das ist ja wohl klar. Auf jeden Fall war das klar vor dieser Scheiß-Genderei!«

Von der Bühne her immer noch in schmissiger Rhythmik:

»Ein Fest, wie's schöner nicht sein kann,
es küsst sich Frau und Mann ...«

»Ich glaube, da steckt mehr dahinter als eine Wahnsinnstat. Ich denke, da geht es ums Geld. Heute geht es immer ums Geld. Und der Bilsner ist ein Fuchs gewesen. Was glaubt ihr, wie es den gewurmt hat, dass die Frieda mit ihrer Idee vom Stellplatz so erfolgreich ist? Der hat doch sofort erkannt, dass sein Grund ebenso geeignet ist. Ich bin mir sicher, der war da Probecampen, um zu schauen, wie die Lage so ist. Sein Grundstück verläuft ja direkt hier runter an der Straße entlang. Und jeder von euch weiß, wie das Campen boomt, ein Campingplatz ist heute eine Gelddruckmaschine. Das sage ich euch, eine Goldgrube!«

Kurzes, nachdenkliches Schweigen in der Runde.

»Du willst doch wohl nicht behaupten, dass die Frieda nachts mit einem Hammer zum Bilsner schleicht und ihm einen Zelthering in den Schädel schlägt?«

Zustimmendes Kopfschütteln am Tisch.

»Nicht die Frieda, nicht die Frieda.«

Der Kopf des Redners zeigte mit hoher Nase und gerunzelter Stirn zum Grill.

»Dem trau ich alles zu, der tut immer nur, wie wenn er nicht auf Drei zählen könnte, aber der hat's faustdick hinter den Ohren!«

»Ach was, der tut keiner Fliege was zuleide.«

Entspanntes Gelächter aus der Runde.

»Ich bin mir sicher, dass der Bilsner nur wegen der Brunetta hier war. Der Bilsner war doch auf alles scharf, was einigermaßen gut aussah.«

Die Beisitzerin in scharfem Ton:

»Woher kennst du ihren Namen?«

Männliches Grölen aus der stimmungsfrohen Runde, gepaart mit anerkennendem Zungengeschnalze, strenge Blicke der Damen, gepaart mit nervösem Gehüstele, verständnislose Blicke der Kinder, gepaart mit Strohhälmchengesauge an neonfarbenen Getränken.

»Das meine ich im Ernst, ich bin mir sicher, dass das etwas mit der Brunetta zu tun hat, ich kenn doch den Bilsner!«

Eine weibliche Stimme unterbrach:

»Plötzlich wollen die reiferen Herren der Gemeinde mal nuuur interessehalber auf den Campingplatz von Frieda schauen. Und dann sind sie stundenlang weg. Ich kenne nicht eine Frau aus dem Dorf, die nuuur interessehalber zu den Campern schauen wollte! Nicht eine!«

Aus Männersicht war es dringendst nötig, das Thema zu wechseln:

»Apropos, wo ist eigentlich Bilsners Frau, die Bibibee?«

»Ja, glaubst du allen Ernstes, der ist nach Feiern zumute? Die hockt nun mit ihrem Hund alleine zu Hause. Was glaubst du, wie der zumute ist, wenn der Mann ermordet wurde? Denkst du, die hockt jetzt hier und singt mit der Musik mit? Obwohl die *wirklich* gut sind, die *Kugelsberger*, die machen echt Stimmung.«

»… und wenn ich einmal nicht mehr bin,
so steht es doch auf meinem Stein,
du gehst mir nicht mehr aus dem Sinn!«

Und dann schoben und trugen die Ministrantinnen und der eine Ministrant die alte Henke über die gekieste Fläche und platzierten sie bei ihrer Familie. Deo, der für diesen Akt der Nächstenliebe verantwortlich war, hatte sich vom Grill gelöst und dirigierte nun die Alte an den Tisch. Auch Tizian half mit ernster Miene mit, seiner Oma im Rollstuhl einen Ehrenplatz zu verschaffen.

»Wollet Sie sich nicht zu uns setzen, Herr Pfarrer?«

Deo wehrte ab:

»Viela Dank für das nette Angebot, aba bei so eina großa Fest fällt einiges an Arbeit an, und ich muss a bissale da Organisationsteam untastütza. Späta komme ich gern noch zu Ihna. Und Ihna, Frau Henke, viel Spaß, geniessat Sie, dass Sie mal vom Krankenlager weg kommat. Geniessat Sie da frische Luft und dass Sie unter Menscha sein könnat. Aba auch die Hähncha sind sehr gut. Soll ich Ihna eins bringa und a kleina Bierle dazu?«

Die Alte nickte dankbar, genoss es, im Zentrum zu stehen. Tizian setzte sich besorgt neben sie.

Vom Nachbartisch wurde freundlich gegrüßt:

»Das ist aber schön, dass der Pfarrer Sie aus Ihrem Kämmerchen hat herausholen lassen.«

Hedwig Henke nickte und lachte, mit zittriger Hand hob sie das Glas mit der bernsteinfarbigen Flüssigkeit, das ihr Tizian rasch besorgt hatte. Eine quietschende Rückkoppelung von der Bühne her, eine genäselte Durchsage:

»... für die älteste Bürgerin Riedhagens ein spezieller Gruß. Ein Song von Camillo Felgen, ganz allein für dich, liebe Hedel!«

Alle Augen richteten sich auf Hedel, die wie versteinert im Rollstuhl saß und den Kopf zur Bühne drehte, um besser hören zu können. Tizian kicherte nervös und ließ seine Mütze in den Händen rotieren.

»Ich hab Ehrfurcht vor schneeweißen Haaren,
sie verschönern der Mutter Gesicht
und sie krönen die Arbeit von Jahren
und ein Leben der Treue und Pflicht.«

Tizian legte seine Hand auf die seiner Großmutter, um die der obligate Rosenkranz gewickelt war. Die Alte zog sie wieder hervor, fuhr über die Haare ihres Enkels und zog ihn ganz nahe zu sich heran. Tränen liefen über die runzligen Wangen.

»Für die lieben alten Menschen,
die das Leben nie verwöhnt,

hat mein Herz ein warmes Plätzchen,
das sie mit der Welt versöhnt.
Weil sie in dem alten Leben
viel mehr Leid als Glück erseh'n,
seh'n sie heut' mit weißen Haaren,
doch mit Augen, die versteh'n.«

Applaus und Bravo-Rufe. Tizian löste sich von seiner Oma und wischte sich mit seiner obligaten Schildmütze Tränen aus dem Gesicht. Dann zog er stolz die Mütze über das dichte Haar, die Sonne glänzte mit glitzernden Reflektionen in den Anstecknadeln und schickte bunte Strahlen zurück in den Himmel. Hedwig war die kitschig-emotionale Stimmung nun doch zu viel und sie nahm gekonnt die letzte Textzeile auf:

»Da muss ich widersprechen, meine Augen sehen nicht mehr viel, das mit den weißen Haaren, das stimmt.«

Ihre Tochter Genoveva und deren Mann Ferdinand Kümmerle blickten stolz zu ihrem Sohn Tizian:

»Tizi, das war bestimmt deine Idee mit dem Lied, das hörst du doch immer am Plattenspieler.«

Applaus und Bierkruggeklopfe auf den Holztischen. Tizian sprang unverhofft auf, hielt sich die Ohren zu, verlegen trat er kurz auf der Stelle, hüpfte auf einem Bein nervös rückwärts, floh vor so viel Aufmerksamkeit und rief:

»Ich geh zu meinem Freund Korbi, der sitzt dort drüben. Außerdem sieht die Oma alles, auch ohne Augen!«

Die alte Henke lachte:

»Der Jugend muss man ihren Lauf lassen.«

»Was hast du denn wieder gesehen, was die anderen nicht sehen?«, rief es vom Nachbartisch.

Genoveva war die Frage peinlich:

»Lasst meine Mutter, sie will das Fest genießen und nicht …«

»Entschuldigung, das war nicht so gemeint, aber jeder im Dorf weiß bereits, dass deine Mutter den Tod vom Bilsner vorausgesehen hat. Auch dem Pfarrer hat sie das schon erzählt! Übrigens, da kommt er gerade mit dem versprochenen Hähnchen!«

Deo setzte sich zur alten Henke, die aufmerksam zugehört hatte, und schob ihr das duftende Grillprodukt zu. Sie korrigierte aber zunächst:

»Ich habe gar nichts vorausgesehen, ich habe nur eine Bibelstelle zitiert. Und da war der Bilsner offensichtlich schon tot. Im Buch Richter gibt es diese Stelle mit dem Sisera und dem Zeltpflock. Die ist dem Ableben vom Bilsner ein bisschen ähnlich.«

»Ein bisschen ähnlich, das ist doch fast eins zu eins.«

Die Alte wehrte sich:

»Euren Gockelesbrater, den Bönle, der hat mich auch besucht, den hat wohl der Wunderfitz hergetrieben. Dem hab ich auch eine Bibelstelle vorgelesen, auch aus dem Buch Richter. In der Stelle wird Abimelech um die Ecke gebracht, die geht ungefähr so: Abimelech kämpft gegen eine ganze Burg. Und am Burgtor warf eine Frau Abimelech einen Mühlstein auf den Kopf und zerschmetterte ihm den Schädel.«

Am Tisch herrschte verständnislose Stille, die Hedel trocken kommentierte:

»Und? Ist der Bilsner mit einem Mühlstein erschlagen worden? Also, von Hellseherei kann nicht die Rede sein! Ich lese meine Bibelstellen, wie es mir in den Sinn kommt.«

Einige nickten, andere wiegten unsicher die Köpfe hin und her.

»Hedel, du hast immer wieder bewiesen, dass du das Gesicht hast. Wer weiß, vielleicht fügt sich noch das eine zum anderen.«

Hedel winkte ab. Ein aufmerksamer Zuhörer vom Nebentisch ergänzte:

»Aber die Bibel ist schon manchmal grausam, da braucht man keinen Horrorfilm schauen. Also die Sache mit dem Zelthering im Gesicht und dem Mühlstein auf den Kopf, das ist ja echt gruselig!«

Die Alte richtete ihre blassen Augen ins Blau des Herbsthimmels und murmelte:

»Mit einem Mühlstein, das tut man keinem Hund an, keinem Hund tut man so etwas an!«

25

Das Tag-der-Deutschen-Einheit-Fest und die Mutmaßungen der Lehrerinnen und Lehrer

Um zu zeigen, dass man der Natur am nächsten ist, lagerte man als Lehrer im Gras, als Lehrerin ebenfalls, jedoch mit karierter Decke als Unterlage. Außerdem war man mit dem E-Lasten-Bike, das man mit selbst geerntetem Solarstrom geladen hatte, angereist. Die Lehrer-Kinder, allesamt ADHSler, krakeelten trotz einer Extra-Ritalin-Dosis kreuz und quer über das Gelände und sorgten für Kopfschütteln bei den übrigen Gästen. Die Lehrer tranken kein Bier, sie tranken Rotwein aus Pappbechern, die sie nach Hause nehmen, dort spülen und im nächsten Jahr wieder mitbringen würden. Den Rotwein hatten sie von zu Hause mitgebracht, französischen. Die Lehrerinnen tranken Buttermilch, sie gaben vor, sie schmecke ihnen, und es gäbe nichts Erfrischenderes im Sommer. Die Rechnung war eine andere: Wein hatte pro 100 Milliliter ungefähr 80 Kalorien, eine Buttermilch nur 40 und somit war die Sache klar. Und Sprudel, saurer Sprudel kam gar nicht in Frage, der war für das, was er bot, viel zu teuer. Das Essen war ja schon teuer genug, daher hatte man für sich einen politisch korrekten Humus mitgebracht, die Kinder bekamen ein Vollkornbrot mit einem Salatblatt. Auch durften sie als durstlöschendes, kulinarisches Highlight ungesüßten Fencheltee aus kleinen wiederverwendbaren Glasfläschchen genießen.

»Wenn ich so ins Ried hineinblicke, dann weiß ich, dass ich da wohne, wo andere Urlaub machen.«

»Dadurch kann man auch ganz schön sparen.«

»Nur die Musik ist fürchterlich, zu so einem Fest würden doch viel besser französische Chansons passen.«

Aus dem Hintergrund säuselte es:

»Sa Sa Sa Samantha ich bin immer für dich da.
Ku Ku Ku Kunigund, ich küss dich auf den roten Mund …«

»Aurelian, komm mal her und bring die Femke auch mit, ihr sollt euch den schönen Riedblick anschauen! Und der

Papa erklärt euch den Unterschied zwischen Hochmoor und Niedermoor.«

Die Kinder wackelten eher lustlos heran.

Als die Mutter sah, was Femke in der Hand hatte, sprang sie von der karierten Decke auf, ihr pädagogisches Lächeln mutierte zu einem lautlosen Schrei des Entsetzens. Sie hetzte ihrer Tochter entgegen und rief:

»Was ist das, um Gottes willen, wo hast du das her?«

Das Kind hielt sofort inne und schaute ratlos. Die Mutter rief ihrem Mann zu:

»Unternimm doch was, steh auf! Siehst du nicht, was Femke in der Hand hat?«

Nur erkannte auch der Gatte der Lehrerin die Gefahr und erhob sich von der Wiese. Die Mutter war jedoch schneller bei der gefährdeten Tochter und zeigte fassungslos auf das, was das Kind in der Hand hielt. Entsetzen entstellte immer noch das Gesicht der geschockten Pädagogin:

»Wo hast du das her?«, versuchte sie mit gespielter Ruhe, ihrer Tochter das Geheimnis zu entlocken.

Femke zeigte in Richtung Bühne und Ausschank:

»Von dort, Mama, dort gibt es noch mehr!«

Die Lehrerin und der herbeigeeilte Gatte handelten nun recht behutsam.

»Das ist nicht sooo schlimm, Femke, aber du musst das hergeben, das ist, äh, das ist pfui!«

Sie entwanden der kleinen Widerborstigen die Fanta und leerten die Flasche auf die Wiese aus.

»Femke, das ist wirklich nicht gut, da ist so viel Zucker drin, dass dir vielleicht morgen schon alle Zähne ausfallen. Gott sei Dank hast du noch die Milchzähnchen. Vielleicht verzeiht dir die Zahnfee!«

Femke war noch nicht ganz von der Schlüssigkeit der elterlichen Argumentation überzeugt:

»Die anderen Kinder trinken auch Fanta und die haben schöne Zähne, das habe ich gesehen!«

Zur Bestätigung nickte ihr großer Bruder Aurelian:

»Ich war gerade bei einem neuen Freund, der hat einen komischen Namen, der heißt Korbinian. An dem seinem Tisch trinken die Männer sogar Bier, und der Korbinian hat gesagt, dass eine Fanta überhaupt nicht gefährlich wäre. Außerdem ist da gar kein Zucker drin, das ist Zorro.«

»Zero.«

»Und außerdem hat der Korbinian erzählt, dass da voll einer ermordet worden ist, gleich da unten, dort wo die Wohnmobile stehen. Mit einem Hering, wuuusch, ein Hering ins Auge!«

Die Mutter kam aus dem Staunen nicht mehr heraus, der Vater schüttelte den Kopf, mittlerweile lagerte die ganze Familie um und auf der karierten Decke.

»Mit diesem Korbinian muss ich wohl ein Wörtchen reden. Zuerst dieses furchtbare Getränk, dann die Lügen! Mit einem Hering kann man niemanden ermorden. Wie soll das denn gehen? Seht ihr: Wer so lügt, der trinkt auch Sachen, die …«

Aurelian klärte die Mutter auf:

»Ein Zelthering, keiner aus der Dose.«

Der Vater mischte sich ein:

»Schatz, das können wir vor den Kindern nicht mehr verheimlichen, und du wolltest doch hierher. Dich hat doch der Wunderfitz hierhergetrieben.«

Bald schon vergrößerte sich der Kreis der Pädagogen, und eine Lehrerkonferenz zum Thema »Mord unter Campern«

wurde mit zunehmendem Rotwein- und Buttermilchkonsum argumentativer, investigativer und intuitiver.

»Wie würde Thomas Bernhard sagen, wie sich Fürst Saurau in seinem Roman *Verstörung* sieht? *Die Kälte ist in mir, also ist es gleich, wohin ich gehe, die Kälte geht in mir, mit mir.*

Ich erfriere von innen heraus. Und genau so geht es mir. So ein Ereignis, dieser Mord am Ortsvorsteher lässt mich selbst von innen heraus gefrieren! Ich bekomme Gänsehaut.«

Zum Beleg fuhr sich der Deutschlehrer über die Unterarme.

Die Physiklehrerin kam ins Schwärmen:

»So ein Mord hebt alle Naturgesetze auf, nichts ist mehr, wie es einmal war. Es ist, als ob der Apfel nicht mehr nach unten fällt, sondern die Richtung des Falls frei wählen könnte. Ich weiß, das würde Galilei nicht gefallen.«

»*Es war wegen der Sonne…* Wer weiß? Vielleicht war es ja so? Wie bei Camus, L'Étranger. Der Meursault schiebt die Schuld darauf, dass er von der Messerklinge geblendet wurde. Vielleicht gibt es ein unerklärliches Motiv?«

Ein Mathelehrer ereiferte sich:

»So ein Quatsch, du immer mit deiner existentialistischen Philosophie, man wird nicht mitten in der Nacht von der Sonne geblendet. Man muss doch ganz rational von den vorgegebenen Fakten ausgehen und nicht einfach drauflos spintisieren!«

»Das sehe ich nicht so. Intuition, Psychologie und all das Emotional-Esoterische, was den Mythos Mord umgibt, kann sehr wohl Licht ins Dunkel, nicht nur der Seele, sondern auch des Tathergangs bringen!«, mäkelte die Psychologie-Lehrerin.

»Dann sag uns doch, wer's war!«, forderte ein Konrektor auf: »Wir haben mittlerweile so viele Fakten gehört, dann setz doch die Emotionalität, Psychologie und Intuition ein und nenne uns den Täter! Oder erstelle wenigstens ein Täterprofil, wie es die Profiler angeblich können!«

Die Psychologin fühlte sich in ihrer Ehre gekränkt und lieferte das Geforderte:

»Der Täter ist männlich, Frauen töten subtiler, mit Gift oder mit den Waffen einer Frau. Außerdem ist der Täter nicht von hier. Wäre er von hier, hätte er nicht das Opfer in dieser kurzen Ausnahmesituation des Campens getötet. Wer von hier ist, geht doch nicht das Risiko ein, von Zeugen in Wohnmobilen umringt diese Tat zu begehen. Somit ist für mich klar, dass dieser, dieser, der da wohl mit dem alten Wohnmobil neben dem Herrn Bilsner gecampt hat, dass der es war.«

Der Konrektor schüttelte bedächtig sein Haupt:

»Da fehlt immer noch das Motiv, liebe Frau Kollegin. Das Motiv!«

Die Angesprochene hob den Zeigefinger:

»Intuitiv sehe ich Leidenschaft als Hauptmotiv, wenn man die Konstellation betrachtet: Ein Bonvivant und Weiberheld, der probecampt, eine Prostituierte, ein – wie man sich erzählt – kiffender Althippie, ein Sonderling. Dann braucht man doch nur eins und eins zusammenzuzählen.«

»Ha, das ist Mathematik, liebe Frau Kollegin, wenn man zusammenzählt. Das sind die Mittel der Logik.«

»Lass mich doch ausreden, typisch Schulleitung! Für mich ist klar, das kann nur dieser Kiffer mit dem alten Wohnmobil gewesen sein. Eifersucht, Leidenschaft.«

Von der Bühne her tönte es in sanften Wellen:

»Lu Lu Lu Luise, ich tanz mit dir über die Wiese.
Ka Ka Ka Karin, zu dir, da zieht's mich hin.«

26

Das Tag-der-Deutschen-Einheit-Fest und die Mutmaßungen der Wohnmobilisten

Zunächst blieben die Wohnmobilisten unter sich, sie fremdelten ein bisschen und demonstrierten zudem in ihrer Abgeschiedenheit einen Hauch von Indianerleben, korrekter gesagt, ein *Angehörige-indigener-Völker-Leben* oder ein *Native-American-Leben* oder ein *First-Nations-Leben.* Wobei *First Nations* für alle übrigen Nations bestimmt ebenso diskriminierend war.

Die Kapulskis hatten Brunetta auf ein Sektchen eingeladen. Gemeinsam saß man um den Grill, auf dem Würstchen langsam in den Kohlezustand übergingen. Lediglich Paris fehlte, sie wollte mal schauen, was auf dem Fest bei den Land-Spastis so abging.

Immer wieder in unregelmäßigen Abständen tauchte Korbi bei ihnen auf, der ein Beer-table-Hopping praktizierte, um gegebenenfalls einen guten Service zu bieten, andererseits, um auf dem Laufenden zu bleiben. Er setzte sich auf einen einfachen, stoffbespannten Campinghocker, der neben dem Grill platziert war.

Das Thema der Wohnmobilisten, die es mittlerweile in keinster Weise bereuten, nicht abgereist zu sein, da man sich langsam daran gewöhnt hatte, dass der Bilsner nicht mehr unter den Lebenden weilte, war natürlich dessen unerwartetes Ableben:

»So ein netter Kerl, ich verstehe gar nicht, warum die ihn hier so abfällig Eki Pilsner nennen. Eigentlich ist der gar nicht ekelhaft gewesen, frisch geduscht, als er zu mir gekommen ist. Okay, eine Bierfahne, aber da hatte ich schon andere.«

»Zu dir gekommen oder bei dir gekommen?«

Susi Kapulski lachte grell auf und machte eine obszöne Handbewegung. Theo Kapulski hüstelte nervös, bekam einen noch roteren Kopf und warf Brunetta, als seine Susi einen weiteren kräftigen Schluck, den Kopf weit nach hinten werfend, aus dem Plastiksektglas nahm, einen warnenden Blick zu. Diese zwinkerte ihm beruhigend zu.

»He, was habt ihr beiden?«, grölte die angeschickerte Gelsenkirchenerin, »wenn ich's nicht besser wüsste, würde ich denken, mein Theo gehört zu deiner Kundschaft.«

Theodor Kapulski mimte mit einer abwehrenden Geste den zu Unrecht Verdächtigten und wollte den Vorwurf verbal zurückweisen, doch seine heitere Gattin fiel ihm ins Wort, lachte zu Brunetta und schlug ihr auf die nackten Schenkel:

»Ne, ne, du passt nicht in sein Beuteschema. Der Theo, der braucht es üppiger.«

Um dies argumentativ-körpersprachlich zu belegen, formte sie ein Hohlkreuz. Theo hüstelte und wechselte geschickt das Thema:

»Ich denke, der wird sich nicht so leicht aufklären lassen, der Mord.«

»Warum nicht?«

»Ich denke, der Mörder kommt aus dem Kaff hier. Ich glaube nicht, dass der Kiffer mit dem Hanomag der Täter ist, der ist doch zu dumm, um jemanden umzubringen. Der hat doch sein ganzes Hirn mit Drogen kaputt gemacht.«

»Und warum ist er dann in einer Nacht- und Nebelaktion geflohen? Das ist doch verdächtig!«

»Ja, schon, aber das kann ja auch andere Gründe haben.«

»Welche Gründe?«

»Woher soll ich das wissen, bin ich die Polizei? Ich bin Platzwart auf Schalke und außerdem im Urlaub.«

»Wer A sagt, muss auch B sagen, raus mit der Sprache! Wen hältst du für verdächtig?«

Brunetta ließ nicht locker und drängte Theo, der immer unsicherer wurde, zu einer Antwort:

»Los, red schon, lass die Katze aus dem Sack! Hältst du etwa mich für verdächtig? Mir ist schon klar, dass ich zum Kreis der Verdächtigen gehöre, äh, mit meinem, äh, Beruf!«

Theo bugsierte die Kohle-Würstchen umständlich auf dem Grill hin und her, bevor er antwortete:

»Verdächtig ist zuerst mal jeder, der hier auf dem Campingplatz ist oder war. Wir können niemanden ausschließen, auch nicht die Wirtsleute. Vielleicht hatte der Dani, der Bönle, genauso ein Interesse, den Bilsner ins Jenseits zu befördern wie jeder andere von hier.«

Susi sprang auf, schwankte, kicherte und ergänzte die Theorie ihres Gatten:

»Jawoll, das war bestimmt die Cäci, vielleicht hatte sie was mit dem Egi, und um ihn zum Schweigen zu bringen, hat sie …«

Theo schämte sich fremd und wies seine angetrunkene Gattin in tadelndem Ton zurecht:

»So ein Schwachsinn, rede doch kein so einen Nonsens vor dem Jungen! Oder verdächtigst du den Korbi auch? Vielleicht hat der den Bilsner auf dem Gewissen?«

Korbinian T. Rex Bönle wurde die Sache nun zu suspekt, er stand auf und bemerkte trocken:

»Vielleicht war es aber auch die Paris? Der Eki Pilsner hat die immer so komisch angeschaut! Vielleicht wurde es ihr zu bunt und sie hat ihn gekillt?«

»Junge, sag doch nicht so gruselige Dinge, du machst mich ja ganz kirre! Theo, sag doch dem Jungen, er soll nicht so einen Blödsinn daherreden! Unsere Paris tut doch keinem Fliegchen was zuleide!«

Korbi winkte lässig ab:

»Ich muss mal weiter.«

Die Drei vom Grill steckten ihre Köpfe zusammen, Susi wirkte plötzlich sehr besorgt:

»So habe ich das noch gar nicht gesehen! Meint ihr, da ist was dran, was der Junge so sagt? Aber unsere Paris? So ein Quatsch, lasst uns was trinken!«

27

Das Tag-der-Deutschen-Einheit-Fest und die Mutmaßungen der Jugendlichen

Die Jugendlichen lungerten hinter der Bühne herum und genossen die Distanz zum reiferen Publikum. Sie hatten aus Friedas Schopf eine Sperrholzplatte geholt und eine Bierpong-Spielfläche improvisiert. Die Pappbecher erbettelten sie bei der Wirtin, Tischtennisbälle hatte man in vorfreudiger Erwartung auf das feuchtfröhliche Spiel von zu Hause mitgebracht. Die beiden Mannschaften versuchten, alle Becher der gegnerischen Mannschaft mit den Tischtennisbällen aus der vorgegebenen Wurfdistanz zu treffen. Sobald ein Becher getroffen war, musste das gegnerische Team diesen mit etwas Bier gefüllten Becher trinken. Die jeweils zehn Becher wurden von den engagierten Jugendlichen geschickt pyramidenförmig aufgestellt und sollten sich berühren, damit die Chancen, nüchtern nach Hause zu gehen, nicht zu groß waren.

Nur für die jeweils werfende Person war höchste Konzentration angesagt. Die Miteifernden fanden genügend Zeit und Muße, sich gesellschaftsrelevanten Themen zu widmen und rhetorisch geschickt zu diskutieren.

»Echt krass mit dem Killer!«

»Boh, voll krass, echt. Der hat den Bilsner voll aufgespießt!«

»Voll durch den Kopf, echt megakrass!«

»Boh, Alter, da muss das Blut voll krass gespritzt haben!«

»Ja, voll krass!«

»Mein Dad sagt, das war seine Alte!«

»Meiner sagt, das war der verspulte Kiffer, der hier war. Voll der alte Bus! Selfmade!«

»Schade, dass der weg ist, der Stoff war voll cool!«

»Booah, das Gras war echt geil!«

»Hei voll krass, krasses Gras!«

»Meine Mom sagt, dass es die Frieda war! Die hat einen Auftragskiller besorgt, weil der Bilsner ihr Konkurrenz mit so einem Campingplatz machen will, äh, willte!«

»Das ist ja wohl voll behindi! Mein Bruder sagt, das war Selbstmord, voll der Selbstmord! Wer will den Bilsner schon killen?«

»Hääa? Wie soll das denn gehen, sich selbst einen Hering durch die Birne hauen? Hääa? Verrat mir das mal, du Spast! Außerdem heißt das nicht Selbstmord, sondern Susi …, äh… sied.«

»Hääa?«

Einer der jungen Männer, der reifer wirkte, näherte sich Paris, er hatte sie aus der Ferne beobachtet.

»Was sagst du dazu, du wohnst, äh, bist doch mit dem Wohnmobil hier? Du hast doch bestimmt alles mitbekommen? Du wohnst ja sozusagen am Tatort?«

Paris, die Angesprochene, die rasch Kontakt, vor allem zu den kräftig pubertierenden Dorfbuben, gefunden hatte, warf ihr dunkles Haar mit einer energischen Kopfbewegung nach hinten, presste nachdenklich die dunkel geschminkten Lippen aufeinander und antwortete betont cool, da ihr der junge Mann mehr imponierte als die Pubertierenden:

»Da bekommt man schon einiges mit. Und ich weiß schon, was da so mit dem Bilsner und der Brunetta abging. Da hat ihr lila Rosinenbomber schon krass gewackelt!«

»Wie bitte? Was für ein Bomber?«

Paris neigte leicht den Kopf, hob die Augenbrauen und zitierte kokett:

»Sweets for my sweet, sugar for my honey …«

»Ach, das finde ich krass! Denkst du, die hat den …?«

»Quatsch, man killt doch nicht seine Kundschaft.«

»Stimmt, das wäre nicht gerade ökonomisch sinnvoll. Ich denke, das war ein Racheakt, so etwas wie eine alte Schuld begleichen. Und vielleicht kommt der Täter direkt aus unserer Mitte. Vermutlich ist er sogar auf diesem Fest. Vielleicht hast du schon mit ihm getanzt?«

»Ich tanze nicht, nur mit mir selbst.«

Der Redner, offensichtlich das Alphatier der kleinen Gruppe, die sich nahezu unauffällig um sie zusammengezogen hatte, schnitt eine Grimasse, hob die Hände, imitierte den zitierten Mörder aus Rache und ging, die Hände auf Brusthöhe, langsam auf Paris zu. Diese blieb cool, stoppte den Typen mit beiden Händen auf dessen Brust, flüsterte ihm kurz ins Ohr:

»Wenn's dich interessiert, was da auf dem Platz abgeht: heute Abend um kurz nach Mitternacht an dem großen Baum da, mit den gelben Nadeln, am Ende vom Stellplatz. Ich heiße Paris.«

»Und ich Uli.«

28

Das Tag-der-Deutschen-Einheit-Fest und die Mutmaßungen der MIKEBOSSler

Wenn es um das Wesentliche geht, dann ist halt schon Verlass auf die Jungs und das Mädel. Und so waren die MIKEBOSSler vollständig zum Tag-der-Deutschen-Einheit-Fest bei Frieda erschienen und saßen an ihrem Stammtisch bei der Kastanie. Blacky hatte noch ihren Feiertagsmorgen-Dienst hinter sich gebracht, saß nun gemeinsam mit Gesicht, Flaschen Gordon, Joe und Goldi am Stammplatz und beobachtete interessiert das Geschehen in Friedas Reich:

»Kommt der Präsi nachher noch oder bewacht der den ganzen Tag das Gockeler-Karussell?«

»Da passt er doch bestens hin, als stolzester Hahn auf dem Hof!«

Anerkennendes Gelächter, Krüge gefüllt mit bernsteinfarbenem Walder klirrten aneinander, schäumten weiß auf. Nur Goldi stieß mit einer Apfelsaft-Schorle sauer an.

»Kommt unser Ehrenmitglied auch noch oder bewacht der jetzt den Grill?«

Die Blicke der Biker wanderten zum Grill, an dem gerade großer Andrang herrschte. Neben dem Grillmeister stand Deo, der mit den Händen fuchtelnd auf den Präsidenten einredete und immer wieder auf die gemächlich rotierenden Geflügelspezialitäten deutete.

»Ich denke, ich gehe mal und frage ihn, wie lange das noch geht mit den Hähnchen. Eine der Bedienungen kann ihn doch mal ablösen. Oder Deo.«

Ich sah, dass Goldi auf mich zukam und schon von Weitem rief:

»Ablösung, setz dich endlich zu uns! Kann das nicht eine der Bedienungen für dich übernehmen?«

Bevor Goldi auf die Idee kam, Deo zu fragen, hob dieser die Hand:

»Ich würde das aba auch gerne für meina Freund Dani macha, wenn ich dafür ein frischas Bier und ab und zu ein Flügele bekomme.«

Und so war der Deal perfekt, Deo grillte und verkaufte Hähnchen mit Seelenruhe und das in Soutane. Ich konnte mich den Pflichten meiner Präsidentschaft widmen, zog Korbi zu mir, der gerade eine kühle Fanta geholt hatte:

»Komm mit zum Stammtisch, damit du das auch lernst. Später wirst du der Präsident sein!«

»Ich muss dir sowieso was Wichtiges sagen, Papa: Der Fone …«

»Nicht jetzt, Korbi, das hat Zeit, ich brauche jetzt erst mal ein Bier und muss noch ein paar Dinge mit der Gang wegen Egi Bilsner besprechen. Setz dich einfach zu uns.«

Zunächst berichtete ich meiner Gang von der Stippvisite beim kiffenden Hanomag-Friedhelm und begründete, warum ich ihn nicht für den Täter hielt. Anschließend berichtete ich von den mysteriösen Aussagen, die die alte Henke in Gegenwart von Deo geäußert hatte. Dann zog ich das silberne Edelweiß, die Anstecknadel, aus dem Geldbeutel, wo ich sie verwahrt hatte. Abschließend erzählte ich die Geschichte mit Alki-Fone und äußerte meine Bedenken über den Wahrheitsgehalt seiner Aussagen, als mir Korbi ins Wort fiel:

»Der Alki Fone, der hat dich angelogen. Den Geldbeutel, den hat er noch, da ist sogar ein schönes Bild von der Bibibee drin! Und die Anstecknadel, das Edelweiß, das weiß ich auch, wem das gehört.«

Korbi legte rhetorisch geschickt eine Kunstpause ein und spannte unsere Geduld auf die Folter:

»Die gehört nämlich Tizi!«

Ratlosigkeit am Tisch, dann brach Blacky das Schweigen:

»Das mit der Nadel können wir für uns behalten, die kann Tizian schon vor einer Ewigkeit verloren haben. Wir müssen Tizian vor dem Dorftratsch schützen. Was glaubt ihr, was hier los ist, wenn Tizian als Verdächtiger gehandelt wird? Der wird seines Lebens nicht mehr froh. Gerade die Jungen werden ihn mobben! Und ich denke, wir sind alle der gleichen Meinung: Tizian ist kein Mörder!«

Zustimmendes Nicken. Blacky fuhr fort:

»Aber das mit Fone und Herr Bilsners Geldbeutel, das ist ein Hammer! Das kann man nicht ignorieren, das müssen wir der Kommissarin melden. Das macht ja den Alki-Fone zum Verdächtigen. Ohne Geldbeutel hätte das anders ausgesehen, Dani. Aber als Mörder kann ich mir den auch nicht vorstellen. Offensichtlich hat dich der Fone ganz schön an der Nase herumgeführt, Dani! Aber du hast ja deinen Sohn, der löst den Fall noch vor dir.«

Nerviges Gelächter am Tisch, und Korbi bekam vor Stolz einen roten Kopf. Ich griff zum Handy und rief die Kommissarin an und hoffte, dass Fone bis zur Ankunft der Staatsdienerin keinen Blödsinn machte und wie erwartet bei seinen Mittrinkern zechenderweise verweilen würde. Noch einmal erinnerte ich meine Jungs und das Mädel daran, die Sache mit Tizis Anstecknadel nicht unters Volk zu bringen.

29

Warum Bibibee aufgelöst ist – und zwar in Tränen – und wie sie in den Armen Deos landet

Die *Fidelen Original Kugelsberger* hatten den Gästen aus nah und fern ordentlich eingeheizt und bevor die *Musik für die Jungen* begann, ließen sie es abschließend richtig krachen. Weder Musiker noch Publikum schienen nüchtern, die ersten tanzten auf den wackeligen Bierbänken und stürzten. Auch flogen erste Krüge und schlechte Worte von Tisch zu Tisch. Die *Fidelen Original Kugelsberger* spielten daher auf Wunsch Friedas, da diese so langsam in Sorge ums Außenmobiliar war, *Ein bisschen Frieden.* Das *Bisschen* reichte jedoch nicht aus und die lederbehosten Lokalmatadoren gaben mit einem Stimmungsmedley so richtig Gas:

»… Uuund mein Herz ist voller Schmerz, Labellina,
ich trage dich auf Händen,
doch du willst den Traum beäääänden …«

Jawoll, ging doch, wieder flogen Worte und Gegenstände. Cäci kam leicht besorgt zu mir:

»Frieda meint, du solltest mal ans Mikro gehen, ein bisschen für Ruhe sorgen. Die randalieren eine Stunde früher als im letzten Jahr. Was meinst du?«

Ich nickte:

»Ans Mikro wäre noch zu früh, ich schick mal meine Jungs durch!«

Meine Jungs, inklusive Blacky, sorgten schon bald für den *Love and Peace-Charakter*, den sich Frieda wünschte. Erfahrungsgemäß würde diese Stimmung jedoch nicht bis zum Morgengrauen anhalten, die Sonne war noch nicht einmal untergegangen.

»… Zapzapzapzeraz, ich knutsch mit dir, mein süßer Schatz,
hopphopphoppela, wem gehört denn dieses Mieder da?
Bumsbumsbacherlblau, es gehört nicht meiner Frau …«

Ich freute mich schon etwas auf die Nachfolge-Band, die kamen doch etwas rockiger daher. Doch eins musste man den *Fidelen Original Kugelsberger* lassen, lyrisch waren sie echt zum Kotzen. Schön war es, dass, wie im letzten Jahr, die Wanderer mit den Lehrern in Streit gerieten, weil die Lehrer Kinder der Wanderer unterrichteten und wohl ungerecht benoteten. Im letzten Jahr gab es daher unter den Pädagogen, sogar bei einem A 15er, eine gebrochene Nase.

»… Jajaja Spaß, wir geben Gas und noch ein Glas,
neinneinneinnein komm lass das sein,
Schlussschlussschluss ist erst nach einem Kuss …«

»Ich halte diesen Rotz nicht mehr aus! War das letztes Jahr auch so schlimm?«

Goldi, der keinen Alkohol trank und daher logischerweise der Nüchternste des ganzen Tag-der-Deutschen-Einheit-Festes war, machte sich genervt bemerkbar. Blacky, die ihren Kopf an seine Schulter gelehnt hatte, verdrehte die Augen und seufzte:

»Höchste Zeit, dass die Rocker den Sound bestimmen!«

Deo, der offensichtlich eine Spur zu viel vom Tropfbier abbekommen hatte, meinte:

»Ich finda die Band supa, die machat so richtig Stimmung, und ihr merkt ja, wie da Publikum da Frohsinn genießt.«

Unser schwarzer Pfarrer hob und reckte die Hände in den Himmel, die weiten Ärmel der Soutane rafften sich der Schwerkraft folgend nach unten und gaben die stabilen Unterarme unseres Pfarrers frei. Dieser grölte den eingängigen Refrain mit:

»… Und wenn der Basti mit der Vroni,
dann packt er noch die Toni,
denn zu dritt dritt dritt,
juckt's im Schritt, Schritt, Schritt …«

Joe und Gesicht tippten sich gegen die Stirn, Flaschen Gordon hielt sich demonstrativ die Ohren zu, Blacky stieß unter dem Tisch Deo gegen das Schienbein und grinste:

»Hey, Bro, weißt du überhaupt, was du da singst? Oder ist das die Form von Verbalerotik, die einem noch übrig bleibt, wenn man zölibatär leben muss?«

Deo schaute entsetzt:

»Da Frohsinn ist eina positive Eigaschaft, und ein gemeinsamer Gesang erfreut den Herrn!«

»... sagen wir Dankeschööön, ihr wart das beste Publikum des Universuuums. Umbaupause, bis die bööösen Buben kommen. Daaankeschööön, vergesst uns nicht, die *Original Fidelen Kugelsberger.*«

Hörbares, befreiendes Aufatmen am Stammtisch, nur einer schien unzufrieden:

»Schade, da könnta ich noch stundalang mitsinga. Weiß eigentlich jemand, ob da Frau Bilsner da ist? Dani, du hast doch gesagt, dass sie komma will – trotz des Verlustes.«

»Ja, wir sind gestern Abend noch mit den Campern zusammengesessen und haben ein bisschen Trauerarbeit geleistet. Das hat ihr gutgetan und sie meinte, dass sie vielleicht kommen würde. Aber keiner ist ihr böse. Deo, du hast doch noch einen Rosenkranz mit ihr gebetet, nachdem sie die Schnapsflasche geleert hatte. Weißt du noch, was sie gesagt hatte?«

Deo nickte mit ernster Miene:

»Ja, da Frau Bilsna beziehungsweise da Bibibee, wie ich seit gestern zu ihr saga darf, wollte auf jeda Fall komma. Ich habe ihr auch erklärt, dass da Vata im Himmel so eine Abschiedsfeier wichtig findat, wie imma sie geartet ist.«

Dem hatte ich nichts hinzuzufügen.

Die Rufe des euphorisierten Publikums wurden immer lauter:

»Zugabeee, Zugabeee, Zugabeee!«

Die Lautsprecher quietschten rückkoppelnd:

»Daanke, ganz, ganz, ganz zum Schluss noch unser neuester Hit, der es bis nach Malle geschafft hat.«

Und Deo rief synchron mit den *Fidelen Original Kugelsbergern* in Richtung Bühne:

»Laura, das Luder.«

Ein paar einleitende Akkordeonakkorde und schon stand der Mann, der sich unser Pfarrer nannte, schwankend auf der schmalen Bierbank, stützte sich links auf Goldi, rechts auf Joe und rief uns zu, forderte uns auf, ebenfalls auf die Bänke zu steigen und grölte den größten Hit der Band mit:

»Du bist die Laura, aus Kalifornia,
du bist so gut gebaut, ich hätt mich nie getraut,
doch selbst dein Bruder nennt dich: Laura, das Luder …«

Wobei die Zeile: … *doch selbst dein Bruder nennt dich: Laura, das Luder* im Sinne eines Sprechgesangs à la: *Who the fuck is Alice?* intoniert wurde.

Wir waren sprachlos, nur einer nicht.

Und dann, dann wurde der Refraingesang immer dünner, Köpfe drehten sich und plötzlich schwieg auch die Band. Nur einer grölte, auf der Bank soloschunkelnd, die Hände zum Himmel gereckt, kurz weiter:

»… doch selbst dein Bruda nennt dich: Laura, das Luda …«

Bis auch er verstummte, von der Bank hüpfte, die Hände entsetzt vor den Mund hob, die Augen geweitet.

Bibibee, die regionale Bienenkünstlerin, strauchelte im

roten Minikleid barfuß durch den Kiesuntergrund, die blutverschmierten Hände nach vorne gestreckt, die blonden Haare wirr. Die Augen schienen ins Nichts zu schauen. Direkt vor dem Stammtisch stoppte sie und stammelte:

»Hektor, der Hektor ...«

Und dann brach sie in Deos Armen zusammen. Offensichtlich schien ihr desolater Zustand mit ihrem Hektor in Zusammenhang zu stehen. Nachdem die Derangierte wieder zu sich gekommen war, bat sie Deo und mich, mitzukommen und nach ihrem Hektor zu schauen, ob da noch etwas zu retten wäre. Aus zwei Begleitern wurden acht. Auch Korbi, der sich ebenfalls als Gang-Mitglied betrachtete, zählte zum Tross, den die von Deo gestützte Witwe wie eine Prozession anführte.

Sensibel hängten die *Fidelen Original Kugelsberger* in unseren Abgang an ihre unterbrochene Zugabe ein der Situation geschuldetes Medley an, wobei die Blicke der Festgäste jedoch nicht zur Bühne gerichtet waren, sondern der kleinen Prozession folgten.

»Hahaha Rambazamba, das ist das Motto heut,
denn Rambazamba, ja das freut die Leut ...«

30

Warum der Hektor nicht mehr zu retten ist und warum die Tatwaffe die Begleiter Bibibees zum Grübeln bringt

Selbst Korbi erkannte es sofort, da war nichts mehr zu retten. Hektor hatte eindeutig seine besten Tage hinter sich. Offensichtlich war Hektors letzte Tat, seinen Kopf aus der Hundehütte im Schwarzwaldstil zu strecken, dann musste ihn der Mühlstein, der zur authentischen Deko der Mini-Mühle neben dem Hundedomizil unter der mächtigen Tanne lehnte, erschlagen haben.

»Ich bekomm den Stein nicht allein weg!«

Verzweifelt hielt uns Bibibee ihre verschmierten Hände entgegen. Obwohl der Mühlstein nicht sonderlich groß war, hatte Gesicht, unser Fitnessstudiobesitzer, doch einige Mühe, den Stein vom Kopf des Tieres zu stemmen und wieder an seinen angestammten Platz zu lehnen.

»Schau mal, da liegt eine Leberwurst. Mit der wurde er wohl aus dem Häuschen gelockt.«

Blacky zeigte auf ein ansehnliches Stück Leberwurst im Naturdarm, das neben dem zerschmetterten Kopf des Hundes lag.

Deo ergänzte fachkundig:

»Scheint soga eine Leberwurscht Royal zu sein, wie sie nach Monis Original-Rezept hergestellt wird.«

Die Gruppe nickte, ich vergewisserte mich, dass Hektor wirklich tot war. Er war schon steif. Ich informierte zunächst die Kommissarin, die mich fernmündlich belehrte, nichts anzufassen, mich aus allem rauszuhalten, und sie käme zuerst bei Frau Bilsner vorbei, dann würde sie sich um Alfons kümmern.

Bibibee bat uns in die gute Stube mit den schönen Bienen-Mobiles, Korbi war begeistert. In Missachtung der kommissarischen Anweisung führte ich eine erste Befragung Bibibees durch, während meine Gang-Mitglieder die Mobiles anschubsten und nebenher Kaffee tranken, den sie selbst mit Erlaubnis der Witwe aufgesetzt hatten. Blacky verschwand in den Bilsnerschen Räumen, sie schien ihren Beruf als Polizeisekretärin zur Berufung gemacht zu haben.

»Bibibee, ich weiß, das ist jetzt nicht einfach. So ein Tier hat ja auch eine Seele und ist ja wie ein Kind«, startete ich äußerst empathisch meinen sensiblen Einstieg in die Befragung.

»Der Köter ist mir ziemlich egal«, unterbrach sie meinen Einstieg, »an dem hing nur Egi. Gestern hat das Drecksvieh auch noch diese Paris gebissen. Mir geht es nur darum: Bin ich die Nächste? Passiert mir auch so etwas? Hier ist man ja seines Lebens nicht mehr sicher. Zuerst der Egi, jetzt der Hektor, dann bin ich wohl die Nächste?«

Schluchzend warf sich die weiße Blonde an den schwarzen Dunkelhaarigen. Deo klopfte ihr besänftigend auf die Schulter:

»Aba Frau Bilsna, äh, Bibibee, da Schmerz ist bestimmt sehr groß, aba du musst jetzt stark sein! Und am besta ist es, wenn du die Fraga von Dani beantwortest. Wenn eina Licht ins Dunkel bringa kann, dann er.«

Ich war erstaunt über meinen gönnerhaften Freund, der aufstand und hinausging:

»Ich muss nochmal was schaua, bevor da Kommissarin kommt.«

Die Befragung Bibibees gestaltete sich recht zäh, sie konnte sich nicht mehr genau erinnern, wann sie Hektor zum letzten Mal lebend gesehen oder gehört hatte. Sie erinnerte sich vage an den Rosenkranz, den sie mit Deo für das postmortale Heil ihres Gatten gebetet hatte und an den vielen Schnaps. Und was danach alles noch geschehen war, lag unter dem Nebel übermäßigen Alkoholkonsums verborgen.

Aufgeregt kam Deo in die Stube zurück:

»Das ist tatsächlich eina Mühlstein, eina Mühlstein! Versteht ihr?«

Wir verstanden nicht.

»Ja, seid ihr denn dumm? Was hat die alta Frau Henke gesagt?«

Wir verstanden immer noch nicht, was Deo meinte, da wir dem bibellastigen Gerede der Alten wenig Aufmerksamkeit geschenkt hatten. Lediglich Blacky, die die Durchsuchung der Räume wohl abgeschlossen hatte, kratzte sich nachdenklich am Kopf:

»Da war doch was mit einer Bibelstelle …«

Deo unterbrach sie aufgeregt, und auch mir fielen allmählich die Worte der alten Henke bei meinem Besuch wieder ein. Deo zitierte aufgeregt aus seiner Bibel-App:

»Das ist da Buch Richta, ich les vor: *Abimelech rückte an da Burg heran und eröffnete den Kampf gega sie. Als er sich dem Burgtor näherte, um es in Brand zu stecka, warf eina Frau Abimelech einen Mühlstein auf den Kopf und zerschmetterte ihm da Schädel.* Und da alta Frau Henka hat doch imma gesagt, so was tut man keinam Hund an!«

Ich nickte bestätigend, die Sache wurde immer mysteriöser.

Bibibee hatte sich zurückgelehnt, schaute ratlos und nervös in die Runde:

»Und die nächste bin dann wohl ich! Woher weiß die alte Henke das mit dem Hund? In der Bibel steht es ja anders, da ist von diesem Abidingens die Rede. Das Opfer ist also ein Mann und kein Hund. Aber die Täterin ist eine Frau! Doch die alte Henke ist körperlich nicht fähig, so eine Tat auszuführen. Und der Mühlstein ist viel zu schwer.«

Gesicht warf ein:

»Das war nur schwer, ihn wieder aufzurichten. Wenn er aufgestellt am Baum lehnt, wie ich ihn auf deine Anweisungen wieder positioniert habe, dann ist es relativ einfach, den umzukippen und direkt vor die Hundehütte fallen zu lassen.«

Bibibee nickte nachdenklich:

»Was hat die alte Henke damit zu tun? Ich glaube nicht daran, dass sie das Gesicht hat. Da steckt doch irgendjemand aus ihrer Familie dahinter. Dieser geschuckte Tizian, diese bigotte Genoveva oder ihr Mann, der Briefträger, der Ferdinand. Der guckt eh immer so, wenn ich mich im Garten sonne, wenn er die Briefe persönlich zu meiner Liege bringt.«

Eine weitere Befragung war ehedem nicht mehr möglich, da die fesche Kommissarin ohne ihr Zwetschgenmännchen, den ewigen PKA Gilbert Nedlich, auftauchte, da sie diesen schon beim Tag-der-Deutschen-Einheit-Fest abgeliefert hatte, damit er sich um Alki Fone kümmere.

Wir begaben uns mit vielen Fragezeichen im Kopf ebenfalls wieder dorthin, wo der Bär steppte, und sollten uns dort auf jeden Fall für die Kommissarin für eine Befragung zur Verfügung halten.

31

Warum die Kommissarin und ihr Begleitmännchen ein schönes Fest weniger schön machen, obwohl viele nicken

Die Rocker beherrschten schon die Bühne, Trockeneisnebelschwaden waberten ins Publikum. Die »Pommesgabel« als Erkennungszeichen der ganz Harten war dominierendes Symbol in der ersten Reihe der hüpfenden Tänzer vor der Bühne. Eine riesige, fast mannshohe Figur, mit roter Zipfelmütze, rotkariertem Hemd und blauem Halsbändel geschmückt, die das gruselige Gesicht einer Kasperlesfigur trug und auf einem soliden Holzgestell an einem Seil um den Hals frei schwingend aufgehängt war, diente eben bei unserer Wiederkehr zum Fest dem Drummer der Alternativ-Rocker, seinem Rhythmusgefühl freien Lauf zu lassen. In einer hautengen schwarzen Hose schlug er, herbstlicher Abendkühle trotzend mit nacktem Oberkörper, gleichzeitig rhythmisch headbangend, auf den Kopf der schaurigen Kasperlespuppe mit seinen Drumsticks ein. Ein Mikro im Kopf der Puppe übertrug die Schläge zur Rhythmusvorgabe über große Lautsprecher als dumpfen Herzschlag über die Gruppe der Tanzenden hinein ins Ried. Drums, Bass und Drums, dann harte Gitarrenriffs. Der Drummer hatte nun am Schlagzeug seinen Platz eingenommen, der Bassist zupfte, einen Fuß auf einem der Frontscheinwerfer abgestellt, leidenschaftlich sein Instrument. Der Gitarrist setzte crunchend ein.

»Don't wanna wake up in slavery
No need to be part of that fake
I got a fiction of what they want me to be
It's time to reestimate …«

Wir wurden gerade noch Zeuge, wie zur vorgetragenen Textzeile: *Don't wanna wake up in slavery* Alki Fone vom PKA Zwetschgenmännchen in Handschellen abgeführt wurde. Die Kommunikation zwischen der Ermittlerin und ihrem Knecht hatte offensichtlich geklappt. Vom Ried her jagten schon blaue Blitze, und ein Signalhorn verkündete, dass die Kommunikation zu den ausführenden Organen ebenfalls reibungslos funktioniert hatte. Fone verschwand stolpernd, da die gefesselten Hände mehr als der hemmungslose Alkoholgenuss sein Gehvermögen und den Gleichgewichtssinn beeinträchtigten, mit seiner unerwünschten Begleitung im Dunkel des kühlen, allmählich nebelnden Oktoberabends, begleitet vom ohrenbetäubenden Sound der entfesselten Rocker: *When no hope's around …*

An unserem Tisch resümierten wir die neue Sachlage, kamen jedoch der Lösung des Rätsels um den Tod eines Menschen und seines Hundes keinen Schritt näher. Einig waren wir uns, dass mit der Verhaftung Alki Fones der Täter nicht gefunden war.

Und dann setzte sie sich zu uns. Die fesche Kommissarin, sie zwängte sich zwischen Deo und mich, Schulter an Schulter saßen wir und waren nicht unglücklich, da die Blonde eine weitere Wärmequelle bot. Mittlerweile waren die »Nordlichter« noch zu uns gestoßen, Paris war widerwillig vom Headbangen abgezogen worden. Sie fand die Band echt cool, vor allem den Drummer. Der PKA hatte die musikalisch Aufgewühlte neben sich platziert.

»Und die heißen Krautsalat?«

»Wo gibt es Krautsalat oda hab ich dich falsch verstanda?«

Deo war hellhörig geworden. Paris korrigierte:

»Die Band, die heißen übersetzt Krautsalat. Das finde ich voll cool, weil eigentlich mag ja keiner Krautsalat. Also von den jungen Leuten, aber wenn man die hört, dann mag man plötzlich Krautsalat. Versteht ihr?«

Schweigen am Tisch, niemand schien Paris zu verstehen.

»Da Band ist supa, aba die Original Fidela Kugasberga haba mir persönlich bessa gefalla.«

Spontan tippten sich alle der Tischrunde an die Stirn, selbst der PKA.

Auch Susi und Theo, die wohlwollend zu ihrer Tochter blickten, waren in gespannter Erwartung, da die beiden außer einem »Knöllchen« noch nie mit der Polizei zu tun hatten.

»Bönle, jetzt mal Butter bei die Fische! Was haben Sie und Ihre Mopedfreunde zur Causa Bilsner beizutragen? Wir reden jetzt einfach mal Tacheles. Ihr zufälliges Auftauchen an den Orten, an denen auch wir ermitteln, erscheint mir längst nicht mehr zufällig.«

Die Kommissarin hob auffordernd und sehr blond ihr hübsches Köpfchen, der PKA, ihr legitimer Appendix, tat es ihr gleich, jedoch weder blond noch hübsch.

»Ich denke, wir gehen einfach die Runde der Damen und Herren durch, so im Festeifer vereint werde ich sie gemeinsam wohl kaum mehr antreffen. Was jedoch eine Einzelbefragung auf dem Revier, sofern Sie hier Sperenzchen machen oder wenn Sie meinen, Sie müssten nichts sagen, nicht ausschließt! Verstanden?«

Wir alle nickten wie der Spendenmohr in unserer Kirche, den Deo allweihnachtlich vor der Krippe aufstellte und der bei einer Münzspende durch einen ausgeklügelten Mechanismus bei Einwurf der Gabe demütig mit dem Kopf pendelnd nickte. Ein echter Nicker. Sensible Gemüter hatten das Aufstellen des antiquierten Spendensammlers schon mehrmals heftig kritisiert, doch Deo hatte immer gekontert, dass nur er als Schwarzer es sich erlauben könne, dieses rassistische Relikt für gute Zwecke einzusetzen, es sei das Gleiche mit den Türkenwitzen, nur Türken könnten bedenkenlos Türkenwitze erzählen.

»So, meine Damen und Herren, damit wir aus der Nickphase herauskommen und bevor die Nachtruhe Sie in Besitz nimmt und …«

Weiter kam sie nicht, Deo polterte kreischend lachend dazwischen:

»Und wir alle ein Nickerchen macha!«

Alle am Tisch, außer der feschen Ermittlerin und dem humorfreien PKA, prusteten los. Auch ich war voll des Lobes ob Deos Wortwitz:

»Der war gut, Deo, das Tropfbier wirkt schon.«

Die wohlgeformte Ermittlerin schlug mit der flachen Hand auf unseren Stammtisch und forderte somit augenblickliche Ruhe ein.

»So meine Herren und natürlich auch Damen, es geht einfach rundum. Das ist ein ganz einfaches Spiel: Ich frage, Sie antworten und zwar wahrheitsgemäß, und meine Begleitung macht sich Notizen. Haben Sie das verstanden?«

Wir wagten kaum zu nicken. Nach einer Befragung, die gefühlt mehrere Stunden dauerte, letztendlich aber nach circa 45 Minuten endete, war keiner der Anwesenden am eng besetzten Stammtisch klüger oder in den Ermittlungen einen Schritt weiter.

Auch die Kehrseite einer Medaille kann schön sein, dachte ich, als die Kommissarin in der Dunkelheit verschwand. Sie schien meine Blicke mittig ihres Körpers gespürt zu haben, drehte sich unvermittelt um:

»Ach, das hätte ich fast vergessen: Rücken Sie die Anstecknadel raus, die Sie gefunden haben!«

Sie kam mit ausgestreckter Hand und langen Schritten auf mich zu. Kleine Sünden schien der Herrgott tatsächlich sofort zu bestrafen. Ich kramte das silberne Edelweiß aus meinem Geldbeutel.

»Woher wissen Sie, dass ich das Edelweiß gefunden habe?«

»Bönle, Sie und Ihre Mopedfuzzis sind hier nicht allein. Und wie sagt man so schön: Wände haben Ohren, aber auch die Nebentische haben Ohren. Und ich bin ja auch nicht blöd!«

Das war sie tatsächlich nicht, weder blöd noch hässlich.

Als sie das zweite Mal langbeinig in die Nacht verschwand, wagte ich keinen zweiten Blick. Nicht wegen des Herrgotts, sondern weil Cäci sich zu mir gesellt hatte. Das Publikum für die Deppenmusik war mittlerweile abgerückt. Die, die es etwas lauter, niveauvoller und rockiger wollten, wurden immer noch durch die Krautler bestens bedient.

32

Meeting an der Lärche, Paris weiß was

Dienstag, 4. Oktober

Schon um Mitternacht war Paris an der Lärche. Sie war aufgeregt, aber wie hatte ihre Mutter gesagt: »Urlaub und Karneval, da gelten andere Gesetze.«

Auch Uli war überpünktlich.

Nach einer ausführlichen Runde »Kennenlernen-Sex für Anfänger« setzten sich die beiden auf zwei Holzstümpfe, die sie vom Grillplatz geholt hatten.

»Das ist schon gruselig, wenn man bedenkt, dass hier noch vor kurzer Zeit einer ermordet wurde.«

Paris nickte empathisch und ergänzte:

»Vor allem so grausam, also mit einem Hering durch das Auge!«

Uli schien nachzudenken:

»Dann muss es ja jemand von euch gewesen sein.«

»Wie meinst du das: von uns?«

Uli argumentierte:

»Also ich habe nicht ständig einen Zelthering bei mir und einen Campinghammer, um den jemandem durch den Schädel zu schlagen. Also, da liegt der Verdacht schon nahe, dass das jemand von den Campern sein muss oder etwas mit den Campern zu tun haben muss.«

Paris runzelte nachdenklich die Stirn, schaute in den sternenübersäten Nachthimmel:

»Da hast du recht, aber jeder hier kann es gewesen sein,

denn so einen Hering hat man schnell aus dem weichen Boden gezogen, auch ohne Hammer. Mit einem der Steine, die hier herumliegen, kann man den Hering in den Kopf schlagen.«

Uli zuckte mit den Schultern und forderte Paris auf:

»Du kannst mir nicht erzählen, dass ihr nichts vom Mord an meinem Onkel mitbekommen habt. Man hört doch jeden Furz, den der Nachbar im Zelt lässt.«

Paris hielt sich entsetzt beide Hände vor den Mund, öffnete die Augen weit und hauchte:

»Was, das war dein Onkel, der Egi? Das habe ich gar nicht gewusst.«

»Woher solltest du das wissen? Sag schon, hat niemand etwas mitbekommen? Ihr campt dicht an dicht, da bekommt man doch einiges von den Nachbarn mit.«

»Das stimmt, wenn Zelt an Zelt steht. Aber ein Wohnmobil ist gut isoliert, da hört man nicht alles.«

Uli war mit der Antwort nicht zufrieden:

»Und was sollte vorhin die Andeutung mit der da?«

Paris' Begleiter machte eine Kopfbewegung zu Brunettas Bus hin:

»Da hast du doch auch einiges mitbekommen. Da war doch noch dieser andere Camper, der spurlos verschwunden ist.«

»Ach der, der war harmlos, ein harmloser Kiffer, der Friedi. Der war so was von …«

»Wie heißt der: Friedi?«

»Nein, äh, eigentlich Friedhelm, Friedhelm Fink, der war so was von harmlos.«

»Warum bist du plötzlich so verlegen? Außerdem spricht doch vieles gegen den. Erstens die überstürzte Flucht, zweitens, das ist ein Kiffer, die sind doch alle nicht ganz richtig im Kopf, vielleicht hat er sich schon gaga gekifft? Drittens, der hatte bestimmt was mit der Schlampe aus dem VW-Bus. Und wenn man den Bilsner kennt, dann weiß man, dass der mit jeder etwas anfängt. Also Eifersucht! Der Friedhelm hatte gedacht, die Brunetta ist die große Liebe. Der Eginbert vögelt die alte Schlampe, und rumms, man bekommt ja auf einem Campingplatz alles mit. Große Eifersucht, Affekt und schon ist der Schädel eingeschlagen!«

Paris schlug gegen Ulis Oberarm:

»Schwachsinn, so war's nicht. Da war noch ein ganz anderer im Spiel. Das habe ich noch gar niemanden erzählt, und du darfst das auch niemandem erzählen. Versprochen?«

Uli war gespannt und drängte:

»Ja klar, erzähl!«

Paris verlangte mit flüsternder Stimme:

»Großes Ehrenwort, dass du das niemandem erzählst?«

»Ja, großes Ehrenwort, jetzt rede schon!«

»Also, ich musste auf die Toilette, und großes Geschäft dürfen wir nicht im Womo machen. Sonst flippt Papa voll aus. Also ich gehe, das war bestimmt gegen Morgen, es war nebelig, auf die Toilette, und da bemerke ich jemand genau in dem Gebüsch da. Zuerst bin ich erschrocken, aber wenn ich geschrien hätte, wären sofort einige hier gewesen, das kannst du mir glauben. Und als ich in die Hände geklatscht habe, weil es ja ein Tier hätte sein können, da ist er rausgesprungen und abgehauen.«

Uli fragte aufgeregt:

»Wer ist da rausgesprungen? Sag schon!«

Paris zögerte kurz, dann flüsterte sie Uli ins Ohr:

»Na, der Tizian!«

Uli hielt den Atem an, ließ die Luft langsam zischend zwischen den zusammengepressten Zähnen wieder entweichen, blickte zu den Sternen und grinste:

»Ach, das ist ja interessant, der Tizian! Dann hat der meinen Onkel auf dem Gewissen, dieser Verrückte! Danke für die Info. So, so, der Behindi!«

33

Wie der Tizian mit einem Schild versehen wird und die Ewiggestrigen eine Abreibung einfordern

Für den Dienstag konnten sich ein paar der MIKEBOSSler freinehmen. Der Tag bestand hauptsächlich aus Aufräum- und Abbauarbeiten. Das Tag-der-Deutschen-Einheit-Fest hatte seine Spuren auf Friedas Grund und Boden hinterlassen.

Ich hasste grundsätzlich »The-Day-After-Szenarien«, trotz alledem sah ich mich mit einer Schubkarre, einem Rechen und einer Müllgreifzange ausgestattet auf dem unendlich großen Anwesen Friedas mit einigen meiner Freunde niedrige Tätigkeiten verrichten. Es war fast ein Out of Body-Erlebnis. Ich sah auch eine kleine Schubkarre und einen kleinen Rechen und einen kleinen Menschen neben mir. Es war Korbi. Gegen Cäcis ausdrücklichen Willen hatte ich ihm für sein Engagement zu seiner und meiner Freude einen Eistag am Bodensee versprochen. Ein Eisdielen-Hopping entlang der Uferpromenade.

Erst gegen Abend waren die Aufräumarbeiten verrichtet und zum Aufräum-Grillen dann alle BOSSler anwesend. Als Letzter erschien Goldi, dem seine Arbeit als Jurist in einer Kanzlei offensichtlich wichtiger war als der Gruppenzusammenhalt unserer Gang. Er schien aufgebracht, riss sich die Halbschale vom blondgelockten Haupt und schüttelte ungläubig selbiges.

»Ihr glaubt es nicht, dort unten am Ortseingang, direkt am Ortsschild, wo auch die Milchkannen stehen, das müsst ihr euch anschauen! Ich habe es gefilmt.«

Er zog sein Handy aus den Eingeweiden seiner nietenbesetzten und mit Fransen versehenen Old-School-Lederjacke und streckte es Korbi und mir entgegen.

»Die anderen müssen das auch sehen!«

Schnell hatte sich ein MIKEBOSSler-Ring um Goldi gebildet, auch Frieda und Cäci, die die Unruhe richtig deuteten, waren zu uns gestoßen. Alle blickten, die Köpfe eng zusammengesteckt, auf den dunklen Bildschirm. Goldis Hand zitterte vor Aufregung.

»Das glaubt ihr nicht, das müsst ihr sehen, so habe ich ihn vorgefunden.«

Endlich, nach einem wackeligen Tastendruck, wurde der kleine Bildschirm hell. Was wir sahen, ließ uns fassungslos mit halb geöffnetem Mund ratlos dastehen. Die Gruppe blickte zu mir, auch ich musste um Worte ringen. Deo, unser Ehrenmitglied, fand sie als Erster wieder. Die falschen Worte:

»Das kann ma doch nicht mit da arma Kerle macha! Selig die Arma im Geiste, denn ihrer ist da Himmelreich.«

»Deo, lass das Geschwätz, Goldi, zeig noch mal den Film!«

Goldi reichte mir das Handy, die Köpfe rückten wieder eng zusammen. Ich schaute mir das Unfassbare ein zweites Mal an, Goldi kommentierte:

»So stand er da. Ich habe gefragt, ob ich ihn zum Beweis filmen darf, er hat zugestimmt und sich gefreut, dass ich ihn aus seiner misslichen Lage befreit habe! Seine Mütze lag neben ihm, die haben sie ihm wohl heruntergerissen oder sie ist beim Handgemenge heruntergefallen.«

Auf dem Bildschirm war Tizian zu sehen, der an das Ortsschild gefesselt war, um seinen Hals hing ein Schild mit einer Aufschrift in Großbuchstaben:

SPASTIEKER + MÖRDER.

Ich fragte Goldi, ob Tizian wohlauf sei und ob er wisse, wer ihm das angetan hatte. Goldi schüttelte den Kopf und meinte:

»Der Ärmste war so durcheinander, dass ich ihn gleich nach Hause gebracht habe. Er war völlig verstört und hat irgendetwas von *Arschlöchern* gestammelt, die ihn auch nach der Kirche immer ärgerten. Und das habe ich im Gras gefunden.«

Goldi zog ein silbriges Benzin-Feuerzeug aus der Tasche, das mit einer feinen Gravur versehen war.

»Was steht da drauf?«

Goldi hielt den glänzenden Feuerspender in die Runde.

»Uli, da steht Uli drauf«, rief Korbi aufgeregt dazwischen, »die kenn ich, das sind die vom Pik Ass-Club! Du weißt, Papa, die da draußen, am Waldrand, die mit der Hütte.«

Ich nickte und erklärte:

»Die kennt ihr auch, das sind die jungen Dummschwätzer, die kommen aus der ganzen Umgebung zusammen. Das sind die Ewiggestrigen, jung und dumm, aufgemotzte Mittelklasse-Autos, Designerklamotten, Scheiße im Hirn. Die Hütte gehört wohl einem Vater oder Onkel von denen, die haben sie zum Vereinsheim mit dem Namen Pik Ass umgebaut. Steht da auch groß über der Tür. Dort geht man zum Vorglühen hin, und während des Lockdowns war das die einzige Möglichkeit, sich heimlich in einer größeren Gruppe zu treffen.«

Frieda, die bis jetzt schweigend und zum Zeichen ihrer Entrüstung die Fäuste in die runden Hüften gestützt hatte, rief dazwischen:

»Und ratet mal, wem die Hütte gehört? Die gehört dem Egi, dem Bilsner! Und sein Patenkind, der Ulrich, der ist bei diesen Pik-Asslern dabei. Und der hat noch nie was getaugt, der hat mir schon als Kleinkind die Eier aus dem Hühnerstall gestohlen, der Nichtsnutz! Und das passt doch auch zu der Gravur auf dem Feuerzeug, Uli, das ist der Ulrich, der Bilsner Ulrich!«

Goldi unterbrach Frieda:

»Und du glaubst, dass diese Pik-Assler Tizian an das Ortsschild gebunden und ihm das Schild umgehängt haben?«

Ich schüttelte nachdenklich den Kopf, Cäci meldete sich vorsichtig zu Wort:

»Das könnte schon zu denen passen, die Hellsten sind das nicht. Wer Spastiker mit ›ie‹ schreibt, hat gewisse Defizite, und der linken Szene kann man die Burschen gewiss nicht zuordnen. Wäre schon möglich, dass die den Tizian als Sündenbock ausgewählt haben, nachdem nun offensichtlich in kürzester Zeit das ganze Dorf weiß, dass die Anstecknadel, das Edelweiß, Tizian gehört und direkt beim Tatort gefunden wurde. Und ich bin mir sicher, dass das stimmt, was die Mama gesagt hat und der Bilsner Taufpate von einem der Kerle ist. Von diesem Ulrich.«

Frieda ergänzte:

»Ein paar von denen waren sogar gestern auf dem Fest, die sind auch Fans von den *Fidelen Original Kugelsbergern*. Die haben bestimmt mitbekommen, dass der Tizian da ins Gerede gekommen ist. Das ist ja absurd, der Tizi, der tut doch keiner Fliege was zuleide. Aber auch die Bibibee, die hat ja auch so Andeutungen gegen die ganze Kümmerle-Sippschaft gemacht. Das waren schon mehr als nur Andeutungen. So was merken sich die Leute natürlich, und jetzt hat man ja zwei Sündenböcke, den Fone und den Tizian. Einfacher geht's ja nicht, zu den Hauptverdächtigen einen armen Alkoholiker und einen, der, äh, der nicht so richtig im Kopf ist, eben den Tizi, zu machen, den armen Kerl.«

Goldi bestätigte mit einem heftigen Kopfnicken:

»Das ist unglaublich, was sie dem Tizian angetan haben, die scheinen ein Interesse zu haben, ihn als Täter zu präsentieren, obwohl der Alfons gestern verhaftet wurde. Der Geldbeutel von Bilsner wurde bei ihm gefunden, mal sehen, ob und wie er aus der Geschichte herauskommt. Und wie der ausgesehen hat, blutverschmiert war er. Und ob das nur von einem Sturz kam, wer weiß? Aber mir geht der Tizian gar nicht aus dem Kopf. Sollen wir etwas unternehmen?«

Die Frage war an mich gerichtet.

»Natürlich unternehmen wir etwas und zwar noch

heute, wenn die den Tizian angebunden haben, dann sind sie bestimmt auch heute im Pik Ass. Ich bin dafür, dass wir noch das Aufräumen zu Ende bringen und dann, dann rücken wir im Pik Ass ein! Und wenn die Kommissarin uns noch einmal auf den Edelweiß-Anstecker anspricht, dann spielen wir die Ahnungslosen, wir müssen Tizian schützen. Und jetzt schauen wir mal beim Pik Ass vorbei.«

»Willst du nicht lieber eine Nacht darüber schlafen und recherchieren, ob die tatsächlich dahinterstecken?«, fragte Cäci besorgt.

»Nein, das will ich nicht, die haben eine Belehrung verdient.«

34

Im Pik Ass ist ordentlich was los

Die Stimmung im Pik Ass war für einen Dienstagabend klasse, ein paar wenige Gäste waren zum Motto Disko Revival erschienen. Die Musik stimmte, das hatten schon Mama und Papa auf dem Mähdrescher mit Walkman und Ohrhörern lustvoll gehört: *You're no good, can't you see, Brother Louie, Louie, Louie…*

Am Tresen wurde gefachsimpelt, auf der Tanzfläche wackelten die Dorfschönheiten mit viel zu engen Leggins und viel zu engen Tops, die den Nabel frei ließen, wenn er unter den Speckfalten überhaupt zu erkennen war. Die fünf Jungs am Tresen, alle Mitglieder des Pik Ass-Clubs, lachten immer wieder überdreht, während sie sich unterhielten:

»Dem Spasti haben wir's gezeigt, aber zugegeben hat er nichts. Glaubt ihr, dass er's war?«

»Wer sonst? Bei dem stimmt's doch nicht. Außerdem ist es egal, ob er's war.«

»Der ist doch irre, der begreift doch gar nicht, was er tut.«

»Was ist, wenn er die Polizei verständigt?«

»Dem glaubt doch keiner, der ist doch nicht zurechnungsfähig.«

»Der ist doch zu blöd, eine Aussage zu machen. Das versteht keiner der Bullen, wenn der etwas sagt.«

»Aber wenn uns jemand gesehen hat?«

»Wer will uns dort sehen? Hinten Ried, vorne Bäume, ein Fahrzeug hört man von Weitem kommen. Niemand hat uns gesehen. Das ging ja auch voll schnell. Seil um, Schild um den Hals gehängt, ans Ortsschild gefesselt, und fertig.«

»Und wenn der Depp uns beschreiben kann?«

»Der kann ja nicht mal richtig reden, wie will der dann jemanden beschreiben?«

»Hauptsache, wir haben das hier. Ein weiteres Beweisstück!«

Der Anführer der Gruppe kramte etwas aus der Tasche seiner Jeansjacke, es glänzte silbern im Licht der Diskokugel. Alle fünf lachten.

»Da hast du recht, Prost!«
»Prost!«

Der Brother Louie wurde vom Bee Gees Eunuchenchor abgelöst, der etwas vom Stayin' alive zu erzählen wusste: »*And we're stayin' alive, stayin' alive. Ah, ha, ha, ha, stayin' alive, stayin' alive. Ah, ha, ha, ha, stayin' alive …*«

Die überdimensionierten Landpomeranzen und ihre Pfunde wabbelten rhythmisch zur Alien-Musik, ihre männlichen Begleiter an den runden Tischen prosteten sich zu, als es heftig gegen die Tür pochte. Die tanzenden Damen schauten sich verwundet an, die Herren am Tresen waren tief in ihre Diskussion versunken und hörten nichts und ahnten nichts.

Das nächste Pochen war deutlich heftiger, die Blockhüttenwände zitterten, die Herren am Tresen schauten sich verwundert um:

»Es ist doch nicht abgeschlossen …«

Ah, ha, ha, ha, stayin' alive …

35

Warum die Stimmung im Pik Ass plötzlich kippt

Ah, ha, ha, ha, stayin' alive …

»Was hören die denn für Scheiß-Musik?«

Blacky schüttelte ihren Kopf:

»Die müssen wir aufmischen! Allein schon wegen der Musik!«

Goldi hielt seine Partnerin besorgt an der Schulter fest:

»Halt dich zurück, du arbeitest immerhin bei der Polizei, und ich bin Jurist. Wir müssen uns an das Gesetz halten. Und schau mal, was auf dem Zettel hier steht!«

Goldi tippte auf ein DIN-A4-Blatt, auf dem in ausgedruckten, mittig formatierten Großbuchstaben stand:

PIK ASS- CLUB
&
SCHLEPPERFREUNDE RIEDHAGEN
VERANSTALTEN AM 04. 10.
DISKO REVIEVAL ABEND
EINTRITT 2 EURÖNER
Musik DJ Uli

»Wir werden uns an das Gesetz halten, auch wenn die Musik das Gegenteil verlangt. Vielleicht bleibt uns aber das Eintrittsgeld erspart«, bestätigte ich nickend.

Blacky tippte auf das Wort »REVIEVAL« und bemerkte trocken:

»Offensichtlich sind wir auf der richtigen Spur, mit der Rechtschreibung scheinen die es nicht so zu haben.«

Ich klopfte kraft meines Amtes kräftig gegen die Holztür der Blockhütte mit der stolzen Aufschrift Pik Ass, daneben als Symbol eine Pik Ass-Karte. Von drinnen nur die seltsame Musik, keine Reaktion. Ich wartete kurz, dann schlug ich kräftiger gegen das Holz und bemerkte:

»Wir gehen nur hinein, wenn wir hineingebeten werden. Nicht dass es heißt, die Bossler hätten sich mutwillig …«

In diesem Moment ging die Tür auf.

Ah, ha, ha, ha, stayin' alive … knallte uns in unangenehmer Lautstärke entgegen. Ein Mädchen mit bleichem, rundlichem Gesicht und blonden Zöpfen grinste mich zunächst verständnislos an, dann drehte sie sich um und rief in den Raum:

»Macht mal die Mucke aus, da sind welche!«

Als die Bee Gees endlich abgewürgt waren, fragte ich höflich die Buben am Tresen, ob wir für ein kurzes Gespräch hereinkommen könnten.

»Worum geht's?«

»Das erkläre ich, wenn wir reinkommen dürfen.«

»Was gibt uns die Ehre, dass uns die wilden BOSSler besuchen?«

»Das werdet ihr erfahren, wenn wir uns in die Augen schauen können. Ich bin übrigens Bönle, Daniel Bönle.«

Einer der Buben nickte, offensichtlich der Anführer:

»Das weiß ich, und ich bin Uli, nur Uli. Kommt rein!«

Wir bedankten uns höflich für die Gastfreundschaft und traten ein.

»Wollt ihr Gottesdienst feiern?«

Uli deutete auf Deo, der unbedingt mit von der Partie sein wollte. Die Pik Assler lachten, die Landpomeranzen kicherten. Ich blieb ganz ruhig, kramte in meiner Tasche.

»Nein, kein Gottesdienst, ich wollte dir nur dein Eigentum zurückbringen.«

»Was für ein Eigentum?«

Ich hielt ihm das Feuerzeug vor das Gesicht und sagte übertrieben freundlich und deutlich:

»Das gehört doch dir.«

Ohne mit der Miene zu zucken, antwortete der Angesprochene:

»Das habe ich noch nie gesehen, wem gehört das?«

Stille im Raum. Stille, die von einem Stimmchen unterbrochen wurde:

»Aber Uli-Bärchen, das habe ich dir doch zum Geburtstag geschenkt, mit der Karvur.«

»Gravur.«

»Äh, zeig mal her!«

Uli nahm das Feuerzeug, drehte es umständlich zwischen den Fingern, funkelte seine Freundin an und murmelte:

»Okay, ja, das ist meins. Wo habt ihr das her?«

»Das lag in der Wiese, in der Wiese beim Ortsschild, in der Wiese beim Ortsschild bei Tizian, in der Wiese beim Ortsschild bei Tizian, der ein Schild um den Hals hängen hatte. Und rate mal, was auf dem Schild stand? Rate mal, Uli-Bärchen!«

Uli-Bärchen blieb erstaunlich ruhig:

»Woher soll ich das wissen?«

Deo mischte sich ein:

»Um das Ganze zu vakürza. Habt ihr da Tizian an das Ortsschild gefesselt?«

»Nein, das haben wir natürlich nicht. Einen Irren behandelt man nicht so!«

Uli blickte grinsend in die Runde. Nur die Pik Assler lachten. Deo ging mit einem Bestellblöckchen und einem Kugelschreiber aus Friedas Besitz auf Uli zu und bat ihn:

»Wir gehat sofort, wenn du mir eina Gefalla tust. Du musst mir nur ein Wort aufschreiba, dann gehat wir alle wieder. Machst du das?«

»Was soll das?«

»Nur eina Wort, und wir sind alle weg!«

»Okay, Pfaffe, wenn's nicht mehr ist, was soll ich schreiben? Das ist wie in deiner Kirche bei der Wandlung: *Herr, ich bin nicht würdig, dass du eingehst unter mein Dach, aber schreib nur ein Wort, so wird meine Seele gesund.*«

Deo staunte über Ulis Kenntnisse des Wandlungsrituals, schob ihm den kleinen Block und den Kugelschreiber auf dem bierverklebten Tresen hin und sagte mit tiefer Bassstimme:

»Spastiker, schreibe da Wort Spastiker! Und außadem heißt es: *Sprich nur ein Wort …*«

Uli zuckte kurz zusammen, dann zog er den Block zu sich und schrieb in Großbuchstaben: SPASTIEKER.

»Und was soll das? Haut jetzt ab, ich habe geschrieben, und ihr löst jetzt euer Versprechen ein zu gehen. Oder muss ich vielleicht auch noch das Wort Mörd…«

Im Wort brach Uli ab, er wusste, dass er sich und seine Freunde verraten hatte. Unsicher lachte er auf. Ich nickte den fünf jungen Herren ernst zu:

»Danke für das Geständnis.«

Goldi kramte in seiner Brusttasche und sagte in Richtung des Anführers:

»Nur noch eins, schau dir an, was ich gefilmt habe. Damit wir uns auch ganz sicher sind.«

Goldi hielt sein Handy vor Ulis Gesicht und startete das kurze Video.

»Ja und, was soll das?«

Goldi konterte:

»Was steht auf dem Schild?«

»Spastiker, ich kann lesen.«

Ich grinste und zischte ihm entgegen:

»Lesen kannst du schon, aber schreiben offensichtlich nicht. Spastiker schreibt man nicht mit ›ie‹!«

Deo gab seinen Kommentar dazu:

»Offensichtlich ist nicht da Tizian da Behinderte, sondan du. Du bist offasichtlich zu blöd zu schreiba und hast dich jetzt zum zweita Mal verrata. Das reicht uns als Beweis, dass ihr da Tizian angebunda habt und …«

Bevor Deo seinen Nebensatz vollenden konnte, traf ihn Ulis Faust mitten ins Gesicht.

Keiner kann sagen, wir hätten mit dem Streit angefangen. Zur Not hätte dies auch mein Handy bewiesen, das durch das Brustknopfloch alles mitgefilmt hatte. Es hätte aber auch bewiesen, dass wir nicht allzu schonend mit den Pik Asslern umgegangen sind, nachdem sie Deo geschlagen hatten. Bei uns waren es ein paar unbedeutende Schrammen, bei denen drei gebrochene Finger, vier Platzwunden, eine gebrochene Nase und eine hyperventilierende Landpomeranze. Zudem ein verwüstetes Vereinsheim.

36

Ein Mittwochabend wie kein anderer

Mittwoch, 5. Oktober

»Hallo Dani, die BOSSler sollten sich unbedingt treffen, ich denke, es ist Redebedarf.«

Wenn Blacky anruft, dann ist es wichtig, und Blacky hatte mich angerufen, sogar auf dem Festnetz.

»Meinst du, es ist nötig, eine Sondersitzung einzuberufen? Die Jungs werden nicht begeistert sein, wenn wir schon wieder eine Sondersitzung veranstalten. Worum geht's?«

Blacky unterstrich meine Bedenken wegen der Sondersitzung, wollte aber am Telefon nicht sagen, worum es ging. Und so beraumte ich via digitale Medien eine Sondersitzung im Bohnenstengel an.

Bis auf Flaschen Gordon, der vorgab, eine Latein-Klassenarbeit korrigieren zu müssen, und Deo, der vielleicht später mit dem Moped nachkommen würde, waren wir vollzählig im Stengel. Eigentlich ein bisschen mehr als vollzählig. Cäci hatte für Mittwochabend eine Patientin einbestellt, und es war klar, dass ihr Psycho-Geraffel Vorrang hatte. Frieda war nach dem Tag-der-Deutschen-Einheit-Fest zu erschöpft, und bei Hilde war ein Lama erkrankt. Und Schaki wollte ich nicht schon wieder belästigen. Somit hatte ich Annamirl Bonneville, mein herzallerliebstes Töchterchen, im Schlepptau. Das war doppelt tragisch, die Sondersitzung wurde vermutlich durch das

Kind öfters gestört, und was schwerer wog, ich konnte nicht mit dem Motorrad zur Sitzung fahren. Ich packte also den Kindersitz in den Achtzylinder und Annamirl Bonneville in den selbigen.

Natürlich wird man im Bohnenstengel blöd angeschaut, wenn man nicht sein Bier, sondern das Babyfläschchen stauchen lässt. Natürlich wird man blöd angeschaut, wenn man fragt, ob die Bedienung mal das Kind schaukeln könne, damit es nicht die ganze Kneipe zusammenschreit, natürlich wird man auf dem Männerklo blöd angeschaut, wenn man das Kind im Waschbecken wickelt. Aber: Was hatte ich vor dem Altar geschworen? In guten wie in schlechten Zeiten. Und so akzeptierte ich klaglos mein temporäres Schicksal. Und immer, wenn Annamirl Bonneville losbrüllen wollte, steckte ich ihr meinen Daumen, den ich zuvor in die süßsaure Soße tunkte, die im Bohnenstengel traditionell zu den Chicken Nuggets gereicht wird, in den kleinen, weit geöffneten Mund. Offensichtlich liebte mein Töchterchen diese Kombination aus Säure, Süße und Schärfe. Jedes Mal zuckte sie zuerst zurück, wenn ich ihr den getunkten Daumen in ihr zahnloses Göschchen steckte, dann schien ihr kurz der Atem zu stocken. Danach kam eine Phase der Nachdenklichkeit, alsdann packte sie mit ihren winzigen Fingerchen meinen Daumen und saugte gierig daran. War die delikate Soße abgesaugt, schob sie den Daumen energisch aus dem Mündchen und lächelte. Dann forderte sie lautstark Nachschub.

Blacky war eine echte Frau: Erstens kam sie zur Sitzung zu spät, zweitens ahmte sie sofort das Verhalten eines erfahrenen Vaters nach und bestellte süßsaure Soße, und nahm drittens Annamirl Bonneville zu sich auf den Arm. Blacky war verzückt und Goldi ein bisschen eifersüchtig:

»Das ist Bönles Job. Wer Kinder in die Welt setzt, soll sich auch um sie kümmern!«

»Kommen wir lieber zum Thema, Blacky hat fernmündlich einen Antrag auf eine sofortige Sondersitzung gestellt, als Präsident habe ich dem zugestimmt. Es freut mich, dass ihr so zahlreich ...«

»Lass den Schwachsinn, lalle nicht rum! Worum geht's?«

»Äh, das weiß ich nicht, Blacky hat den Antrag gestellt.«

»Und wo ist übrigens Flaschen Gordon?«

»Der ist entschuldigt.«

»Und wo ist Deo?«

»Für Ehrenmitglieder besteht keine Anwesenheitspflicht. Vielleicht kommt er später mit dem Moped noch nach, er wusste es nicht so genau. Er muss ja auch noch die Taufe für Annamirl Bonneville vorbereiten. Äh, und Gesicht, du bist heute Protokollant!«

Gesicht bestätigte wieder einmal seinen Spitznamen und blickte ratlos in die Runde und konterte nicht gerade gentlemanlike:

»Leck mich, führ dein Protokoll selbst! Und ewig diese Sondersitzungen. Ich will fahren, wir sind Biker und nicht Sitzer!«

Kräftiger Knöchel-Beifall auf dem Holztisch. Das konnte ich mir als Präsident nicht gefallen lassen:

»Was soll ich denn noch alles leisten? Meine Tochter, das Leiten der Sondersitzungen, die ja nur der außergewöhnlichen Situation geschuldet sind, und, äh, ...«

Da mir nichts mehr einfiel, verwies ich auf Blacky, die gerade an den nackten Zehen meiner Tochter herumknabberte und wie eine Schallplatte mit Sprung wiederholte:

»Ja, was hast du denn für kleine Zehchen, ja, was hast du denn ...«

Ich zog ihr das Füßchen meiner Tochter sanft aus dem Mund und wies mit meiner Rechten zu ihr:

»Unser Mitglied Blacky möchte, bevor ihr die Milch einschießt, den Grund unserer spontanen Sitzung erläutern.«

Blacky löste sich mit leicht irritiertem Blick aus ihrer Mutterrolle und dachte kurz nach:

»Äh, ja, vor lauter Kind. Was wollte ich denn? Ach ja, die Situation hat sich nach dem gestrigen dramatischen Vorfall entschieden verändert, finde ich. Es kann nicht sein ...«

Ich unterbrach sie:

»Das war doch nicht dramatisch, das sind ein paar kleine Verletzungen bei den Pik Asslern und bei uns ist es quasi nichts. Weniger als nichts. Und das blaue Auge bei Deo sieht man nicht, da er schwarz ist, da sieht man, dass es auch Vorteile hat ...«

Blacky unterbrach mich:

»Schwätz jetzt keinen Dreck heraus! Und ich meine nicht den Besuch im Pik Ass, ich rede vom Angriff gegen Tizian. Den Pik Asslern ein paar aufs Maul geben, das war okay, das hat sogar ein bisschen Spaß gemacht. Aber dass Tizian so attackiert wurde und man ihn vorverurteilt, das geht überhaupt nicht!«

Kräftiges, bestätigendes Klopfen auf den Holztisch.

»Auch die Aktion gegen Fone scheint mir unangebracht, diese Verhaftung. Überlegt mal, der wird in Handschellen vom Fest abgeführt! Jeder von euch weiß, dass ich in meinem Job die ganzen Unterlagen zum Fall einsehen kann. Und ich sage nur eins: Morgen ist der Fone spätestens wieder auf freiem Fuß. Mehr darf ich nicht sagen, sonst verliere ich meinen Job.«

Gesicht fragte nach:

»Haben die Pik Ass-Leute eigentlich Anzeige erstattet? Einigen von denen geht es heute bestimmt nicht gut, und der Sachschaden an der Bude ist auch nicht gering.«

Blacky antwortete:

»Anzeige ist keine eingegangen, und den Rest erklärt euch Dani.«

»Äh, ich konnte das mit Uli regeln: Wir zeigen ihn nicht an wegen der Sache mit Tizian, und er macht kein Theater wegen der, äh, kleinen Kommunikationsstörung. Wichtiger wäre mir noch, über Bibibee und ihren Hektor zu reden. Was da vorgefallen ist, scheint einfach nicht zum Mord an Egi zu passen. Ich hätte gerne eure Meinung dazu.«

Gesicht, der sonst nicht als Kommunikationswunder auffällig wurde, sprach als Erster:

»Also, mir ist halt aufgefallen, dass die Bibibee alles versucht, den Verdacht auf die Familie von Tizian zu lenken. Vielleicht hat ja einer von denen dem Hund was angetan.«

Goldi konterte:

»Das sehe ich jetzt nicht so krass, Frau Bilsner versucht sich einfach zu erklären, wer ihren Partner getötet hat, und da denkt man eben in alle Richtungen. Das würde ich genauso machen, wenn meiner Partnerin etwas so Schreckliches widerfahren würde.«

Bei den letzten Worten tätschelte Goldi den Oberschenkel Blackys, die ignorierte jedoch den verbalen und haptischen Liebesbeweis, da sie gerade mit Annamirl Bonneville in ein inniges Näschen-Näschen-Spiel versunken war, das aus dem einfachen Reiben einer großen und einer winzigen Nase bestand, was aber beiden Spielbeteiligten höchste Freuden bereitete.

Ein Zweitakter-Kreischen, das durch die Scheiben der schmucken Kneipe drang, kündigte unseren Geistlichen an. Deodonatus war in seiner Schutzkleidung, seiner Soutane, unterwegs, auf dem Kopf trug er einen Lederhelm, der vermutlich schon in Vorzeiten von einem Australopithecus getragen wurde.

»Habe ich eina Hunger! Gibt es heute Linsa mit Saitawürstle und Spätzle?«

»Setz dich erst mal und nimm deinen albernen Helm ab! Außerdem: Grüß Gott, Herr Pfarrer!«

»Oh, ist da Dani eina Laus üba da Leba gelaufa, oda hat die Keilarei gestern unsera Präsidenten so übellaunig gemacht? Oh, da Annamirl ist auch hier! Darf ich sie mal haba?«

Deo riss den Lederhelm vom Kopf, streckte die Hände nach Annamirl Bonneville aus und quetschte sich auf die Bank. Ich tadelte ihn.

»Sie hat zwei Namen, ich möchte, dass man beide nennt.«

Deo winkte ab:

»Wenn ich sie taufe, dann nenne ich sie nur Annamirl, aber nicht Bonneville. Man kann seina Tochta doch nicht wie ein Motorrad nenna!«

»Deo, die Diskussion haben wir schon geführt. Meine Tochter ist mit dem Namen Annamirl Bonneville ins standesamtliche Register eingetragen, und somit hat alles seine Richtigkeit. Und auch du Sturkopf wirst sie so nennen! Sonst wirst du nicht der Patenonkel! Erzähl uns lieber, ob es etwas Neues von der Tratschfront gibt. Was hat denn Bibibee Neues gewusst, du bist ja plötzlich recht enge mit ihr?«

»Dani, lass das, meine Intentiona sind rein seelsorgarischer Natur. Außerdem ist da Bibibee eina sehr nette und korrekte Frau und eine ausgazeichnete Künstlerin. Ich hab mir eines von ihra Mobiles gekauft. Und sie wird mir ein ganz großas Biena-Mobile für den Altarraum macha. Der Pfarrgemeinderat hat schon per Intanet zugestimmt.«

»Okay, lass das Gesülze. Was gibt's Neues, Deo?«

Deo gab den Nachdenklichen, dann erzählte er:

»Also, da Bibibee ist der festa Überzeugung, dass jemand von da Kümmerles den Hektor auf dem Gewissa hat. Man weiß ja, dass da Tizian große Angst vor Hunda hat, und die Bibibee vermutet, dass der Tizian ihra Hektor umgebracht hat.«

Ich hakte nach:

»Traut sich jemand, der so viel Angst vor Hunden hat, einen Hund zu töten?«

Die kurze Diskussion, die auf meine Frage hin entstand, brachte keine Klärung. Auch das Problem der seherischen Fähigkeiten der alten Henke wurde angesprochen, fand aber ebenso keine Lösung.

Blacky stellte dann eine interessante Frage, wie es denn um die Täterschaft von Bibibee bestellt sei, da sie eventuell Eifersuchtsmotive hätte. Oder Motive, die das Erbe beträfen. Auch hier kamen wir über Thesen nicht hinaus. Deo behauptete, er könne eine Täterschaft Bibibees mit an Sicherheit grenzender Wahrscheinlichkeit ausschließen, da sie ein sicheres Alibi habe, das er aber durch sein Verschwiegenheitsgelübde nicht nennen dürfe.

37

Warum eine Fahrt im Chevy nicht immer eine Freude sein muss, sie aber doch noch befriedigende Elemente aufweist

Es war doch mit einer gewissen Umstandskrämerei verbunden, Deos Quickly zwischen durchgängiger Vordersitzbank mit Kühlschrank und der Rücksitzbank zu verstauen, da Annamirl Bonnevilles Kindersitzchen etwas im Weg war. Letztendlich schaffte ich es mit Hilfe einiger Passanten, die um den Bahnhof herumlungerten, das Gefährt und Annamirl Bonneville sicher zu verstauen. Wir mussten jedoch auf Höhe Golfplatz wenden und noch einmal zurück in den Stengel und bei Chris ein Schälchen Asien-Soße holen, da Annamirl Bonneville völlig außer sich war und von dem Augenblick an hysterisch kreischte, als ich sie Blacky entwinden musste.

Manchmal kann eine Entwindung fast so schmerzlich sein wie eine Entbindung.

Da Deo genötigt wurde, durch seine Leibesfülle und den Transport seines Zweitaktgefährtes, auf dem Vordersitz, rechts neben dem eingebauten Kühlschrank, Platz zu nehmen, war es nicht ganz einfach für ihn, trotz der komfortablen Fahrt Annamirl Bonneville mit der süßsauren Soße zu verpflegen. Immer wieder stieß er mit seinem Gesäß gegen das Handschuhfach, das sich daraufhin öffnete und sich nur umständlich wieder schließen ließ, da sich die darin befindliche Chiefs Special der Smith & Wesson Corp. zwischen dem Handschuhfach und Deos Hintern verklemmte.

Die Fahrt verlief bis in die Riedallee hinein dann doch noch zur Zufriedenheit aller Beteiligten, bis Deo den Kühlschrankdeckel öffnete.

»Oh, das hat mir der Herr Privatschnüffla verheimlicht, eine Dosawurst, sogar eina Lebawurst. Und sogar lecka Walda Bräu.«

Deo nahm ungefragt ein Fläschchen Naturtrüb Hell heraus, ich wollte ihn noch warnen, doch es war zu spät. Mit einem zischenden Geräusch schoss eine Bierfontäne durch das Wageninnere, der schief aufgepresste Daumen Deos machte nichts besser, fast der ganze Inhalt des durchgeschüttelten Gebräus hatte sich über das Wageninnere und uns verteilt. Auch über Annamirl Bonneville, die selig schlief, das Göschlein rot verschmiert.

Die Situation war prekär, Cäci würde mir nun kaum glauben, dass ich alkoholfreies Bier im Stengel getrunken hatte. Selbst wenn sie mir glauben würde, *so* konnte ich nicht mit Annamirl Bonneville nach Hause kommen. Ein biergetränktes Kind und ein bierstinkender Vater, das ging nicht. Ich beschimpfte Deo mit allen mir bekannten Schimpfwörtern, das brachte uns letztendlich aber auch nicht weiter. Deo trank den Rest, der noch im Fläschchen verblieben war. Ich zeigte ihm dann, wie man eine Bierflasche, die durchgeschüttelt war, öffnete, ohne Bierverlust beklagen zu müssen. Dann ergab eins das andere, plötzlich war auch die Leberwurstdose geöffnet. Und nebenher reinigten wir mit Lappen und Riedwasser den Innenraum des Chevys. Annamirl schlief weiterhin wie eine Prinzessin. Das Problem mit ihrem biergetränkten Strampelanzug wurde jedoch nicht kleiner. Mittlerweile war die 250-Gramm-Dose mit der Leberwurst geleert, wobei mir nur eine kleine Portion blieb, auch der Biervorrat war kräftig geschrumpft, wenigstens das Gefährt war oberflächlich gereinigt, wobei das Riedwasser unschöne Flecken hinterließ.

»Du hast doch eina Windeldepot rundum bei da Fraua!«

Deo überraschte mitunter mit seinen detaillierten Kenntnissen.

»Wie meinst du das?«

Deo erklärte:

»Aus unterschiedlicha Quelle hört man, dass du ein Windeldepot hast, und wenn die Cäci sagt, du sollst auf da Annamirl aufpassa, dann gibst du sie an unterschiedlicha Orten bei unterschiedlicha Fraua ab.«

Ich wollte jetzt Deo nicht in aller Ausführlichkeit erklären, warum ein Vater keine Kindsmagd ist und die Aufgaben eines Vaters weit über die des Kindsmagdseins hinausgehen. Das hätte er als Zölibatärer sowieso nicht verstanden, aber seine Aussage war nicht falsch. Ich startete den Achtzylinder. Es waren nur wenige Meter, am Ende der Riedallee ging es links ab zu Schaki.

Schaki war alles andere als begeistert. Dies änderte sich sofort, als ich ihr Annamirl Bonneville in die Arme drückte.

»Mein Gott, die ist ja noch süßer als … Hast du ihr Bier gegeben? Die stinkt ja schlimmer als der Fone! Was habt ihr Idioten mit ihr gemacht?«

Da Deo der Verantwortliche war, ließ ich ihn erklären. Ich stärkte mich an einem Most, der in Schakis Küche immer in einem blaugrauen Steingutkrug im Kühlschrank zu finden war. Deo nahm sich vom Bauernbrot und der Schwarzwurst.

»Ich lege sie in mein Bett, die schläft tief und fest. Hat sie wirklich nichts vom Bier abbekommen?«

Wir verneinten und erklärten Schaki bei etlichen Gläsern Most den Grund unserer Sondersitzung und den Sinn des Lebens.

38

Warum Cäci verärgert scheint und Tizian noch verärgerter

Donnerstag, 6. Oktober

An und für sich ist Cäci eine gute und verständnisvolle Gattin. An und für sich, heute jedoch schien sie eine Ausnahme zu machen:

»Wo ist Annamirl Bonneville und wo bist du?«

Ich konnte Cäci fast ohne Handy toben hören, da Luftlinie Schaki zum Bönle-Anwesen nur wenige hundert Meter waren.

Deos Kopf lag von seinen Armen gestützt auf dem Küchentisch, Speichel lief unter rasselnden Geräuschen aus seinem Mund. Neben dem Telefonat wischte ich den Tisch, um die Spuren der Nacht zu tilgen.

Gut, es wäre besser gewesen, Cäci hätte frühzeitig gewusst, warum das Ehebett nur zu 50 Prozent besetzt war und Annamirl Bonnevilles Wiege quasi leer. Es hätte sie bestimmt ein bisschen beruhigt. Aber es war nun einmal, wie es war, und ich konnte an Deos Dummheit retrospektiv auch nichts ändern. Es wäre aber nicht fair, die Schuld mir alleine zuzuschieben. Vielleicht musste es an einem Donnerstag zwischenmenschlich gewittern.

Schaki meiner Tochter zu berauben ging nicht ohne Komplikationen ab. Sie wachte auf, Schaki. Sie erklärte mir, dass sie nächtens das Kind noch umgezogen hatte, es zweimal etwas zu trinken bekommen hatte, Fencheltee und einmal sorgsam gewickelt wurde. Ich war Schaki dankbar für ihre Windeldepot-Dienste und meinte, sie wäre eine gute Mutter. Schaki war mir dafür dankbar. Wir lobten nochmals zu dritt in der Küche die Vorteile eines ausgeklügelten Windeldepotsystems, das aus weiser Voraussicht meinerseits natürlich nicht nur aus Windeln bestand. Cäci hatte sich immer gewundert, wo denn die Fläschchen, Strampler und all das Kindszeugs hin verschwanden. Ich schob es auf den streunenden Hund, Korbi auf den Moorbauze oder den Geist Butzis. Und Cäci war sich nicht ganz sicher, ob die Bedienungen aus dem Osten, vor allem die Polinnen …

Da Schaki als Filialleiterin einer renommierten Metzgerei pünktlich zur Arbeit erscheinen musste, ließ sie uns allein. Wir sollten uns im Waschkeller noch ein bisschen herrichten, wir würden wie Bierleichen stinken. Gerade als wir uns auf den Weg machen wollten, kam Tizian vom Nachbarhof her mit dem Rad geflogen.

»Schaki, Schaki, er fehlt! Der ist nicht mehr da!«

Tizian war verwundert, uns zur Morgenstunde auf dem Heberle-Hof zu sehen. Er hatte Schaki, die Hausherrin und alleinige Bewohnerin, erwartet, aber nicht den Vater seines besten Freundes, geschweige denn den Dorfpfarrer mit einem Säugling auf dem Arm.

Verdutzt schaute er rundum und warf das Rad in den bekiesten Hof.

»Wo ist die Schaki? Ist das die Annamirl? Darf ich sie haben?«

Deo streckte sie Tizian entgegen, dieser nahm sie vorsichtig auf den Arm, strahlte voller Glück. Wir setzten uns an den Holztisch mit den Bänken bei der Eingangstür des Hofes. Alles war noch morgendlich feucht. Tizian schien den Grund seiner rasanten Anfahrt zu seiner Nachbarin hin längst vergessen zu haben.

»Später möchte ich auch ein Kind! Aber dem darf nichts passieren so wie mir!«

Plötzlich schien sich Tizian wieder an den Grund seines Erscheinens zu erinnern. Energisch streckte er mir meine Tochter entgegen.

»Du bist der Kindsvater! Nimm du es!«

Vorsichtig nahm ich Annamirl Bonneville in meine Arme, um sie nicht zu wecken, und fragte Tizian:

»Tizi, warum bist du denn so aufgeregt, was ist passiert?«

Tizian stampfte wütend auf den Boden, Speichel zischte aus den Mundwinkeln, und er presste mühsam die Worte hervor:

»Der fehlt, und der Vater und die Mama wissen auch nicht, wo er ist. Und die Oma sagt, das geht mit dem Teufel zu im Dorf.«

Deo, ganz Seelsorger, besänftigte den Wütenden, indem er ihm huldvoll über den Kopf streichelte, und hakte nach:

»Lieba Tizian, wer fehlt denn? Kannst du das dem Herr Pfarra und dem Dani saga?«

»Weg ist er, einfach weg. Der ist entführt!«

Tizian schluchzte auf.

Das war mir nun doch zu zäh. Ich schlug mit der flachen Hand auf den wackeligen Holztisch. Annamirl zuckte zusammen und fing augenblicklich an zu brüllen. Tizian schrie in das Kühl des Riedes hinein:

»Mein Traktor, mein Traktor ist weg. Der Kramer fehlt!«

39

Warum ein Feld- und Wiesengespräch mit den Kümmerles unbefriedigend verläuft

Nachdem ich Annamirl Bonneville bei der besorgten Mutter heil und frisch duftend abgegeben hatte, erwischte ich die Kümmerles bei der Kartoffelernte. Um den Biergestank aus dem Chevy zu bekommen, nutzte ich das schöne Wetter zur Belüftung des malträtierten Gefährtes und fuhr mit offenem Verdeck auf den Acker der Landwirte. Geländetauglichkeit ist allerdings eine der wenigen Eigenschaften, die der Chevy nicht besitzt.

Ferdinand Kümmerle, Briefträger und Landwirt, seine Frau Genoveva und ihr Sohn Tizian verrichteten schweigend ihr Tagwerk. Am Ende des Ackers rauchte ein Feuer, auf dem das welke Kartoffelkraut verbrannt wurde.

Früher hatten wir immer noch Kartoffeln in das Feuer gelegt und nach getaner Arbeit weich gegart und mit Stecken aus der Glut herausgeholt. Dann von der verkohlten Kruste befreit und das dampfende, duftende Gelb genossen.

Alles sah nach einem ländlichen Idyll aus, nur Tizian schluchzte immer wieder, richtete sich auf, stöhnte, legte die Hände ins Kreuz und schaute in den tiefblauen Himmel.

Der Vater ließ den alten McCormick D 439 aus dem Jahr 1963 im Kriechgang führerlos tuckernd über den Acker schleichen, Vater, Mutter und ihr Sohn luden die gefüllten Kartoffelsäcke auf den Anhänger.

Als ich mein Gefährt, das PS-technisch dem Traktor der Kümmerles weit überlegen war, neben selbigem auf dem Feldweg stoppte, sprang mir Tizian bereits entgegen.

»Weißt du, wo mein Kramer ist, hast du ihn gefunden? Bitte!«

Der alte Kümmerle hatte sich mit einer Grabgabel, die zum Ernten der Kartoffeln diente, bewaffnet, seine Frau hielt einen leeren geflochtenen Weiden-Grätten am Henkel, als sie langsam auf mich zukamen.

»Was willst, Bönle, hast mal wieder Langeweile? Mach's kurz, wir haben nicht derweil, wir müssen arbeiten.«

Frau Kümmerle stimmte ihrem Mann zu:

»Von nichts kommt nichts. Außer bei Lehrern!«

Ich missachtete, was da aus Bauernmund tönte, fragte lediglich:

»Haben Sie die größten Kartoffeln?«

»Also, Bönle, was führt dich hierher?«

»Tizian hat es schon gesagt: Es geht um den verschwundenen Traktor, Tizians Kramer, den er von seinem Opa hat.«

Tizian nickte bestätigend:

»Hast du ihn schon gefunden, meinen Kramer? Die Oma sagt, du bist ein Schnüffler, so wie ein Hund. Und wenn der die Spur in der Nas hat, findet der alles.«

Voller Hoffnung, fast flehentlich blickte mich Tizian mit gefalteten Händen an:

»Bitte, Dani, find den Kramer. Der ist vom Opa, für mich!«

Mehr an Argumentation benötigte ich nicht und sagte mit fester Stimme:

»Ich werde ihn finden, Tizi, so wahr ich hier mit meinem Chevy im Acker stehe!«

Ferdinand Kümmerle drohte mir mit der Grabgabel:

»Bönle, du Tagdieb, halt dich da raus, das geht dich gar nichts an! Kümmre dich um deinen eigenen Kruscht, der Kramer geht dich nichts an!«

Genoveva hatte sich rasch gebückt, traute sich nicht, mir in die Augen zu schauen, las energisch ein paar vergessene, krumelige Kartoffeln auf und warf sie in den Grätten.

Ich startete den großen Motor. Tizian sprang noch eine Weile hinter mir her. Im Rückspiegel sah ich seine zum Himmel erhobenen Hände:

»Bitte, der Kramer, bitte!«

40

Wieso mehrere Besuche nicht zwingendermaßen zum Erfolg führen

Nach einigen Stunden des Grübelns an einer Metaplantafel in meinem Arbeitszimmer, die aus der Zeit meiner aktiven Lehrtätigkeit stammte, war die Sachlage nur noch verwirrender und ich keinen Schritt näher an die Lösung des Rätsels um den Tod zweier Lebewesen und das Verschwinden eines Traktors herangekommen.

Einen großen Rahmen, der alles umgab, hatte ich mit einem Whiteboard Marker auf die Tafel gezeichnet und ihn mit den Begriffen *Kontext Ried* versehen, kleinere Rahmen nach innen waren mit *Kontext Riedhagen, Kontext Campingplatz* versehen. Verschiedenfarbige Kärtchen waren mit den Namen der Campinggäste oder Gruppen versehen und so angeordnet, dass es der Geografie des Terrains um Riedhagen und des Campingplatzes entsprach. Selbst der verschwundene Kramer-Traktor hatte ein eigenes Symbol bekommen. Was jedoch keinen Deut zur Lösung beitrug.

Die verdächtigen Personen waren je nach Verdachtsgrad mit farbigen, runden Kärtchen gekennzeichnet. Grün, wenig verdächtig. Orange, verdächtig. Rot, stark verdächtig. Nachdem ich nahezu jeder Person jede Farbe zugeordnet hatte, beschloss ich aus der theoretischen Empirie hinein ins praktische Ermitteln zu gehen.

Auf eine To-do-Liste hatte ich geschrieben. 1. Besuch Henke 2. Besuch Bibibee 3. Dank an Schaki (Sekt) 4. Deo!!!

41

1. Besuch Henke

Die alte Henke lag im Bett und freute sich:

»Ja, schon wieder der gottlose Bönle. Seit dem Mord geht's mir richtig gut, immerzu hab ich netten Besuch.«

»Ich bin nicht gottlos! Ich habe lange als Mesner in der Gemeinde gearbeitet, auch religiös-ethische Kurse für Hausfrauen gegeben, und außerdem habe ich lange Zeit als Religionslehrer gearbeitet.«

Die Sache mit dem Religionslehrer war mein stärkster Joker, die Alte lachte jedoch nur hämisch:

»Haha, da lachen ja die Hühner, ha, Mesner, mit dem Herrn Pfarrer den Messwein gesoffen, und Kurse für Hausfrauen, da lach ich doch, da ging's doch bestimmt nur ums Poussieren, und als Lehrer haben sie dich rausgeschmissen.«

»Äh, Frau Henke, das ist doch sehr einseitig dargestellt. Und ich würde gerne klarstellen …«

»Bönle, was willst wissen? Du kommst ja nicht aus Mitleid mit einer alten, blinden Frau, wenn du kommst, dann willst du immer etwas wissen! Was ist es diesmal?«

»Ich habe nur eine Frage: Warum ist Tizians Traktor verschwunden, der alte Kramer?«

Die Alte stierte an die Decke und schien die Erinnerung zu suchen.

»Bönle, hilf mir auf den Stuhl, ich will ans Fenster an einem so schönen Tag. Ich schaff's auch allein, aber zu zweit geht's besser.«

Ich half der alten Henke auf den Stuhl am Fenster, legte ihr eine Decke über die Schultern und setzte mich auf die Bettkante. Wärme und der Geruch alter Menschen stiegen von der Bettstatt empor.

»Das tut gut, die Herbstluft, man riecht das Kartoffelkraut, das verbrannte. Die meinigen sind immer noch auf dem Feld, obwohl's schon bald dunkel wird. Den Kramer, den hat in den Fünfzigern mein Mann gekauft, in Ravensburg, gebraucht. Ein neuer war nicht drin, das hätte unsere Möglichkeiten überschritten. Aber der Kramer war eine gute Anschaffung, der läuft ja heute noch ohne Mucken. Das ist der KA 110 mit zehn oder elf PS, im fünften Gang ging der sogar zwanzig! Der hat zwei Hänger voll mit Mostäpfeln in die Moste gezogen, im Kriechgang mit der Untersetzung war das kein Problem. Und auf dem Totenbett hat der Josef gesagt, der Kramer, der muss immer an den Ältesten weitergegeben werden.«

Die alte Frau Henke schaute zum Fenster hinaus:

»Wenn ich nur besser sehen könnt'! Obwohl, das hätt' mitten in der Nacht auch nichts genutzt. Gestern war jemand da. Ich glaube zwei, vielleicht auch drei waren es, es wurde nur getuschelt, dann hat man's scheppern und kleppern gehört und ein Auto, wie es ganz langsam weggefahren ist. Immer im ersten Gang, als ob es stark ziehen müsst. Wo der Tizian gesagt hat, dass der Traktor fehlt, habe ich gedacht, den hat jemand in der Nacht mit dem Auto aus dem Unterstand rausgezogen.«

Ich wollte mehr wissen, ging zum Fenster und legte Frau Henke die Hand auf die Schulter. Sie zuckte zusammen.

»Frau Henke, wenn Sie gehört haben, dass jemand den Traktor aus dem Unterstand gezogen hat und wenn Sie

Stimmen gehört haben, warum hat das sonst niemand auf dem Hof gehört?«

»Das wundert mich auch. Aber der Tizian, der kann es nicht hören, sein Zimmer ist genau am anderen Ende des Gebäudes, und außerdem ist der oft mitten in der Nacht unterwegs. Der ist oft unruhig. Aber dass die Genoveva und der Ferdinand nichts gehört haben, das wundert mich schon.«

»Warum wundert Sie das, gibt es einen Grund?«

»Bönle, du hast gesagt, nur eine Frage und dabei bleibt's auch. Ich habe jetzt eine Frage: Wer hat das dem Tizian angetan?«

Mit starrem Blick schaute sie in die Dämmerung, dann fuhr sie sich über die trüben Augen und murmelte:

»Wenn ich nur besser sehen könnte, dann wüsste ich, was in der Nacht passiert ist. Ich habe nur die Stimmen und den Motor gehört.«

Verzweifelt schüttelte die Alte den Kopf.

»Bönle, sag, wer hat das dem Tizian angetan? Ihn ans Ortsschild zu binden und ihm den Zettel um den Hals zu hängen, das ist, das ist ja wie bei den verdammten Nazis!«

Ich überlegte kurz und antwortete:

»Frau Henke, ich weiß, wer dafür verantwortlich ist, aber es ist besser, wenn es sonst niemand weiß. Das könnte meine Ermittlungen gefährden. Und eins verspreche ich, ihr Enkel wird seinen Traktor zurückbekommen.«

Die Alte schwieg, und ich wusste nicht, wie ich mein Versprechen einhalten konnte. Dann bat sie:

»Bönle, wenn du weißt, wer es war, besorge auch bitte den Anstecker wieder. Tizian ist ganz verzweifelt, dass schon der zweite an seinem Hut fehlt. Neben dem Kramer sind doch die Abzeichen sein ganzer Stolz. Die hat er als Andenken von seinen Ausflügen mit dem Schwäbischen Albverein mitgebracht. Zu jeder dieser Anstecknadeln kann er eine Geschichte erzählen. Er weiß noch von jeder Wanderung, von jedem Gipfel, jedes Treffen. All seine schönen Erinnerungen stecken an dieser Mütze.«

Die Weißhaarige senkte den Kopf, ihre Schultern zuckten. Ich verließ ihre Ruhestätte, ihren Erinnerungsraum, ihr Zentrum der Kommunikation, ihr Tor zur Ewigkeit, ihr Gefängnis.

42

2. Besuch Bibibee

Mittlerweile hatten sich Dunkelheit und Kühle Hand in Hand über die moorige Landschaft gelegt. Erste zerfetzte Nebelschwaden, zwischen denen schon der Abendstern unruhig flackerte, kündeten von einer kalten Nacht.

Bibibee wusste, was sie sich und ihrem Namen schuldig war. Sie hatte wohl meinen Besuch vorhergesehen. Nicht nur die alte Henke schien das Gesicht zu haben.

Eigentlich hätte ich eine verheulte, fetthaarige, schlampig gekleidete, von Trauer zerfressene Bibibee erwartet.

Sie öffnete jedoch stilsicher die Eingangstür in einem hautengen, gelb-schwarz gestreiften Body, unter dem sie offensichtlich nicht viel an zusätzlicher Wäsche trug. Wo hätte sie auch Platz haben sollen? Die schlanken Beine steckten in archaisch anmutenden ebenfalls gelb-schwarz gekringelten Wollstulpen, die das ansonsten ansprechende Erscheinungsbild etwas störten. Das attraktivste Gadget saß jedoch auf dem Kopf, ein Schweißband, selbstverständlich gelb-schwarz gestreift, gekrönt durch zwei schwarze, runde Wollbommel, die an elastischen Drähten links und rechts über den Ohren eifrig hin und her wippten und dem Bienenoutfit der Schönen den letzten Schliff gaben. Nicht minder attraktive Schweißperlen auf dem makellosen Dekolletee der Bienenkünstlerin zeugten von einem ehrlichen Workout an irgendeinem Gymnastikgerät. Vermutlich ein Trimm-dich-Fit-Fahrrad aus den 70er-Jahren.

»Oh, hallo, Dani, das freut mich, dass du mich schon wieder besuchst. Ich bin gerade bei meinem Fitnessprogramm. Für so eine Figur muss man hart arbeiten. Wie macht das deine Cäci? Die treibt doch gar keinen Sport und hat trotzdem eine Topfigur. Wie macht die das? Bei mir setzt sich jedes Gramm Schokolade sofort auf die Hüften. Und in zehn Jahren sehe ich dann aus wie Frieda.«

Sie klopfte sich zum Beweis kurz auf den beschriebenen Bereich.

Ich machte ihr postwendend klar, dass man nichts davon sähe, und die Befürchtungen, ihre Zukunft betreffend, reine Hirngespinste wären. Sie nickte zufrieden:

»Komm rein, es wird mir kalt! Bist du zu Fuß hier?«

Ich erklärte der Freizeitsportlerin in Bienengestalt

in aller Kürze, dass ich bei der Familie Kümmerle war und mein Fahrzeug dort mit geöffnetem Verdeck stehen hatte, da es immer noch fürchterlich nach Bier stank. Und dass ich die Kälte des Nebels zur Desinfektion des Fahrzeuges und zur Geruchsminderung nutzte. Außerdem seien es nur knappe hundert Meter vom bäuerlichen Anwesen der Kümmerles zu ihrer Heimstätte und aus Umweltgründen sei es besser, sofort die Welt zu retten. Außerdem intendiere ich noch einen Besuch bei Schaki, und da diese in gehbarer Nachbarschaft zu den Kümmerles wohne, würde der Wagen nun mittig parken und wäre von beiden Besuchsorten ungefähr gleich schnell zu erreichen.

»Ach, du gehst noch zu Schaki. Die hat ja auch noch eine tolle Figur!«

»Eigentlich besuche ich sie nicht deswegen.«

»So, Dani, was ist denn der Grund deines Besuches bei mir? Nimm Platz! Kaffee?«

»Nein, danke!«

»Wasser?«

»Nein, danke!«

»Apfelsaft? Neue Ernte.«

»Nein, danke!«

»Whisky?«

»Nein, danke, dann doch lieber Apfelsaft.«

Aus einer geschliffenen Kristallglaskaraffe schenkte sie sich selbst von der bernsteinfarbenen Flüssigkeit in ein schweres Glas ein.

»25 Jahre, in einem Eichenfass gereift, in dem vorher Sherry war. Mich friert's, bin völlig verschwitzt. Ich hol mir eine Decke.«

Die Biene verschwand kurz, kam in eine dicke Bettdecke eingewickelt zurück und setzte sich mit dem Glas in der Hand gegenüber auf das Sofa.

»So, jetzt ist's besser!«

Ich tippte auf meinen Kopf und fragte vorsichtig:

»Was soll das eigentlich auf deinem Kopf, das Schweißband verstehe ich. Aber diese Wackeldinger, diese Antennen?«

Sie blickte leicht irritiert und erklärte fachfrauisch:

»Das sind Fühler, das sieht man doch!«

»Ja schon. Aber warum trägst du sie?«

Sie schaute noch irritierter:

»Weil es gut aussieht, ich trainiere vor dem Spiegel.«

»Ah, ja, jetzt verstehe ich!«

Bibibee lächelte, weil ich sie verstand. Höchste Zeit, das Thema zu wechseln. Noch einmal kauten wir unter Bibibees Tränen und Lachen das Thema Mord an ihrem Gatten durch, ohne jedoch einen Moment zu erwischen, der Klärung hätte bringen können.

In das emotionale Gespräch hinein klingelte es an der Tür. Bibibee sprang auf, stolperte über die Bettdecke, verschüttete etwas vom Seelenwärmer, fing sich und ging zur Haustür. Ich hörte eine Männerstimme und Bibibees unverständliche Antwort. Dann wurde die Tür zugeschlagen. Bibibee kam wieder in die gute Stube gestolpert, zog die Bettdecke noch enger um die Schultern, wedelte mit einem Umschlag:

»Die Post, der Kümmerle, der Ferdinand. Immer in der Erntezeit wird es spät.«

Ich nickte, das Problem mit der Post war bekannt, kein Personal mehr, seit das Land von gesundheitlichen, ökonomischen, ökologischen und kriegerischen Krisen gebeutelt war. Daher konnte jeder, der zwei gesunde Beine und einen Führerschein besaß, Aushilfs-Postbote oder auch Lehrer werden, auch wenn er anderweitig beschäftigt war. Und so kam zum Ärgernis der Riedgemeinde in der Erntezeit die Post meist abends.

Die Hobby-Sportlerin und Bienenkünstlerin wedelte nochmals mit dem Brief in meine Richtung:

»Wenn der Tizian Zeit hat und aushilft, dann geht's schneller mit der Post. Aber der ist in seiner Unruhe Tag und Nacht unterwegs. Was den so umtreibt, das würde ich gerne wissen. Ich bin mir sicher, der hat Dreck am Stecken, der spielt doch nur den Dummen. Man munkelt ja, es gibt Beweise gegen ihn.«

Ich zuckte mit den Schultern, mimte den Unwissenden:

»Davon weiß ich nichts. Welche?«

»Ich sage doch, das ist Tratsch. Außerdem hast du das mit Sicherheit auch schon gehört. Man hat am Tatort eine Anstecknadel von seinem albernen Hut gefunden.«

»Von wem hast du das gehört?«

»Keine Ahnung, ich sage doch, das ist Dorftratsch, man hört es halt! Beim Tratsch weiß man eigentlich nie, woher er kommt, er ist einfach da. Da gibt es so ein Gemälde, das heißt sogar ›Der Tratsch‹, nein, ›Das Gerücht‹, das ist von, lass mich nachdenken, von Franz Weber.«

Ich korrigierte die Bienenkünstlerin:

»Das ist von Andreas Paul Weber, und es ist kein Gemälde, sondern eine Lithographie, also ein Steindruck. Das kommt aus dem Griechischen von λίθος und γράφειν, also Stein und schreiben.«

Ich wechselte spontan das Thema:

»Warum hat der Postmann geklingelt?«

»Äh, warum nicht?«

»Du hast einen Briefkasten, und es war ja kein Paket, was der Kümmerle dir gebracht hat, also kein Grund zu klingeln.«

Bibibee warf den Kopf in den Nacken, lachte laut auf, zog die Decke noch enger um Schulter und Beine. Als Übersprungshandlung zupfte sie an ihrem Haar. Ich ergänzte:

»Manchmal klingelt er sogar zweimal, der Postmann.«

»Bönle, du bist ein Depp!«

»Ich weiß. Themawechsel, Tizians Lieblingsspielzeug, sein Traktor, ist verschwunden, gestern Nacht. Wenn man seiner Oma glauben kann, muss es nach Mitternacht gewesen sein. Luftlinie sind es zum Kümmerle-Hof keine hundert Meter. Hast du was bemerkt?«

Bibibee nickte nachdenklich und bestätigte:

»Das habe ich tatsächlich, seit Egis Tod kann ich einfach nicht mehr richtig schlafen. Ich bin aufgewacht, weil ich scheppernde Geräusche gehört habe. Und als ich zum Fenster hinausgeschaut habe, sah ich durch die Bäume rote Lichter wie Bremslichter blitzen. Ein Auto war da. Wohl dort, wo der Tizian immer seinen Schlepper parkt. Und dann hat man gehört, wie das Auto mit kräftig Gas losfuhr. Ich dachte noch, was hat der denn hinten dranhängen, als er ganz langsam auf die Straße fuhr. Ob das der Schlepper war, das habe ich bei der Dunkelheit und dem Nebel nicht gesehen.«

»Konntest du das Auto erkennen, Marke, Farbe, irgendwelche anderen Auffälligkeiten?«

»Alles, was ich gesehen habe, waren die Bremslichter, vielleicht war das Auto rot, das kann aber täuschen, es war aber kein großer Wagen, eher so Golf.«

Irgendetwas rührte sich in meinem Hinterkopf, war jedoch nicht in Worten greifbar:

»Bibibee, warum sagst du eigentlich Schlepper statt Traktor?«

»Warum nicht?«

43

3. Dank an Schaki

Auf dem Weg zu Schaki über den Kümmerle-Hof machte ich die Riechprobe am Chevy. Immer noch dünstete das stattliche Gefährt süßlichen Bierduft aus. Vielleicht half es ja etwas, wenn ich mit offenem Verdeck die Riedallee, ein, zweimal mit hoher Geschwindigkeit auf und ab fuhr, um durch gezielte Luftverwirbelungen für Frische in den Polstern zu sorgen. Die Idee war nicht schlecht und in zweierlei Hinsicht erfolgreich.

In Schakis gekiestem Hof angekommen, wollte ich ein weiteres Kreuz ins Holzlenkrad schnitzen. Jedoch mein herrliches Messer, mein Laguiole, fehlte. Im ganzen Auto war es nirgends zu finden. Ich erinnerte mich an Alki Fones Begeisterung für das prächtige Messer. Mit dem musste ich wohl ein paar Wörtchen reden! Ich kramte aus meiner Hosentasche das Schweizermesser und versah das Lenkrad mit einem weiteren Kreuz. Nun waren es zwei. Die kleine Beule am linken, vorderen Kotflügel war zu verschmerzen.

»So, die Bibibee sagt, ich hätte eine tolle Figur?«

Hätte ich nur nicht damit angefangen. Ich nickte. Und musste aus meinem misslungenen Einstieg ins Gespräch wieder herauskommen.

»Findest du meine oder Bibibees Figur besser? Ehrlich!«

»Cäcis!«

»Depp!«

»Danke!«

»Bitte!«

»Hast du was zu trinken, Schaki?«

»Du riechst schon ordentlich nach Bier!«

»Das ist meine Kleidung! Das kommt vom Auto. Das ist Deos Schuld!«

»Wie bitte?«

»Das kommt von den Polstern im Chevy!«

»Hä?«

»Frag Deo!«

»Warum bist du eigentlich hier, was ist der Grund deines späten Besuchs? Bestimmt nicht das Lob meiner Figur.«

»Vielleicht dein leckerer Most?«

Schaki verstand den Wink mit dem Zaunpfahl, sprang vom Küchenstuhl auf und ging zum Kühlschrank:

»Sorry, ich bin eine schlechte Gastgeberin. Mit oder ohne Sprudel?«

»Pur, Apfel enthält schon genug Wasser. Ich meine, das

sind circa 85 Prozent und etwas mehr als zehn Prozent Zucker.«

»Quatsch nicht rum, Dani! Und weißt du, wie viel Prozent Alkohol im Most ist, weißt du das? Das sind immerhin zwischen fünf und acht Prozent. Und jetzt raus mit der Sprache, was willst du?«

Ich fragte Schaki ganz direkt:

»Hast du vielleicht heute Nacht bei deinem Nachbarn etwas Auffälliges bemerkt? Deo und ich waren leicht narkotisiert.«

»Ja, darüber hätte ich sowieso mit dir reden wollen. Es ist ja nicht unüblich, dass bei den Kümmerles nachts noch etwas abgeht. Der Tizi, den zieht's ja zu nachtschlafender Zeit immer wieder mal hinaus. Das bekomme ich meistens gar nicht mehr mit. Das kann um Mitternacht sein, das kann aber auch frühmorgens sein. Mal ist es die Milch, mal hilft er die Post austragen, mal geht er in die Pilze, manchmal ist er schon mitten in der Nacht auf seinen Kramer gestiegen und über die Wiesen gefahren. Aber, wie gesagt, das bekomme ich meistens gar nicht mehr mit. Aber gestern Abend war das anders. Da waren nach Mitternacht noch Leute da. Ich musste auf die Toilette, der Most tat seine Wirkung, und da habe ich bemerkt, dass noch irgendein Umtrieb auf dem Kümmerle-Hof ist. Durch die Birken konnte ich aber nichts sehen, ich bin dann hoch zum Dachfenster, sah dann aber nur ein Autolicht in meine Richtung. Das hatte so geblendet, dass ich nichts erkennen konnte. Und als das Auto losfuhr, war das Licht so hoch, als ob das Auto schwer beladen war. Das mühte sich die kleine Steigung bis zur Straße richtig hoch.«

»Woher kam das Auto?«

»Ich würde sagen, von dieser offenen Scheune, dort, wo Tizi seinen Traktor parkt.«

»Schaki, weißt du, dass Tizians Kramer verschwunden ist?«

Die Angesprochen zog erstaunt die Augenbrauen in die Höhe, eine Hand ging erschreckt zum Mund:

»Nein, das habe ich nicht mitbekommen, das erklärt natürlich die nächtlichen Umtriebe beim Nachbarn. Du weißt ja, ich muss sehr früh in der Metzgerei sein, und seit dem Tod von Moni leite ich die Filiale. Da gibt es Arbeit bis in den Abend hinein.«

Ich bestätigte mit zusammengekniffenem Mund und sanftem Kopfnicken Schakis Erklärung und fragte:

»War Tizian in der Nacht auch unterwegs, weißt du das, und wenn nicht, kannst du dir vorstellen, warum er nicht bemerkt hat, wie sein Traktor verschwunden ist?«

»Keine Ahnung, ob er unterwegs war, das spielt doch auch keine Rolle. Er hat auf jeden Fall nicht mitbekommen, dass sein geliebter Kramer verschwunden ist. Und wenn er geschlafen hat, dann hat er vermutlich nichts gehört, sein Schlafzimmer liegt genau auf der gegenüberliegenden Seite, und der Hof ist nicht gerade klein. Das war früher der größte und reichste Bauer im Ort, aber wirtschaften konnte der Kümmerle nie! Land besitzt der Kümmerle immer noch am meisten, er macht aber nichts daraus.«

»Kannst du dir erklären, warum die Kümmerles nichts vom Diebstahl mitbekommen haben? Ganz leise ging das wohl nicht vonstatten, wenn du und Bibibee etwas bemerkt haben.«

»Keine Ahnung, vielleicht war es auch ganz anders. Vielleicht haben die Kümmerles den Traktor verkauft. Und das nachts gemacht, äh, damit der Tizian das nicht mitbekommt? Liebhaber zahlen für so eine alte Maschine hohe Preise. Und die Kümmerles brauchen doch jeden Cent, die können einfach nicht wirtschaften!«

Ich rieb nachdenklich in meinem Lemmi-Kilmister-Bart:

»Hmmm, das würde natürlich einiges erklären. Aber ich kann mir einfach nicht vorstellen, dass die Kümmerles Tizians liebstes Spielzeug weggeben. Das kann ich mir beim besten Willen nicht vorstellen.«

Schaki war anderer Meinung und konterte:

»Sonst haben die doch nichts von Wert und in einer so prekären finanziellen Situation, wie die sich befinden, würdest du auch alles zu Geld machen, was möglich ist! Überleg mal, der läuft als Aushilfs-Postler durch das Dorf, hat den Job nur durch Beziehungen bekommen, um ein paar Kröten zu verdienen. Und für den Kramer, in diesem Zustand, mit dem Mähbalken und dem ganzen Original-Pipapo, das er vom Opa noch hat, kann er locker 10.000 verlangen. Die Preise sind sowas von gestiegen, und du wirst keinen finden, der so einen tollen Originallack hat. Der stand ja ewig unter Heu konserviert in der Scheune nach dem Tod des Opas.«

Ich schüttelte energisch meinen Kopf:

»Aber nicht den Kramer, ich kann mir wirklich nicht vorstellen, dass sie dem Tizian so etwas antun. Da würden die doch eher die Großmutter verkaufen.«

»Für die bekommt er nicht so viel, da muss er draufzahlen. Hat die eigentlich was mitbekommen von dem Diebstahl, die schläft doch fast direkt über dem Stellplatz des Kramers? Und wie ich dich kenne, hast du die Henke schon befragt.«

»Ja, sie ist wohl aufgestanden, da sie sich über den Lärm im Hof gewundert hatte, aber in der Dunkelheit und mit ihren kaputten Augen konnte sie nichts erkennen. Sie hat lediglich von unterschiedlichen Stimmen gesprochen. Konntest du etwas hören?«

Schaki dachte kurz nach:

»Ja, als der Motor des Autos noch nicht an war, konnte ich tatsächlich Stimmen hören, und nachts, wenn man einen Traktor klaut, wäre es ja besser, den Mund zu halten. Und Selbstgespräche führt man in so einer Situation ebenfalls nicht. Also müssen da mehrere Personen gewesen sein. Und ich meine, ich hätte einmal, als es laut gescheppert hat, die Stimme vom Kümmerle herausgehört. Aber ganz ohne Gewähr!«

Ich wiegte meinen Kopf grinsend hin und her:

»So, so, unser eifriger Postbote.«

Wir lachten und tranken. Und dann gab es noch ein Dankeschön aus meinem Kühlschrank für Schaki, eine Schachtel Mon Cherie mit der Piemont-Kirsche. Schaki gab mir im Gegenzug ein Fichtennadel-Spray für den Chevy mit.

44

4. Deo!!!

»So Deo, riech da mal rein! Wie riecht das immer noch?«

»Lecka!«

»Deo, verarsch mich nicht!«

Vor dem Pfarrhaus hatte ich den Chevy mit laufendem Motor geparkt und so lange gehupt, bis Deo, der schon im Schlafanzug war, sich genötigt sah, in den Oldtimer hineinzuriechen. Barfuß war der Geistliche über den kalten Kiesboden gestakst und hatte sich rasch auf den Beifahrersitz gedrückt und die Tür zugezogen.

»Ich verarscha dich nicht. Es riecht lecka, wie ein Bierfest im Wald!«

»Okay, ich habe da von Schaki was bekommen, ein Fichtennadel-Spray. Aber die Karre stinkt immer noch, und das ist deine Schuld, Deo!«

»Okay, ich werde es beichta.«

»Deo, so witzig finde ich das nicht. Die Karre wird nun ewig und drei Tage nach Bier stinken. Und du weißt genau, wie oft ich mit der Ami-Schüssel angehalten werde! Ich habe schon sooo einen Stapel Knöllchen, und glaub mir, der Biergestank macht nichts besser.«

»Warum bist du eigentlich hier, Dani? Bestimmt nicht wega dem alberna Biergestank? Was ist da eigentliche Grund?«

»Deo, du stehst in meiner Schuld! Ich hab da, äh, was für dich, äh, im Kofferraum, eine kleine Bitte.«

»Gut, Dani, lass mal seha! Um was geht es?«

»Jetzt warte halt ab, und wehe, du sagst Nein!«

Ich stieg aus, auf dem Weg zum Kofferraum, der beim Chevy nicht gerade kurz ist, rief Deo mit jämmerlicher Stimme:

»Tür zu, ich bin in da Schlafanzug!«

Mit dem Absatz meines Cowboystiefels knallte ich die Tür zu:

»Memme!«

Gerade als ich es aus dem Kofferraum herauszog, hörte ich das Blopp! Im gleichen Augenblick sah ich schon die von innen schäumenden Scheiben. Er hatte es tatsächlich wieder getan! Ich riss mit einer Hand die Tür auf, in der anderen hatte ich es. Deo saß völlig konsterniert mit der Champagner-Flasche, aus der immer noch ein paar Bläschen blubberten, wie ein begossener Pudel auf dem Beifahrersitz und stammelte:

»Dani, Entschuldigung! Offasichtlich geht da Trick mit dem Öffna nicht bei Champagna. Iiii, was hast du da in da Hand?«

Deos Augen bestanden nur noch aus rundem, entsetztem Weiß:

»Nimm das weg, Dani, das sieht ja aus wie da Leibhaftiga selbst!«

Voller Ärger warf ich es auf den Schoß des Champagnergetränkten, dieser riss die Tür auf, floh aus dem schaumweingetränkten Wagen und ließ das Tier auf dem Beifahrersitz liegen. Und Cäci hatte sich so auf den romantischen Abend mit einem Gläschen Champagner und etwas Kaviar gefreut.

Gemeinsam bestatten wir dann den Biber hinter der Friedhofsmauer, wo man früher die Ungetauften und die Selbstmörder bestattet hatte. Ich bestand darauf, dass Deo lediglich Schuhe anziehen durfte. Buße ist im katholischen Glaubenskontext die Teilhabe am Leiden Christi, bedeutet aber auch, ein gutes Werk zu verrichten, das in Gebet, Almosen, Dienst am Nächsten oder Wiedergutmachung bestehen kann. Die letzten zwei Punkte waren in jedem Fall erfüllt.

»Oh, Dani, wenn ich mir da Tod hole, dann ist das deina Schuld!«

»Oh, Deo!«

Bevor ich mich auf den Weg nach Hause machte, verbrauchte ich noch die Dose Fichtennadel-Spray, um das Interieur des Chevys ein weiteres Mal olfaktorisch umzugestalten.

45

Auf der Suche nach dem verlorenen Schatz

Cäci war immer noch leicht angefressen. Gott sei Dank konnte ich die Schuld dieses Mal von mir weisen, da Deo eindeutig für den versauten romantischen Abend verantwortlich war. Zum Beleg ließ ich am darauffolgenden Morgen meine Gattin eine Geruchsprobe aus dem Innenraum des Fahrzeuges nehmen. Auch sie war der Meinung, dass der Geruch von nachhaltiger Dauer sein könnte und bei zu befürchtenden Polizeikontrollen nicht unbedingt dienlich sei. So bestellten wir per Internet zwei weitere Spraydosen mit dem Fichtennadelgeruch. Im lokalen Handel, so Cäci, wäre die Chance, sie käuflich erwerben zu können, wohl eher gering.

Eine gute Gattin zeichnet sich auch durch eine gehörige Portion Empathie aus. Und so stand Cäci neben mir, als ich an der Metaplantafel wieder und wieder bunte, beschriftete Kärtchen mit meinen nächtlich erworbenen Erkenntnissen hin und her schob:

Henke hört mehrere Stimmen. Bibibee sieht kleineres Auto, das etwas aus Kümmerles Hof abschleppt. Schaki: Begriff Schlepper. Schaki: mehrere Stimmen, Stimme Herr Kümmerle? Kein Streit: einvernehmlich? Deo: Totalausfall. Bibibee: Postbote Kümmerle? Tizian Anstecker! Uli?

Cäci verschob die solchermaßen beschrifteten Kärtchen, warf das Kärtchen *Deo: Totalausfall* in den Papierkorb und zog immer enger werdende Kreise, während sie murmelnd argumentierte. Ganz am Schluss waren die Kärtchen auf meiner Metaplantafel mit dem Großkontext Riedhagen und Umgebung um den Begriff *Pik Ass* herum angesiedelt.

Cäci stemmte zufrieden die Hände in die Hüfte und monologisierte:

»Also, in Abwägung aller Argumente und unter Einbeziehung aller beiläufig gewonnenen Zusatzerkenntnisse und mit Berücksichtigung des Tratsches spricht einiges dafür, dass jemand aus der Familie Kümmerle einen Deal mit diesen Pik Asslern gemacht hat, aus welchen Gründen auch immer, und der Kramer nun bei Uli und seinen Kumpanen ist.«

Und plötzlich machte es auch für mich Sinn. Ich schlug mir gegen die Stirn, verdrehte die Augen und fluchte:

»Herrgott nochmal, natürlich! Der Begriff Schlepper! Als wir Uli und seine Idioten aufgemischt haben, da war ein Schild an der Eingangstür, dass der Abend mit der Disko-Musik von den Schlepperfreunden veranstaltet wird. Die stehen wohl auf alte Traktoren. Vielleicht sind die Schlepperfreunde und die Pik Assler derselbe Verein. Dann wissen wir, wo wir nach Tizians Kramer suchen müssen.«

Da der Chevy noch feucht war und unerträglich nach einem Gemisch aus Sekt, Bier und Fichtennadelngesundheitsbad stank, zwängte ich mich als Beifahrer in Cäcis Cinquecento. Cäci war eine gute, aber unleidenschaftliche Fahrerin. Trotzdem erreichten wir unser Ziel.

Während der Fahrt unterhielten wir uns über das ethische Problem, ob man Gestohlenes zurückstehlen darf. Grundsätzlich waren wir derselben Meinung. Nur Kleinigkeiten trennten uns. Ich war der Meinung, wenn sich die Täterschaft der Pik Assler bestätigte, mit meinen Jungs und Blacky, aber ohne Deo, da noch einmal einzurücken – natürlich erst, wenn sie die Bude von unserem ersten Besuch wieder renoviert hatten, um dann noch einmal den Laden kräftig aufzumischen. Cäci, ganz Psychologin, war da etwas pragmatischer und meinte, man müsste den Deppen die Bude anzünden.

Der Nebel hing noch über dem Ried, ließ die Blätter der Birken durch die aufsteigende Sonne wie durch einen Softfilter zartgelb schimmern. Das Pik Ass lag ruhig an der Grenze zum Naturschutzgebiet, feucht glitzerte das Gras. Hagebutten verschwendeten ihr Rot.

Wir schlichen um die Blockhütte, obwohl um diese Zeit die Wahrscheinlichkeit, hier jemanden anzutreffen, äußerst gering war. Cäci flüsterte sicherheitshalber:

»Der Uli, der Kopf dieser Deppen, ist der nicht verwandt mit dem Bilsner?«

»Du brauchst nicht flüstern, hier ist niemand! Ja, das stimmt wohl, das ist doch längst geklärt, das hat doch deine Mama gewusst. Der Eki, äh, Egi Bilsner ist, äh, war wohl der Onkel von diesem Uli. Und den würde ich nicht unterschätzen. Der ist sogar der Patenonkel.«

Cäci erinnerte sich, mit der Bemerkung, dass sie einfach zu viel um die Ohren hätte. Wir stapften durchs hohe Gras, die Jeans durchnässten bis zu den Knien.

»Siehst du die Spur?«

»Ich bin ja nicht blind!«

Wir folgten den Reifenabdrücken im niedergewälzten Gras bis hinter die Hütte und dort stand er, unter einem breiten Vordach, neben einer Holzbeige, neben einem Fendt und einem Lanz. Der Kramer, Tizians Kramer. Cäci stand fassungslos, die Hände vor der Brust verschränkt, am Gefährt und zischte:

»Das gibt es doch nicht, die haben es tatsächlich gewagt, Tizis Kramer zu klauen. Den klauen wir gleich wieder zurück!«

Sagte es und stieg auf den Traktor.

»Verdammt, der Schlüssel fehlt!«

Ich stöhnte verärgert auf, deutete zur Hütte hin:

»Der ist bestimmt da drin, irgendwo!«

Und so stiegen wir durch das enge Toilettenfenster, das zu Belüftungszwecken gekippt war, mit wenigen Handgriffen das Fenster aushängend, ins Pik Ass ein. Unsere Suche nach dem Kramer-Schlüssel verlief jedoch erfolglos. Frustriert fuhren wir zurück und beratschlagten die nächsten Schritte.

46

Warum bei den Kümmerles der Haussegen schief hängt

»Ja, was sollte ich denn sonst machen? Hätte ich den Tizian denen ausliefern sollen? Du weißt doch, dass er sich nicht gegen die wehren kann! Die drangsalieren ihn doch schon seit Jahren. Meinst du, es ist mir leichtgefallen?«

Ferdinand Kümmerle schlug mit der Faust auf den Tisch. Mit seiner Frau saß er am Küchentisch, jedoch weitestmöglich auseinander.

»Sei nicht so laut, der Tizian darf das nicht hören!«

»Ach, der geistert doch bestimmt wieder irgendwo im Ort umher. Man weiß doch nie, wo er gerade herumwandert.«

»Red nicht so über ihn, du weißt, dass er mehr mitbekommt als die Leute denken. Er ist nicht dumm, er ist nur anders!«

»Der Uli hat gesagt, wenn er den Anstecker der Polizei gibt und behauptet, dass er vom Tatort stammt, dann sei der Tizian sowieso geliefert. Und außerdem hätte er noch ein Ass im Ärmel: Eine Zeugin, die Tizian gesehen hat in der Tatnacht, bei Bilsners Zelt! Er hat gesagt, er könne ihn jederzeit ans Messer liefern!«

Genoveva Kümmerle zuckte zusammen:

»Was? Wer soll diese Zeugin sein? Dieser Uli, der lügt doch, alles, was den Namen Bilsner trägt, ist doch von der Wurzel her faul! Es ist klar, dass er Rache für seinen Onkel will, der hat ihm wohl diese Hütte im Ried überlassen, um diesen seltsamen Club da unbeobachtet betreiben zu können. Und deswegen hast du ihm Tizians Kramer gegeben?«

Ferdinand Kümmerle wurde laut:

»Was ist mir denn anderes übrig geblieben? Wenn Uli mit der Anstecknadel von Tizians Mütze zur Polizei geht! Und du weißt, dass es im Dorf heißt, dass auch der Bönle, dieser Tagdieb, Beweismaterial gegen Tizian hat, es nur zurückhält, weil sein Bub mit unserem Tizian befreundet ist.«

Verzweifelt schüttelte Ferdinand den Kopf, fuhr sich nervös durch das schüttere Haar. Seine Frau fragte neugierig nach:

»Und wer soll die Zeugin sein, die Tizian in der Mordnacht gesehen haben soll? Das kann doch nur jemand von den Camperinnen oder aus Friedas Umfeld sein?«

Ferdinand grübelte:

»Oder eine von den Bedienungen, die arbeiten oft bis in

den Morgen hinein. Die Frieda führt ein strammes Regiment!«

Genoveva stand auf und herrschte ihren Mann an:

»Und trotzdem hättest du das dem Tizian nicht antun dürfen, ihm seinen Traktor wegnehmen. Du hättest dich nicht erpressen lassen dürfen!«

»Was hättest du an meiner Stelle gemacht? Gewartet, bis die Polizei kommt, wenn Uli mit der Wahrheit herausrückt? Den Anstecker der Polizei gibt und er mit seiner angeblichen Zeugin gegen unseren Buben aussagt. Was dann? Dann ist Tizian weg, dann geht er in die Psychiatrie, für immer! Dann lieber den Kramer an die Spinner von dem Schlepper-Verein. Der Traktor steht jetzt halt ein paar Meter weiter weg. Die haben ihn jetzt hinter ihrem Club stehen, bei den anderen Traktoren. Das ist zu verschmerzen, aber wenn unser Tizian weg wäre, das könnte ich nicht verschmerzen!«

Genoveva dachte kurz nach:

»Was, wenn die ihm das nur anhängen wollen, ihm die Nadel erst geklaut haben, als sie ihn ans Ortsschild gebunden haben?«

»Das ändert doch nichts! Vermutlich war es sogar so, wie du es beschreibst. Ich glaube nicht, dass er zwei Hutanstecker verloren hat, das wäre ein großer Zufall. Vermutlich hat der Bönle oder einer von Friedas Leuten tatsächlich was gefunden und der Uli hat das nun ausgenutzt, um uns zu erpressen. Aber das mit der Zeugin, das geht mir nicht aus dem Kopf. Warum hat die Zeugin sich nicht bei der Polizei gemeldet? Da ist doch etwas faul. Ich hoffe, wir haben jetzt unsere Ruhe, wir haben die Anstecknadel und die haben den Kramer. Das war ein guter Handel, Genoveva, glaube mir!«

Die Angesprochene wiegte unsicher den Kopf hin und her:

»Der Uli, der hat noch irgendetwas gegen uns in der Hand.«

Ferdinand bemerkte den unsicheren, fragenden Blick seiner Frau:

»Hast du vor etwas Angst, Genoveva?«

Die Angesprochene kniff die Augen zusammen:

»Vor was soll ich Angst haben, Ferdinand? Vor was?«

Ferdinand klopfte mit den Knöcheln nervös auf den Tisch:

»Meinst du, ich hätte nicht bemerkt, dass du verschwunden bist? Getrennte Schlafzimmer bedeuten nicht, dass man vom anderen nichts mitbekommt?«

Mit großen Augen starrte Genoveva zu ihrem Mann:

»Wann soll ich weggewesen sein?«

»In der Nacht, der Mordnacht!«

Genoveva verbarg ihr Gesicht in den Händen und sagte leise:

»Ja, nicht nur der Tizian war in dieser Nacht unterwegs. Wage nie nachzufragen, warum ich auch aus dem Haus gegangen bin! Ich geh jetzt, nach der Mutter schauen.«

Rasch stand sie auf und schritt durch den Raum, vorbei an ihrem erstaunten Mann. Beide erschraken, als sie Schritte hörten, die sich schnell von der Tür entfernten.

»Tizian! Warte!«

47

Der Tizian fliegt durchs Ried und findet seinen Schatz

»Tizian! Warte!«

Tizian wollte nur noch fliehen, als er die Stimme seiner Mutter durch die Tür hörte, an der er gelauscht hatte. Auf keinen Fall wollte er warten. Er hatte genug erfahren, als er an der Küchentür den Streit seiner Eltern belauschte. Er wusste nun auch, wo er nach seinem Kramer suchen musste. Er hatte nicht alles begriffen, was die Eltern da geredet hatten, aber eins hatte er begriffen: Sein Kramer war ganz in der Nähe.

Aufgeregt schwang er sich auf den alten Geppel, der einst seiner Oma in besseren Zeiten zur ländlichen Fortbewegung gedient hatte, und trat wild in die Pedale. Immer Richtung Ried, schnell dorthin, wo er seinen geliebten Kramer wähnte. Dorthin, wo sie ihre Hütte hatten. Dorthin, wo seine Peiniger den schönen Kramer versteckt hatten. Tizian raste, jede Abkürzung nutzend, zum versteckt liegenden Pik Ass. Weiden, Birken, Tannen, das lila blühende Indische Springkraut flogen an ihm vorbei. Kleine Fluginsekten piksten beim Aufprall im Gesicht. Die Augen tränten, Schweiß tropfte in die Brauen. Dann stand er keuchend und nass geschwitzt vor dem Pik Ass. Er musste nur den tiefen Spuren im feuchten Boden und im Gras folgen, dann stand er vor seinem Kramer. Er schmiegte den Kopf an die Motorabdeckung und streichelte sanft den Lack:

»Da bist, mein Schatz.«

Dann stieg er auf und fluchte laut schreiend ins Ried hinein:

»Ja Heilandzack, wo ist der Schlüssel!«

»Hier, du Spast!«

Aus dem Nichts war er aufgetaucht. Uli grinste und wedelte mit dem Schlüssel, der an einer Schnur hing. Entsetzt starrte Tizian zu Uli und bettelte:

»Gib mir den Schlüssel, es ist mein Kramer. Bitte tu mir nichts!«

Uli ging auf den Kramer zu, tätschelte an der Stirnseite der Motorhaube die rote Kramer-Aufschrift mit der silbernen Ähre und beruhigte Tizian:

»Keine Angst, ich tu dir und dem Kramer nichts zuleide. Du musst nur etwas schreiben. Kannst du überhaupt schreiben?«

Tizian antwortete mit Angst in der Stimme:

»Klar kann ich schreiben, halt nicht so gut, halt ein bisschen.«

»Halt's Maul und komm runter!«

Ängstlich kletterte Tizian vom Kramer und stammelte:

»Wenn ich schreib, darf ich dann mit dem Kramer heim? Omas Rad bind ich fest.«

»Ich hab gesagt, halt's Maul und komm mit!«

Mit Tränen in den Augen unterschrieb Tizian ungelenk, was ihm Uli diktiert hatte, und bat mit zittriger Stimme:

»Jetzt lässt mich aber mit dem Kramer gehen. Hast's doch versprochen!«

Uli traute sich nicht, Tizian in die Augen zu schauen, als er scheinheilig fragte:

»Kannst du schwimmen?«

In Tizian stieg Panik auf:

»Nein, warum?«

»Halt's Maul, komm mit!«

Uli redete beruhigend auf Tizian ein, bat ihn, sich selbst mit dem Seil am Schlepper an Beinen und Händen festzubinden. Er überprüfte den festen Sitz der Knoten und hob danach den Zettel, den Tizian beschrieben hatte, in die Höhe:

»So, den lege ich jetzt bei dir zu Hause ab. Ich bin in ein paar Minuten wieder hier. Das für alle Fälle!«

Tizian schrie auf, bevor ihm Uli den Mund mit Panzerband verschloss.

Als Uli kurze Zeit später zurückkam, startete er den Traktor, während Tizian leise wimmerte. Er legte den Kriechgang ein und steuerte, seitlich neben Tizian stehend, der sich in sein Schicksal ergeben hatte, das Gefährt in Richtung des nahen Weihers, über dem noch zäher Nebel hing.

Tizian saß mit weit geöffneten Augen wie gelähmt auf seinem Kramer, seine Lippen bebten. Uli sprang ab, zuvor zog er noch das Panzerband von Tizians Lippen und verschwand in entgegengesetzter Richtung im herbstlichen Dicht des angrenzenden Waldes. Tizian schrie wie ein Tier. Der Traktor tuckerte im Schneckentempo zum dunklen Wasser hin.

48

Warum im Hause Bönle Friedhelm für Unruhe sorgt

Als wir nach Hause kamen, stand das alte Wohnmobil im Hof, und Friedhelm Fink saß mit einem Fläschchen Walder in der Hand auf einem Campingstuhl. Er hatte die Beine weit von sich gestreckt. Cäci fuhr geschickt mit dem Cinquecento so nahe an seinen Fußspitzen vorbei, dass der gemütlich Sitzende erschrocken seine Beine reflexartig zum Körper hinzog. Er lachte gequält auf und rief:

»Frau am Steuer.«

Cäci, nicht auf den Mund gefallen, erwiderte im Aussteigen:

»Mann an der Flasche. Fink, was willst du hier? Zuerst klammheimlich abhauen und nun schlagartig wieder auftauchen. Was soll das?«

Auch ich hatte mich erfolgreich aus dem Fiat gezwängt und nötigte mit einem Stirnrunzeln Friedhelm Fink, Cäci eine akzeptable Antwort zu präsentieren.

»Können wir das drinnen, vielleicht bei einem kleinen Snack, regeln? Ich habe Hunger.«

Bei einem Fläschchen Hagnauer Müller-Thurgau und belegten Broten erklärte uns Friedhelm Fink seine prekäre Situation. Aus Angst, wegen der Mordgeschichte zur Fahndung ausgeschrieben zu sein, habe er die letzten Nächte immer in seinem Wohnmobil in den Wäldern verbracht. In Supermärkte hätte er sich nicht getraut, da sein Womo, aber auch sein äußeres Erscheinungsbild, doch recht auffällig seien. Auch hätte er aus einer gewissen Furcht heraus, seinem autodidaktisch erlernten Beruf als Drogendealer für unterschiedlichste Cannabis-Produkte nicht nachgehen könnend, jeglichen Kontakt zur Außenwelt gemieden. Und vielleicht, er wisse es ja nicht, läge gegen ihn eine Anzeige vor, wegen Verführung Minderjähriger, da er doch nicht wissen konnte, dass das kleine Camper-Luder noch so jung ist. Und auf keinen Fall wolle er noch einmal einsitzen, zumal er sich eigentlich nichts hätte zuschulden kommen lassen. Und das bisschen Cannabis, das er der Kleinen geschenkt hätte, das wäre ja wohl kaum der Rede wert. Und Schenken sei nicht Dealen.

»Und jetzt brauche ich euren Rat: Was soll ich machen? Ich kann nicht die ganze Zeit auf der Flucht sein, es muss auch mal wieder Ruhe in mein Leben einkehren.«

Cäci war noch etwas erstaunt über Friedhelms Beichte, hakte aber, neugierig geworden, nach:

»Und du verdienst dein Geld tatsächlich mit Dealen?«

Friedhelm wehrte heftig ab:

»So kann man das nicht nennen, Cäci, du hast mich falsch verstanden. Ich deale nicht, ich baue an. Mit dem Womo habe ich größtmögliche Freiheit und Mobilität. Was glaubst du, wie viele brachliegende, kleine, ganz versteckte Anbauflächen es im Ländle gibt? Ich nenne das immer »lost places«. Keine Sau kümmert sich um diese Stückchen. Das ist eigentlich sogar Landschaftspflege, was ich betreibe. Eigentlich bin ich eher Bauer als Dealer, mit meinen Werkzeugen, dem Spaten, dem Rechen, der Harke und all dem Zeugs kannst du ganz schön viel bewirken. Aber vor allem die Seilwinde am Hanomag! Damit zieh ich den Minipflug und die Egge, da hast du ruckzuck ein

Feld in Grundstückgröße beackert. Und das Saatgut, das habe ich früher aus Sittichfutter gewonnen. Heute produziere ich es selbst.«

Stolz blickte Friedhelm zu Cäci, dann etwas zögerlicher zu mir. Den Kopf kurz anhebend forderte ich ihn auf:

»Und jetzt sollen wir dich als Dealer hier aufnehmen? Willst du wieder auf den Campingplatz? Hier bei Frieda vielleicht eine Cannabis-Plantage anlegen? Oder sogar …«

»Nein, Bönle, ich will eigentlich nur einen Rat, gekoppelt mit einer Bitte. Nämlich: Soll ich mich der Polizei stellen? Und die Bitte wäre, nichts von meinem, äh, Verdienst zu erzählen. In den Knast gehe ich nicht noch einmal. Außerdem redet doch gerade jeder von der Legalisierung des Zeugs und dem gesundheitlichen Aspekt von Hanf-Produkten und so weiter.«

Cäci, ganz Praktikerin, wollte wissen:

»Wo hast du eigentlich die Gerätschaften, um deine Plantagen zu bewirtschaften?«

Friedhelm antwortete stolz:

»Erstens brauchst du da nicht viel Werkzeug, und zweitens hat das alles Platz auf dem Dach des Hanomags.«

»Und wie machst du das mit dem Verarbeiten? Da braucht man doch auch ein gewisses Knowhow. Auch mit dem Verpacken und …«

Friedhelm unterbrach meine Gattin und stöhnte gekünstelt auf:

»Alles werde ich hier nun auch nicht verraten. Ein paar Betriebsgeheimnisse müssen bestehen bleiben. Aber ganz ohne Freunde, auch beim Verkauf, geht das nicht. Aber die können mir in der jetzigen Situation auch nicht helfen. Da bin ich schon auf euch angewiesen. Also, was ratet ihr mir?«

Die Kommissarin war mit ihrem Anhängsel kurze Zeit später ebenfalls Gast in unserem Hause. Cäci hatte flugs noch ein paar weitere Häppchen zubereitet, wohlwissend, dass der Polizeikommissaranwärter Vegetarier war. Zurzeit war es besser, sich mit den Ermittlern gut zu stellen. Die beiden hatten jedoch wenig Muße, da sie zu einem dringenden Außeneinsatz gerufen wurden. Friedhelm Fink kam der höflichen Bitte einer späteren Befragung auf dem Revier nach.

Frieda befürwortete in einem kurzen Telefonat eine entgeltlose Übernachtung des Abtrünnigen unter der Voraussetzung landwirtschaftlicher Arbeiten und hausmeisterlicher Tätigkeiten auf ihrem Anwesen. Ich hatte nichts dagegen einzuwenden, da es einer Überbelastung meiner Person vorbeugte. Und somit war unverhofft Friedhelm Fink, der Fliehende, wieder Camper auf Friedas Stellplatz.

49

Im Dorf wohnen nicht die besten Ermittler oder: Der Tratsch und die wahren Dorfdeppen

Auf unsichtbaren Befehl hin, irgendeinem Schwarmgesetz gehorchend, pflegten die Riedhagener ihren kommunikativen Austausch nicht mehr wie die Altvorderen am Dorfbrunnen oder wie einst die sittsamen Mägdelein unter der Linde, nein, man traf sich spontan am Regio-Automat, einer Art automatisiertem Dorfladen, welcher Frischmilch, Käse und unterschiedlichste Fleischsorten gegen einen angemessenen Betrag – auch mit Kartenzahlung – anbot.

Frau Oberstudienrätin Daphne Grauenberg-Dämmerle, die Pietistin Salome Sandmann, der Landwirt Horst Holzer und die Schülerin Undine Schenkele schimpften gemeinsam am Automaten, da bei diesem alle Bemühungen, ihm das Gewünschte zu entlocken, scheiterten.

Horst Holzer wetterte:

»Herrgottnochmal! Jetzt kann ich mein Hähnchen heute Abend vergessen. Verreckter Automat! Früher hätte es so etwas nicht gegeben!«

Undine spottete:

»Früher gab es auch noch keine Lebensmittelautomaten.«

Die Oberstudienrätin nörgelte:

»Und was soll ich jetzt nach meinem Yoga zu mir nehmen? Ich brauche meinen stichfesten Joghurt.«

Der Landwirt neckte die Nörglerin:

»Dann fress halt einen Wurstsalat bei der Frieda, du fällst eh bald vom Fleisch, Frau Lehrerin!«

»Ich kann mich nicht erinnern, dass wir per Du sind, Herr Holzer, und Ihnen täte es auch mal gut, auf Schnitzel mit Soße zu verzichten.«

Salome Sandmann, bekennende Pietistin, meldete sich zu Wort:

»Vielleicht ist es eine Strafe Gottes.«

Die übrigen drei schauten schweigend zu ihr. Die Schülerin Undine meldete sich vorlaut:

»Was soll eine Strafe Gottes sein?«

»Na, dass er nicht funktioniert, der Automat. Weil wir die Natur missachten und so viel Fleisch konsumieren und uns an den Tieren versündigen.«

Der Bauer raunzte:

»Sie reden schon daher wie unser Pfarrer. In der Kirche predigt er auch so einen Kruscht, und im *Goldenen Ochsen* frisst er zentnerweise Schnitzel, Wurstsalat und Leberwurst. Fleisch essen ist keine Sünde. Der Mensch ist wichtiger als das Viehzeug. Der Mensch ist immer noch die Krone. Ihr sollt euch die Erde untertan machen …«

Die Oberstudienrätin grätschte dazwischen:

»Da haben Sie, lieber Herr Holzer, die Bibel aber gänzlich missverstanden. Sich untertan machen bedeutet, mit ihr sorgsam und pfleglich umzugehen, also mit der Schöpfung. Es ist geradezu ein Verbrechen, wie manche Landwirte ihre Betriebe …«

»Jetzt aber Vorsicht, Daphne, jetzt versündigst du dich an den Landwirten. Was wir machen, ist gewiss kein Verbrechen. Ein Verbrechen ist das, was unserem Ortsvorsteher widerfahren ist. Das ist ein Verbrechen, wenn man jemandem einen Zelthering durchs Hirn schlägt, das ist eine Schandtat und nicht die moderne Landwirtschaft. Merk dir das, Mädle!«

»Ich bin kein Mädle und duzen Sie mich nicht ständig!«

»Ja, was bist dann? Guck dich doch mal an, du Hättel! Nichts auf den Rippen und willst mir erzählen, dass die Landwirte Verbrecher sind! Derweil wissen alle im Dorf, und das ist gewiss kein Geheimnis mehr, dass der Geschuckte der Verbrecher ist. Den Fone haben sie ja wieder laufen lassen. Und dann bleibt halt nur noch der junge Kümmerle übrig, der Spinner. Beweise gibt's ja, scheint's, genug!«

Undine nickte bestätigend:

»Das weiß ja voll jeder, das ist nichts Neues. Der Tizian war's, der hat den Bilsner gekillt!«

Undine Schenkele blickte nach Bestätigung suchend in die kleine Runde und ergänzte:

»Ich war auch auf dem krassen Fest von der Deutschen Einigkeit, und da war auch eine Camperin, die hat genau gesehen, wie der Tiz den Bilsner kaltgemacht hat!«

»Wer?«

»Der Tiz, wir sagen Tiz zum Tizian, weil das klingt voll scary! So wie bei dem einen Film, wo die Musik so tiztiztiz macht, mit dem Messer!«

Die anderen drei blickten sich, da sie die kryptischen Worte der Schülerin nicht entschlüsseln konnten, ratlos an und zuckten mit den Schultern. Die Oberstudienrätin mit dem Doppelnamen hakte voller Empathie nach:

»Undine, sei mal ehrlich! Sind das nur Mutmaßungen oder gibt es da hieb- und stichfeste Beweise für diese Behauptungen?«

Die Schülerin wieherte los:

»Ähhähäää! Stichfest, das ist krass, voll krass. Ja, es gibt stichfeste Beweise: in Bilsners Kopf, hähä!«

Der Landwirt meldete sich wieder zu Wort:

»Ja, Frau Lehrerin, sag mal, wer will es denn sonst gewesen sein? Dazu braucht man nicht nach Tübingen ins Studium, um das rauszukriegen. Da reicht ein klarer Menschenverstand. Ihr Lehrer seid halt viel zu verkopft, um klar denken zu können, viel zu verkopft. Das pfeifen doch die Spatzen vom Dach, dass es der seltsame Kümmerle-Spross war. Die Beweise gibt es anscheinend auch, werden aber wohl vom Herrn Privatschnüffler zurückgehalten. Aber ich sag's ja: Leeeehrer!«

Undine fühlte sich bestätigt und ergänzte mit geflüsterter Stimme:

»Und eins könnt ihr mir glauben, von der, wo ich das weiß, die will das nur nicht sagen, weil sie sich vorher einen Joint reingezogen hat. Wenn das rauskommt, dann ist die auch dran. Das ist ja illel, illel, äh, verboten!«

Die Oberstudienrätin kratzte sich nachdenklich am spitzen Kinn:

»Dieser ganz plötzlich verschwundene Camper, der scheint mir verdächtiger als der bedauernswerte Tizian. Der mit seinem Hippie-Mobil. Dem traue ich auch Drogengeschichten zu. Wenn der durchs Dorf gelatscht ist, der hat ja schon nach Gras gerochen – von Weitem!«

Der Bauer schüttelte völlig verständnislos den Kopf:

»Woher weißt du Geiß, wie das Teufelszeug riecht? Das darf doch nicht wahr sein! Drogen, Drogen bei uns im schönen Riedhagen!«

Er streckte eine Hand aus und beschrieb einen Halbkreis in Richtung Ried und seufzte:

»So weit ist es mit uns gekommen. Drogen und Mord

haben in unsere schöne Gegend Einzug gehalten, das ist eine Schande, eine Schande für unser ganzes Land! Aber die Regierung tut ja nichts dagegen. Aber die Regierung, die Großkopfeten, die tun ja nie etwas! Und jetzt fordern sogar die Polen noch Reparationszahlungen! Obwohl das durch die Autodiebstähle schon längst ausgeglichen ist, aber …«

»Herr Holzer, bitte, das hat doch nichts mit dem Mord an Herrn Bilsner zu tun. Und Ihre Verdächtigungen gegenüber einem Menschen mit eingeschränkten Fähigkeiten … Glauben Sie tatsächlich, dass ein Mensch mit einem Handicap zu so etwas fähig ist?«

Die Pietistin meldete sich zu Wort:

»Ich kenne die Bibel sehr gut und ich weiß, dass diese Tat im Buch Richter beschrieben wird, fast so, wie es dem Bilsner widerfahren ist. Auch die Stelle, wo jemand mit einem Mühlstein erschlagen wird, ist in diesem Buch zu finden. Nur trifft es dort keinen Hund.«

»Woher wissen Sie das?«

»Aus dem Bibelkurs. Der Herr Pfarrer Ngumbu bietet doch immer wieder Bibelkurse an und vor ein, zwei Jahren, da hatten wir auch mal über das Buch Richter und die darin beschriebenen Grausamkeiten gesprochen. Und ich weiß, dass die alte Henke mit ihrem Tizian immer in der Bibel liest und ihn unterweist. Und für den Herrn ist so etwas an und für sich schon eine Freude, aber …«

»Was, aber?«

»Das Wort Gottes ist nicht immer einfach, und wenn der Bub diese Stelle als Vorbild genommen hat … Bei seiner Vorgeschichte … Der war ja nicht immer so. Und der Bilsner hat da schon auch seinen Anteil dran, munkelt man. Aber mehr sag ich nicht dazu. Wie steht's bei Mose: *Du sollst kein Verleumder sein unter deinem Volk. Du sollst auch nicht stehen wider deines Nächsten Blut; denn ich bin der Herr.* Ich sag jetzt nichts mehr, es ist sowieso viel zu viel geschwätzt und zu wenig gehandelt worden. Im Buch Richter, *da* wird gehandelt!«

Das Quietschen von Reifen, die mit zu viel Querbeschleunigung über den Asphalt radierten, unterbrach die angeregte Unterhaltung der vier Riedhagener.

»Ja, sag mal, was ist denn in den gefahren? Sonst fährt er doch nach dem Motto sehen und gesehen werden mit seiner stinkigen Ami-Schüssel! Oder ist er mal wieder auf Biberjagd, der schöne Bönle?«

Mit strapazierten Reifen röhrte der Achtzylinder, sein mächtiges Drehmoment nutzend, Richtung Riedallee. Im Fond des Wagens hielten sich krampfhaft Herr und Frau Kümmerle fest, um auf der weiten Sitzbank nicht hin- und her geschleudert zu werden. Cäci saß auf dem Beifahrersitz.

50

Warum Tizians Eltern aufgeregt sind

»Herrgolanum, wo steckt denn der Kerl schon wieder? Ich brauch ihn auf dem Feld! Weißt du, wo der schon wieder steckt, Genoveva?«

Die Worte verhallten, die erwartete Antwort blieb aus. Zornig riss Ferdinand Kümmerle die Tür zur Küche auf:

»Sag mal, kannst du nicht antworten?«, fuhr er seine Frau an, die mit einem Zettel in der Hand am Tisch saß. Käseweiß im Gesicht streckte sie ihm das beschriebene Papierblatt entgegen. Sie war nicht fähig, nur ein Wort herauszubringen.

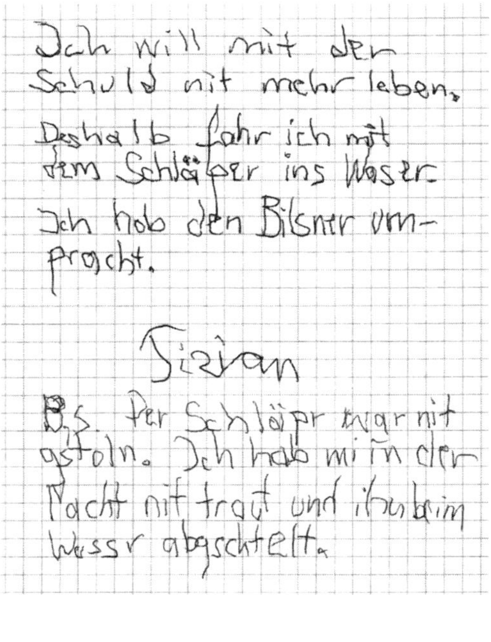
Ich will mit der
Schuld nit mehr leben.
Deshalb fahr ich mit
dem Schläper ins Waser.
Ich hab den Bilsner um-
pracht.

Tizian

P.S. Der Schläpr war nit
gstoln. Ich hab mi in der
Nacht nit traut und ihn beim
Wassr abgschtelt.

Ferdinand las laut vor:

»Ich will mit der Schuld nicht mehr leben. Deshalb fahr ich mit dem Schlepper ins Wasser. Ich habe den Bilsner umgebracht. Tizian... Was soll denn das heißen? Ach so, wahrscheinlich P. S... Post scriptum... Und dann: Der Schlepper war nicht gestohlen. Ich habe mich in der Nacht nicht getraut und ihn beim Wasser abgestellt.«

Genoveva schluchzte auf:

»Der Bub tut sich doch hoffentlich nichts an!«

»Wann hast du den Zettel gefunden?«

»Im Augenblick! Ich habe die Tür oder ein Fenster schlagen hören und wie jemand in der Küche rumgewurstelt hat. Ich dachte, es sei der Tizian. Und da lag der Zettel auf dem Tisch! Und das ist doch seine Schrift?«

Verzweifelt suchte sie Blickkontakt zu ihrem Mann. Dieser starrte jedoch auf den Zettel, der in seiner Hand zitterte:

»Ja, das ist eindeutig seine Schrift. Aber so redet unser Bub nicht, da ist was faul. Tizian hat noch nie zu seinem Traktor *Schlepper* gesagt. Und er würde auch nie ein *P. S.* verwenden, das kennt er doch gar nicht. Und schau, das scheint zuerst ein ›B‹ gewesen zu sein!«

Ferdinand tippte auf den Buchstaben, und seine Frau ergänzte:

»Da hast du recht, das sieht aus, als ob ihm das jemand diktiert hätte. Das macht die Sache aber nicht besser. Ruf sofort die Polizei, Ferdinand!«

Ferdinand eilte zum Telefon und berichtete in aller Kürze. Verzweifelt schaute er nach dem Telefonat zu seiner Frau:

»Die brauchen wohl ein bisschen, die sind alle außerhalb im Einsatz. Wir müssen selbst los! Aber wohin?«

»Und was soll denn der Satz bedeuten: *Der Schlepper war nicht gestohlen*? Das macht doch gar keinen Sinn. Oder weiß der Tizian, dass wir, äh, ich den Schlepper gegen die Hutnadel eingetauscht habe? Weiß er, dass dieser Uli uns erpresst? Das kann ich mir nicht vorstellen.«

Genoveva nickte und drängte ihren Mann:

»Wir müssen sofort etwas unternehmen, vielleicht steckt doch dieser Uli hinter der Geschichte, und er will Tizian etwas antun. Vielleicht hat er es mit der Angst zu tun bekommen wegen dem Traktor und der Erpressung. Wir müssen sofort etwas unternehmen, bevor es zu spät ist!«

Ferdinand fuhr sich nervös über den Kopf, Genoveva rieb sich das Kinn rot, beide irrten sie durch die Küche, dann rief sie:

»Ruf den Bönle an, der soll sofort kommen! Wenn einer Einblick in die Sache hat, dann ist es der! Er hat doch auch versprochen, den Kramer zurückzubringen. Vielleicht weiß er mehr, als uns lieb ist. Los, ruf schon an!«

Ferdinand wählte die Nummer.

Genau in diesem Moment hörten die beiden das Röhren des Achtzylinders. Bönle sprang aus dem Wagen, Cäci zierte den Beifahrersitz. Die Kümmerles hörten in Bönles Tasche das Handy klingeln und ihn durchs offene Fenster rufen:

»Wo ist der Tizi? Verdammtes Handy!«

51

Wie die Bibibee etwas wiedergutgemacht hat

Das Telefonat war relativ kurz, aber nicht einfach gewesen. Bibibee stotterte etwas von einem großen Fehler, und sie hätte den Neffen ihres verstorbenen Gatten wohl etwas falsch eingeschätzt. Offensichtlich hatte sie noch früh am Tage ihrem Freund, dem Whisky, zugesprochen. Der Sinn ihrer Worte war nicht auf Anhieb zu entschlüsseln. Die Bienen-Frau redete mit schleppender Stimme von ihrem armen verstorbenen Mann, erwähnte immer wieder den ebenfalls armen Hektor und wie er unter dem Mühlstein lag und dass er ihr nun doch irgendwie fehlen würde, da er treuer gewesen sei als ihr Mann.

Da ich nicht bereit war, mir den Frust der Bienen-Künstlerin weiterhin anzuhören, während ich den Cannabis-Freund an der Backe hatte und so ganz nebenbei mit der Lösung eines Mordfalles beschäftigt war, wollte ich gerade das Gespräch abbrechen, als die gelallten Schlüsselbegriffe *Tizian, dumme Idee, Uli* fielen. Sie würgte dann noch ins Telefon, vermutlich übergab sie sich nebenbei, ich solle mich beeilen, sonst sei es zu spät. Der Depp habe einen Abschiedsbrief in Kümmerles Küche gelegt. Wieder würgte sie und stöhnte:

»Beeil dich, Bönle, sonst ist noch einer tot!«

Cäci, die das Gespräch mithören konnte, schloss sich mir an:

»Ich komme mit, da läuft gerade etwas richtig schief!«

Ich beeilte mich. Zuerst zu den Kümmerles.

52

Warum der Alki Fone trotz alledem als mutiger Traktorist bezeichnet werden darf

Der Alki Fone war bei bester Laune. Schon recht früh hatte er sich auf seinen »Geheimweg« durch das Ried in Richtung Riedhagen, präziser Zielort *Goldener Ochsen*, aufgemacht. Seine gute Laune resultierte aus der Tatsache, dass er den Verdacht gegen seine Person betreffs des Mordes an Eginbert Bilsner offensichtlich aus der Welt schaffen konnte, denn sie hatten ihn freigelassen.

Aus der »Anstalt« war er morgens bei feuchtem Nebel aufgebrochen, um noch lange vor Öffnung des *Goldenen Ochsen* ein bisschen durch das Ried zu streifen und dann seine Dienste bei Frieda anzubieten, um mit Bier entlohnt zu werden. Frieda war da immer sehr entgegenkommend, wenn er seine Dienste anbot. Und *sie* und *er* konnten schweigen, hatten ihre geschäftlichen Geheimnisse. Hasenstall reinigen eine Halbe, Toiletten putzen ein Jägermeister, Fallobst auflesen ein Trollinger ... Jawoll, mit der Frieda klappte das schon, und wenn ihm dann noch die Motorradhelden ein oder auch zwei alkoholische Getränke spendierten, dann war er auch schon bald auf einem erträglichen Level. Aber zuerst die Arbeit, dann das Vergnügen.

Der frühe, unberechenbare Nebel war an dieser Stelle des Riedes besonders dicht. Selbst als Kenner des Terrains musste er sich konzentrieren. Bald müsste der Weiher dunkel vor ihm auftauchen, den musste er umgehen.

Dann hörte Fone das Tuckern des Motors und die lauten Hilferufe. Er kannte die Stimme, konnte sie nur nicht zuordnen. Eins war Fone jedoch sofort klar, hier rief jemand in höchster Not, das war kein Scherz. Er jagte durch den Nebel, der sich zum Gewässer hin etwas lichtete. Dann blieb er kurz stehen und analysierte pfeilschnell das absurde Bild, das sich ihm bot. Auf einem Traktor, der ganz gemächlich auf den Teich zufuhr, saß Tizian, die Hände am Lenkrad, der sich in Todesfurcht wand und ins Ried hineinschrie:

»Ich will nicht sterben!«

Das Problem war, dass der Traktor mit dem Schreienden von der gegenüberliegenden Seite her auf das tödliche Nass zufuhr. Um etwas für Tizian tun zu können, musste er die Hälfte des Teiches umrunden. Noch schneller hastete Fone durch das Unterholz. Äste peitschten in sein Gesicht, er spürte keinen Schmerz. Er stolperte, als er sich aufrichtete, sah er, dass sich der Traktor kurz vor dem todbringenden Dunkel befand. Und jetzt sah er auch, warum sich Tizian am Lenkrad so verzweifelt wand, er war daran gefesselt. Mit letzter Kraft spurtete Fone los, die Beine waren durch den schweren, feuchten Boden müde und wollten ihm nicht mehr gehorchen, er spürte sie kaum mehr. Mit größter Willenskraft und Anstrengung kletterte er auf das zum Wasser hin kriechende Gefährt, zog das Taschenmesser, das er sich aus Bönles Straßenkreuzer *geliehen* hatte, und durchschnitt die Seilwindungen um das Lenkrad und Tizians Hände. Der Traktor befand sich direkt vor dem kleinen Absatz ins dunkle Nichts. Ein scharfes Einlenken hätte das Risiko, unter dem Gefährt zu sterben, deutlich erhöht.

»Spring, Tizian!«

»Ich kann nicht, meine Füße!«

Gerade als Fone abspringen wollte, bemerkte er das Seil um Tizians Beine. Er bückte sich, zwei, drei kräftige Schnitte. Der Traktor kippte in Zeitlupe nach vorne, die Vorderräder, dann die Schnauze platschten ins todbringende Nass. Tizian kreischte panisch:

»Ich kann nicht schwimmen! Gott, hilf mir!«

Es war nicht Gott – vielleicht ein bisschen –, es war vor allem Fone, der den Ertrinkenden unter dem Kramer hervorzog und ihn aus dem gefährlichen Bereich der sich weiterdrehenden Hinterräder schleppte. Dann drückte er ihn vor sich herschiebend und den hektisch zappelnden Händen und Beinen ausweichend ans nahe Ufer. Tizian griff panisch in die ufersäumenden Grasbatzen und zog sich an Land. Ein letzter, kräftiger Fußstoß Tizians, um dem nassen Tod zu entrinnen, traf Fone genau am Kinn. Gurgelnd versank der Lebensretter im schwarzen Nass.

53

Wie der Uli eine schwäbische Leibspeise verschmäht und denkt, er hätte Scheiß gebaut

»Was bist du denn so still? Das ist man gar nicht gewohnt von dir.«

»Ach, lass mich in Ruhe!«

»Jetzt sei doch nicht so ruppig und iss wenigstens leer!«

»Ich habe keinen Hunger, und bemuttere mich nicht immer so, ich bin erwachsen!«

»Was ist denn los mit dir, Uli? Früher hast du dich immer so gefreut, wenn es Linsen mit Spätzle und Saitenwürstle gab. Und jetzt, jetzt hockst du da und ziehst ein Gesicht.«

Uli fauchte seine Mutter an:

»Mama, lass mich in Ruhe! Und deine aufgetauten Linsen lösen auch nicht alle Probleme.«

Die Mutter setzte sich an den Tisch und rügte ihren Sohn:

»Jetzt sei nicht so ungerecht! Hättest du dich früher angekündigt, dann hätte ich frische Linsen und frische Spätzle machen können. Jetzt musst du halt mit Tiefkühlkost vorliebnehmen. Außerdem sind die Saitenwürstle frisch vom Metzger, und die Gerauchten liebst du doch!«

Sie versuchte ihrem Sohn über das Haar zu streicheln, der zog jedoch den Kopf ruckartig zur Seite und fauchte:

»Lass das, du dumme Kuh, ich bin kein Baby!«

»Sag mal, wie redest du denn mit deiner Mutter? Wenn das dein Vater gehört hätte, dann …«

»Was, dann? Außerdem lebt der Vater nicht mehr.«

»Ja, ich habe das Gefühl, dir fehlt manchmal die strenge Hand deines Vaters. Warum bist du denn heute so empfindlich? Da lässt du dich wochenlang nicht blicken, schickst nur mit deinem Handy diese Smilies und Daumen nach oben. Und heute rufst du an. Ich habe mich so auf deinen Besuch gefreut und jetzt benimmst du dich wie, wie … So benimmt man sich einfach nicht seiner Mutter gegenüber. Und ich kann nichts dafür, dass dein Vater sich zu Tode gesoffen hat. Auch kann ich nichts dafür, dass dein Onkel, äh, gestorben … ermordet wurde. Und ich kann auch nichts dafür, dass der Täter noch frei herumläuft! Die Polizei unternimmt ja nichts, obwohl es die Spatzen vom Dach pfeifen, wer der Täter ist. Aber in diesem Land darf ja jeder, der eine Macke hat, frei herumlaufen. Früher, da wäre so etwas nicht vorgekommen, da wäre so einer in einer Anstalt, in einer geschlossenen Anstalt gewesen und wäre nicht frei herumspaziert. Jeder weiß doch, dass …«

»Mama, halt endlich die Klappe! Ich kann das heute nicht ertragen, dein Geschwätz.«

Ulis Mutter ging zum Esstisch, stellte ihrem Sohn ein Glas Wasser hin.

»Trink wenigstens!«

Verärgert schob Uli das Glas zur Seite, sodass es überschwappte.

»Lass mich mit dem Dreckswasser in Ruhe, bring mir ein Bier!«

»Aber Uli, red nicht so mit deiner Mutter! Und außerdem: Um die Zeit Bier! Du bist doch mit dem Auto unterwegs!«

Uli sprang auf, riss die Kühlschranktür auf und fluchte: »Verdammt noch mal, wo ist das Bier?«

Die Mutter schluchzte auf, Verzweiflung lag in ihrer Stimme:

»Uli, du weißt doch, dass ich nur noch für Gäste Bier hier habe. Seit dem Tod deines Vaters trinke ich keinen Tropfen mehr.«

»Wo ist das Gäste-Bier?«

»Hier in der Vorratskammer, ich hol dir eins, es ist aber nicht kalt.«

»Ist mir so was von egal. Bring mir eins und heul nicht rum wie eine Irre!«

Die Mutter blieb auf dem Weg zur Speisekammer abrupt stehen, drehte sich zu ihrem Sohn um und hob drohend die Faust:

»Jetzt reicht's aber ein für alle Mal! So redest du nicht mehr mit deiner Mutter, sonst fängst du eine! Man merkt, dass dir eine strenge Hand fehlt. Der Vater hätte dir längst eine gescheuert!«

Schlagartig sprang Uli auf, fegte den Teller mit dem schwäbischen Essen vom Tisch. Er zersplitterte auf dem gefliesten Küchenboden, die Reste der Mahlzeit bildeten eine bräunliche Schmierschicht auf dem Boden.

»Stimmt«, schrie Uli »der hätte mich längst wieder blutig geschlagen, darin war er ja Meister! Saufen und schlagen, saufen und schlagen! Und du hast nichts dagegen unternommen!«

Völlig in Rage stürzte er auf seine Mutter zu, diese versuchte ihrem echauffierten Sohn in Richtung der Küchentür auszuweichen, rutschte durch die hastige Bewegung auf den glitschigen Linsen und Spätzle aus. Hilflos mit den Armen rudernd fiel sie nach hinten und knallte mit dem Hinterkopf an den Griff des Backofens. Stöhnend lag sie auf dem Küchenboden. Blut mischte sich mit Linsen,

Spätzle und einem angebissenen Saitenwürstchen. Entsetzt starrte Uli auf das Bild, das sich ihm bot. Er hob die Hände vors Gesicht und weinte:

»Mama, Mama, das habe ich nicht gewollt! Das tut mir leid, das tut mir so leid!«

Er reichte seiner Mutter die Hand, schaffte es jedoch nicht, sie auf dem schmierigen Boden zum Stehen zu bringen. Er stellte sie hinter sich, fuhr mit seinen Armen unter ihre Achseln und zerrte sie langsam in Richtung eines Küchenstuhls, half ihr, sich vorsichtig zu setzen.

»Das ist nur eine Platzwunde, Mama, ich hole einen Verband!«

Das Blut sickerte durch den weißen Verband. Die Mutter hielt den Kopf in die Hände gestützt und stammelte:

»Was machst du nur mit deiner Mutter? Was habe ich bloß falsch gemacht mit dir?«

»Du hast nichts falsch gemacht, Mama, das ist halt alles zu viel für mich. Zuerst säuft sich der Vater zu Tode, dann wird mein Onkel ermordet, und der Mörder darf frei rumlaufen. Das ist doch nicht gerecht, da muss man doch selbst für Gerechtigkeit sorgen. So ist das heute. Der Staat, der sorgt nicht für Gerechtigkeit, alles muss man heute selbst machen.«

Die Mutter schaute mit bleichem Gesicht ihren Sohn unsicher an:

»Junge, hast du irgendetwas gemacht? Irgendetwas stimmt doch nicht mit dir! Rede doch endlich!«

Uli kniete auf dem Boden, las vorsichtig die Scherben des Tellers auf:

»Mama, ich habe Scheiß gebaut!«

54

Der Freitagsstammtisch, kein Freitagsstammtisch wie jeder andere

Freitag, 7. Oktober

Der Freitagsstammtisch diente uns BOSSlern in vergangenen Zeiten, nachdem man sein Tagwerk die Woche über verrichtet hatte, zum gemeinsamen Entspannen, aber auch dem Revue passieren lassen, was die Arbeitswoche an Widrigkeiten bot. Der Freitagsstammtisch benötigte dieses Mal einen weiteren Tisch, den die schlanken Bedienungen aus dem Osten zusätzlich herangeschoben hatten. Grund der Ost-Erweiterung waren die vorhergegangenen Ereignisse des Tages, die am Regio-Kaufladen-Automaten in etwa so lauteten:

Der Tizian ist ein Mörder. Er ist im Ried ersoffen. Die Kümmerles sind mit dem Bönle und seiner Frau durchs Dorf gerast. Der Alki-Fone ist besoffen mit dem Traktor durchs Ried gefahren und ebenfalls bei einem Unfall ersoffen. Der Neffe vom Bilsner, der hat versucht, alle zu retten. Seine Mutter ist in Ohnmacht gefallen. Der Bönle spielt eine undurchsichtige Rolle. Der Drogendealer treibt wieder sein Unwesen in Riedhagen. Die Bibibee trinkt zu viel. Und außerdem ist der tote Butzi wieder im Ried umgegangen.

So oder so ähnlich machten die Riedhagener-News ihr Runde. Einige Versionen gingen davon aus, dass der Umgänger nicht Butzi sei, sondern Alki Fone, der sehr schnell den Geister-Status erreicht hätte, da er immer voll Geist sei.

Nichtsdestotrotz saß Alki Fone an unserem erweiterten Stammtisch und hielt selbstsicher ein winziges Gläschen in die Höhe und rief mit von Stolz geschwellter Brust:

»Auf die beiden Lebensretter: Also auf Bönle, nochmals danke, Dani, und auf mich!«

Er lachte schallend los, dann kippte er, verdientermaßen, den Klaren in den weit geöffneten Mund.

»Aaaah, auf mein Wohl! Wer hätte das gedacht, dass man auf mein Wohl anstößt. Und natürlich auf die Frieda und ihre Klamotten!«

Die Runde hob noch einmal die Gläser, und noch einmal musste Alki Fone, der von Frieda wegen seiner durchnässten Kleidung umgezogen worden war, erzählen, wie er den Tizian gerettet hatte. Und wie ein Diebstahl beziehungsweise das Entleihen eines extrem scharfen Messers jemandem das Leben retten kann. Und dass es ganz offensichtlich von Vorteil sei, dass so ein wertvolles Messer sich auch in den richtigen Händen befände und nicht nur dazu diene, unnütze Kerben in ein Lenkrad zu schnitzen. Damit Fone die Schnitz-Geschichte nicht zu weit ausschmückte, schenkte ich ihm das Messer.

Ich musste dann *meine* Geschichte erzählen, wie ich den Fone aus dem Wasser gezogen hatte, nachdem er bewusstlos in die Tiefe des Weihers geglitten war, und wie er sich weigerte, mit dem Krankenwagen mitzufahren, da es im Krankenhaus nichts Richtiges zu trinken gab.

Dann erzählte Cäci, wie wir den Tizian zu Frieda gebracht hatten, damit er sich umziehen konnte, weil er nicht nach Hause wollte, weil seine Eltern ihn *beschissen* hätten – wegen des Kramers.

Dann musste ich noch einmal wiedergeben, wie mich der Tizian genötigt hatte, den Kramer sofort aus dem Ried zu ziehen, indem ich den Lanz vom Pik Ass nahm und noch mit feuchten Klamotten und Unterstützung Cäcis und Tizians den Kramer, der gerade noch mit der Anhängerkupplung aus dem Wasser schaute, unter Fluchen und Wüten barg. Fone lag derweil immer noch im Gras und würgte Riedwasser aus Lunge und Magen.

Immer wieder applaudierten die Zuhörer und forderten uns auf, die Geschichten noch einmal zu erzählen, da die neu zum Stammtisch Gestoßenen auch ein Recht hätten, das Geschehen authentisch geschildert zu bekommen.

»Stimmt es, dass du mit dem Chevy so um die Kurve geschossen bist, dass die Frau Kümmerle beinahe auf die Straße gestürzt ist, weil das Verdeck offen war?«

»Nein, das stimmt nicht!«

»Stimmt es, dass der Fone auch nicht schwimmen kann, nur tauchen?«

»Nein, das stimmt nicht!«

»Stimmt es, dass der Fone die Kittelschürze von Frieda geschenkt bekommen hat, weil er Tizian das Leben gerettet hat?«

»Nein, das stimmt auch nicht! Nur geliehen!«

»Stimmt es, dass der Tizian mit Ketten an den Kramer gefesselt war?«

»Nein!«

»Aber es stimmt doch, dass die Cäci beim Fone eine Mund-zu-Mund-Beatmung durchgeführt hat und sie nachher besoffen war?«

»Nein, oder besser, wir fragen Cäci. Cäci, stimmt das?«
»So ein Quatsch!«
»Aber es stimmt doch, dass der Krankenwagen im Ried stecken geblieben ist und deshalb keiner von euch im Krankenhaus ist?«
»Ja, das stimmt!«
Gelächter in der Runde und Stille. Jeder wusste, wenn das Schicksal seine Rädchen eine Winzigkeit anders gestellt hätte, niemand jetzt in dieser Runde säße und lachte.

Bald wurden die Gespräche ernster. Die Frage nach dem Sinn und Unsinn der letzten Ereignisse wurde immer lauter. Keiner schien zu verstehen, was in den letzten Stunden vorgefallen war. Nichts schien zusammenzupassen. Auch die Anwesenheit Friedhelms machte die ganze Angelegenheit nicht transparenter. Mit zunehmendem Alkoholkonsum wurden auch die Fragenden mutiger:
»Sag mal, Friedhelm, wo hast du dich denn die letzten Tage herumgetrieben?«
»Das geht euch nichts an! Die Polizei hat mich schon befragt. Ich halte mich zur Verfügung. Mit dem Mord an Bilsner und mit dieser Geschichte heute habe ich garantiert nichts zu tun, sonst wäre ich nicht zurückgekommen!«
»Dann hast du auch *garantiert* nichts damit zu tun, dass am Tag-der-Deutschen-Einheit-Fest mehr gekifft wurde als auf dem Woodstock-Festival?«
Meine Truppe lachte herzhaft, Frieda schüttelte den Kopf. Die gesamte Camper-Truppe war ebenfalls anwesend, Paris hüstelte nervös. Ihre Mutter Susi schrie entsetzt auf:
»Oh mein Gott! Da macht man Urlaub auf dem Land, dann ist das Kind hier mehr durch Drogen und Totschlag

gefährdet als in Gelsenkirchen. Theo, sag doch auch mal was!«

»Äh, ja!«

Deo, der die Vorbereitung seiner Predigt gerne unterbrochen hatte und sich verpflichtet sah, an diesem Stammtisch als Ehrenmitglied der MIKEBOSSler teilzunehmen, obwohl für Ehrenmitglieder grundsätzlich keine Anwesenheitspflicht bestand, meldete sich zu Wort:

»Auch wenn ich nur als Ehramitglied bei euch weile und ich da Geringste unta euch bin, so möchte ich …«

»Deo, lass dein theologisches Geschwafel! Was willst du wissen, oder willst du nur etwas zu essen bestellen?«

Rundum helles, erlösendes Gelächter nach den dramatischen Ereignissen des Tages. Deo mimte den Entrüsteten:

»Oh, ihr Gottlosa, ich will eigatlich nur wissa, was dieser Neffe vom Herr Bilsner für eine Rolle in diesem Drama spielt? Der kommt mir irgadwie suspekt vor, dieser Uli.«

In Erinnerung an den Besuch im Pik Ass fuhr sich Deo vorsichtig mit der Hand über die Stelle im Gesicht, wo ihn Ulis Faust getroffen hatte.

»Dieser Uli? Ja, das frage ich mich auch, was der mit der ganzen Geschichte zu tun hat. Fest steht, dass Uli und seine Deppen den Traktor vom Kümmerle-Hof weggeholt haben und ihn beim Pik Ass …«

»Was heißt weggeholt? Die haben ihn geklaut!«, entrüstete sich Blacky. »So etwas nennt man Diebstahl!«

Ich korrigierte:

»Da hat sich die Sachlage ein bisschen geändert, ich war ja bei den Kümmerles, beziehungsweise, sie waren bei mir im Auto. Und plötzlich war der Ferdinand sehr gesprächig, er hat erzählt, er sei von Uli erpresst worden. Die

Pik Assler haben dem Tizian wohl eins von seinen komischen Wanderabzeichen genommen, als sie ihn ans Ortsschild gefesselt haben, um es als angebliches Beweismittel für seine Schuld gegen den Kramer einzutauschen. Also klarer Fall von Erpressung. Die Buben haben wohl von irgendwoher gehört, dass ein Beweisstück, äh, zurückgehalten wird.«

Einige der BOSSLer räusperten sich vernehmlich. Ich redete weiter:

»Der langen Rede kurzer Sinn: Vermutlich haben Uli und seine Deppen die Kümmerles erpresst: Traktor gegen Hutnadel – für die Deppen ein lukratives Geschäft!«

Flaschen Gordon hakte nach:

»Aber warum den Traktor und kein Geld? Der Wert des Traktors steht doch in keiner Relation zu dem, was vorgefallen ist.«

Schaki, die ebenfalls den MIKEBOSSler-Ehrenmitgliedschaftsstatus besaß, meldete sich zu Wort:

»Das ist ganz einfach. Uli wusste, dass die Kümmerles blank sind. Und die Pik Assler sind fanatische Traktoren-Liebhaber. Überall haben sie in Scheunen alte Maschinen stehen, ihre Idee ist es, ein Regio-Traktoren-Museum aufzubauen. Für die zählt ein sogenannter Schlepper mehr als ein Leben. Das hat man ja jetzt gesehen. Und den Wert des Kramers darf man nicht unterschätzen, der Zustand ist Eins A.«

Joe meldete sich ebenfalls zu Wort:

»Aber eins ist mir immer noch nicht klar. Was hat das alles mit dem Mord an Eki, äh, Egi, äh, Herrn Bilsner zu tun?«

Ratloses Schweigen am Tisch. Dann gab auch Frieda ihren Senf dazu:

»Das eine muss ja mit dem anderen nichts zu tun haben. Wer will noch was zu trinken, und die Speisekarte liegt übrigens auch aus! Cäci, ich melde mich, wenn ich dich in der Küche brauche.«

Sprach's und marschierte in die Küche. Meine Gattin verdrehte die Augen, stöhnte vernehmlich, streckte mir Annamirl Bonneville entgegen und folgte ihrer Mutter in die Küche.

Fünf Stimmen im Chor:

»Oh, darf ich sie haben?«

Paris, Susi, Schaki, Hilde und Blacky streckten mir ihre Hände entgegen. Ich gab Annamirl Bonneville mit der Bemerkung an Paris, die mir am nächsten saß:

»Lass sie einfach rundum gehen!«

Deo mahnte:

»Könna wir zum Thema zurückkomma. Außadem ist da Annamirl noch ein Heidakind, sie ist noch nicht getauft.«

Deo lachte am lautesten, aber auch als einziger über seinen schlechten Scherz:

»Aba nur bis Sonntag, anschließend an da Gottesdienst ist die Taufe von da kleina Annamirl, dann wird aus dem Heidakind ein Christakind.«

Und wieder lachte Deo, keiner verstand, warum.

»Wo ist eigentlich der Tizian jetzt, wenn er nicht nach Hause wollte? Ist er immer noch irgendwo hier im *Ochsen*?«

Ich hatte mitbekommen, wie sich Tizian gewehrt hatte, als er abgeholt wurde, und berichtete:

»Der Tizian wurde, nachdem er sich bei Frieda umgezogen hatte, abgeholt. Die Kommissarin hat noch eine Psychologin mitgebracht. Wo sie ihn hingebracht haben, das kann ich nicht sagen. Ich denke, die Kommissarin …«

Und wieder störte Deo:

»Hat er auch Friedas Kittelschürze bekomma, wie der Fone, oda hat er sogar Friedas Nachthemd an?«

Wieder lachte Deo als Einziger. Fone wurde sogar sauer und fauchte Deo an:

»Sag mal, hast du zu viel von deinem Weihrauch geschnuppert oder hat dir der Hanomag-Kiffer etwas Gras aufs Vesperbrot gestreut? Und die Kittelschürze sieht gar nicht so schlecht aus.«

Fone, der von nüchtern schon relativ weit entfernt war, stand auf und strich über Friedas schicke Kittelschürze mit dem blau-gelben Blumenmuster und dem gelben Bändel im Taillenbereich. Friedhelm fühlte sich ebenfalls diffamiert und zürnte:

»Ich sage das jetzt noch einmal: Ich bin freiwillig hier, und wer noch nie gekifft hat, der soll jetzt die Hand heben!«

Einzig und allein Paris schmales Händchen fuhr in die Höhe. Ihr Kopf rötete sich zusehends.

»Kind, da brauchst du dich nicht zu schämen, deine Mutter hat auch noch nie das Haschisch gespritzt!«

Um wieder zum Thema zu kommen, erwähnte ich dann noch Bibibees Anruf und ihre eigenartige Aussage in Bezug auf Uli und wie ich dann blitzschnell geschaltet hatte und mit meinen Passagieren ins Ried gerast war.

Mittlerweile waren einige der am Stammtisch Diskutierenden sich nicht mehr sicher, wen sie für den Täter halten sollten. Theo verstieg sich sogar zur Theorie, dass eine Verwünschung der alten Henke ursächlich für den Tod des Ortsvorstehers und seines Vierbeiners sein könnte, da die Gegend hier sehr unheimlich sei.

Cäci, die in den letzten Stunden und Tagen meine Metaplantafel ausführlich genutzt und ergänzt hatte, warf noch, bevor sie zum wiederholten Male zur Unterstützung Friedas in der Küche verschwand, ein:

»Mir geht immer noch durch den Kopf, was der Tizian da in der Kirche gerufen hatte, dass es nicht der Engel war, sondern der Teufel. Und Dani hat etwas Ähnliches als Aussage von Alki Fo... äh, sorry, von Alfons auf seiner Recherche-Tafel stehen, nämlich, dass der Alfons in der Tatnacht eine weiße und eine schwarze Frau beim Zelt gesehen hat. Entweder ist die Frau weiß rein und schwarz raus, oder umgekehrt. Fone, sag was dazu!«

Alfons rutschte nervös hin und her:

»Ich weiß doch selbst nicht mehr, was ich glauben soll. Das ist nicht immer so einfach, wenn man so viel trinkt wie ich. Manchmal verschwimmt da auch die Fantasie mit der Realität. Aber in der Nacht war ich mir sicher, dass es so war. Jetzt weiß ich auch nicht mehr, ob das alles genau so war.«

55

Warum ein kleckselnder Schweizer auch nicht weiterhilft

Die Kommissarin saß im Hintergrund. Die Psychologin Tizian gegenüber. Tizian war damit einverstanden, noch ein *Spiel* mit der Kommissarin und der seltsamen Frau zu spielen.

»So, Tizian, ich habe dir ein paar Klecksografien mitgebracht. Wenn du mir einfach nur sagst …«

»Häää? Was mitgebracht?«

»Den Rorschach-Test, den habe ich dir mitgebracht.«

»Häää?«

»Bilder. Tizian, ich habe dir Bilder mitgebracht. Sag mir einfach mal, was du hier auf der ersten Klecksografie, äh, dem ersten Bild erkennen kannst.«

Tizian kniff die Augen zusammen, drehte das Bild hin und her, hob es dicht vor sein Gesicht, streckte es danach weit von sich:

»Nichts, ich seh nichts. Wie wenn ich die Soß aufs Tischtuch schütt!«

»Ja gut, Tizian, nehmen wir das nächste Bild, lass dir ruhig Zeit. Schau es ganz aufmerksam an. Kannst du hier etwas erkennen?«

Wieder wendete und drehte Tizian das Bild in alle Richtungen, dann strahlte er und rief:

»Ja, jetzt seh ich's! Jetzt ist's wieder weg.«

»Was hast du gesehen, Tizian, kannst du es mir sagen?«

»Ja!«
Stille.
»Was war's, Tizian?«
Tizian strahlte:
»Es war ein Fendt!«
Die Psychologin blickte verunsichert zur Kommissarin, diese flüsterte:
»Das ist ein Traktor.«
»Ah, ach so, äh, schön, Tizian, ja, ein Wendt!«
»Ein Fendt!«, korrigierte Tizian stolz.
»Ich habe hier noch ein Bild, Tizian. Was kannst du denn hier erkennen?«
Tizian warf nur einen kurzen Blick darauf und verkündete:
»Das ist einfach, das ist rot, das ist der Porsche Junior, der hat nur einen Zylinder!«
»Äh, wie bitte, Tizian? Kannst du mir mal bitte den roten Zylinderhut von dem Jungen auf dem Bild zeigen?«
Tizian klopfte sich auf die Schenkel und lachte laut in den Raum hinein:
»Der Zylinder ist innen, den kann man nicht sehen.«
Die Kommissarin klärte flüsternd zur Psychologin hin:
»Das ist ebenfalls ein Traktor.«
Verständnisvoll nickte die Psychologin Tizian, der offensichtlich immer mehr Gefallen am vom Schweizer Hermann Rorschach entwickelten Test fand, zu.
»Dann versuchen wir es noch einmal, vielleicht erkennst du diesmal etwas anderes als einen Fendt oder einen Porsche. Ich dachte immer: Porsche, das sind Sportwagen.«
Wieder klopfte sich Tizian laut kreischend auf die Oberschenkel:

»Das weiß doch jedes Baby, dass der Porsche ein Traktor ist. Ein roter! Der Junior ist ein Einzylinder!«

»So, Tizian, schau noch einmal zu dem Kärtchen her. Was kannst du denn hierauf erkennen? Es muss ja, wie gesagt, kein Porsche oder, äh, Fendt sein.«

Empathisch legte die erfahrene Psychologin eine Hand auf Tizians Unterarm, der geschwind zum neuen Bild hinschnellte.

»Das stimmt. Das ist kein Fendt, das ist auch nicht der Porsche.«

Aufgeregt sprang Tizian vom Tisch auf. Presste nervös den Zeigefinger zwischen Ober- und Unterkiefer, vollführte auf einem Bein hüpfend eine Rückwärtsbewegung und setzte sich dann mit glühendem Kopf wieder hin. Vor Aufregung stotterte er:

»Das, da, da, das ist grün und rot, das ist der Kramer! Da das große Rot und hier das kleine Rot, der Kramer, das ist der Kramer! Blutrot die Räder!«

Die Psychologin schien nicht zufrieden und hakte sensibel nach:

»Den Herrn Kramer, mit seinen Fahrrädern, zeig ihn mir mal auf dem Bild und sag mir dann, ob du den Herrn Kramer magst oder nicht!«

Und wieder griff die Kommissarin in den psychologischen Test mit den Klecksografien ein, diesmal jedoch nicht mehr flüsternd:

»Das ist ebenfalls ein Traktor. Sein Traktor. Tizian, erzähl der Frau Doktor ein bisschen von deinem Kramer, vielleicht kommen wir dann ein Stückchen weiter …«

Und dann flüsterte sie kaum hörbar:

»… als mit diesem Rorschach-Firlefanz.«

Tizian erzählte dann viele Dinge. Immer, wenn es um

Traktoren ging, taute er auf. Befragte ihn die Kommissarin zur Tatnacht, dann igelte er sich ein und murmelte immer wieder:

»Nicht der Engel, der Teufel war's!«

Ansonsten war aus ihm nichts herauszubekommen. Immer wieder schrie er auf:

»Ich will heim! Zur Oma, zum Kramer und zur Mama und zum Papa.«

Die Kommissarin fuhr Tizian persönlich nach Hause, und sie grübelte. Die Fahndung nach Uli Bilsner, dem Neffen von Eginbert Bilsner, war in vollem Gange. Der PKA hatte alle Schritte nach den Vorgaben des Gesetzes eingeleitet.

Tizian sprach neben ihr kein Wort mehr. Gerade deshalb ging ihr nicht mehr aus dem Sinn, was er alles schon ausgesagt hatte. Vor allem die kryptischen Worte vom Engel und vom Teufel. Und dann fiel ihr das Verhör mit Alfons Bäuerle wieder ein, der von der weißen und der dunklen Macht gesprochen hatte, als es um die Tatnacht ging. Alfons hatte zugegeben, in dieser Nacht stark alkoholisiert gewesen zu sein und dass die Nacht durch etliche »Filmrisse« strukturiert war, er aber nicht nur den Geldbeutel gefunden hatte, sondern auch die Täterin in zwei Gestalten gesehen hätte, in einer hellen und dunklen Form. Und Tizian sprach ebenfalls von Engel und Teufel. Sie musste sich unbedingt noch einmal mit Alfons Bäuerle auseinandersetzen, vielleicht waren es doch nicht nur Fantasien eines Menschen mit Handicap oder gar die Ausgeburten eines Delirium tremens bei Herrn Bäuerle. Wie hatte er bei seiner Vernehmung ständig wiederholt: *Ich kann's gar nicht gewesen sein, ich habe die Gestalten gesehen. Das war ein Frauenwesen, und es ist die schwarze und die weiße*

Macht. Ins Zelt hinein geht sie schwarz und heraus kommt sie weiß. Dieses Wesen ist irgendwie zweifach.

So oder so ähnlich hatte Alfons Bäuerle auf dem Revier versucht zu erklären, was er in der Mordnacht gesehen hatte, und wenn er dort schon gewusst hätte, dass der Ortsvorsteher ermordet worden sei, dann hätte er niemals den Geldbeutel mitgenommen. Und aufgrund seines Zustandes wisse er auch nicht mehr genau, ob diese Gestalt, die weiblich aussah, zuerst weiß und dann schwarz gewesen sei oder umgekehrt. Da er in solchen Situationen auch zu »Filmrissen« neige, könne er auch nicht mehr sagen, wie lange die jeweiligen Gestalten im Zelt gewesen seien. Und das Blut an ihm, das sei vom Sturz im Ried und nicht vom Opfer.

Der PKA tat die Schilderungen des Zeugen Bäuerle als Hirngespinste eines Alkoholkranken ab. Für die Kommissarin ergab sich aus den Äußerungen von Tizian Kümmerle und Alfons Bäuerle, die offensichtlich etwas Identisches wahrgenommen hatten, eine neue Ermittlungsrichtung.

56

Warum ein Seil auch keine Lösung ist

Uli hatte sich mit vielen Entschuldigungen heulend von seiner Mutter verabschiedet. Bevor er in sein Auto stieg, ging er noch in den Keller und blieb lange dort sitzen, wo er ganz selten mit seinem Vater, wenn dieser nicht sturzbetrunken war, gebastelt hatte. Dann nahm er das lange, aufgerollte Seil von der Wand.

Er hatte es diesmal nicht eilig, seinen roten, tiefergelegten Golf bewegte er im fünften Gang im unteren Drehzahlbereich vorbei an den Birken und Nadelgehölzen. Das Weiß der Birkenrinden blitzte immer wieder stroboskophaft im Scheinwerferlicht auf. Bald schon hatte er das Pik Ass erreicht. Im Scheinwerferlicht leuchtete kurz das Schild auf: Wegen Renovierungsarbeiten geschlossen!

Uli holte das Seil aus dem Kofferraum und ging hinters Haus. Mit dem Fuß schlug er gegen das schlammverschmierte Vorderrad des Kramers. Dass sie den Schlepper schon aus dem Tümpel gezogen hatten, das wunderte ihn. Dann mussten sie die Leiche des Idioten auch schon geborgen haben. Dieser Irre, der war an allem schuld, nur wegen ihm hatte er die Kontrolle verloren. Er war nun ein Mörder. Mit der Taschenlampenfunktion seines Handys leuchtete Uli den schlammverschmierten Kramer ab. Dann entdeckte er am Lenkrad und bei den Gas- und Kupplungspedalen die abgeschnittenen Seilenden. Nun stand sein Entschluss endgültig fest. Was, wenn dieser Spast sich hatte irgendwie befreien können oder sogar von jemandem losgeschnitten wurde? Was dann? Dann wäre er wegen versuchten Mordes dran, niemand mehr würde dann an einen Selbstmordversuch glauben. Uli schaltete die Außenpartybeleuchtung ein, dann ging er noch einmal ins Innere, zur Stereoanlage, die Lautsprecher im Außenbereich knacksten:

»Send me an angel … right now …«

Das Seil, das war jetzt die einzige Lösung. In der Pik Ass-Kasse lag der Schlüssel für den Fendt. Er startete den Motor. Die zitternden Scheinwerfer verstreuten ein schmutzig gelbes Licht. Das eine Ende des Seiles hatte er auf dem Sitz des Fendts stehend an einem hohen Ast der Tanne befestigt, das andere Ende um seinen Hals.

Kupplung, Gang, ein Rucken und Zittern, Kupplung und Gas.

57

Unerwarteter Auftritt einer Bienenkönigin

Unsere Gespräche im *Goldenen Ochsen* liefen mittlerweile im Kreis. Die Diskussion wurde flacher, aber lauter. Frieda mahnte, die Sorge um ihre Gäste vorschiebend, auch mal ein Wasser zwischendurch zu trinken. Auch im *Goldenen Ochsen* war das Mineralwasser mittlerweile teurer als das Bier, dafür auch in schickeren, getönten Glasflaschen. Die Bedienungen waren angehalten, nicht nur zum Essen, sondern auch zu Wein und Bier, selbst zu Fruchtsäften ein Glas Mineralwasser anzubieten.

»Dieser Tizian, der kann es gar nicht gewesen sein. Der ist viel zu blöd!«

Paris fauchte:

»Papa, du bist voll peinlich!«

Susi Kapulski kreischte laut auf:

»Ach, mein Theo, der ist immer so direkt, so mitten in die Sache.«

Brunetta, die neben ihm saß, tätschelte, unbemerkt von Susi, auf Theos Oberschenkel:

»Da hat sie recht!«

Susi kreischte wieder herzhaft auf, ihr Paillettenschmetterling auf der Brust schien heftig mit den Flügeln zu schlagen. Mit erhobenem Zeigefinger drohte sie schelmisch zu ihrem Gatten und Brunetta hin:

»Wie meinst du denn das? Wenn ich nicht genau wüsste, dass mein Mann nur auf Blond steht, dann könnte ich ja fast …«

Theo winkte mit rotem Kopf ab, Brunetta hüstelte und kicherte, Paris zischte:

»Mama, du bist sooo peinlich!«

Flaschen Gordon meldete sich ausnahmsweise zu Wort und mahnte in Theos Richtung:

»Ich mag das nicht, wenn man so über Menschen redet. Der Tizian ist nicht dumm. Ich hatte den bis zu diesem *Vorfall im Jugendlager* in der Schule. Der Tizian war in Latein in der fünften Klasse einer der besten. Der hat besser Latein geredet als du Deutsch, Kapulski. Das sag ich dir! Und wenn du ihn noch einmal als blöd oder behindert bezeichnest, dann zieh ich dir eins mit meiner Bierflasche über!«

Um zu zeigen, dass er es nicht ganz ernst gemeint hatte, hob Flaschen Gordon die Walder Bügelflasche hoch und schwenkte sie lachend in Richtung des Angesprochenen. Dieser meinte mit einem frechen Grinsen:

»Wenn du überhaupt noch treffen tust!«

»Oh, Papa, du bist sooo peinlich!"

»Was hat es denn mit dem Schicksal von dem Burschen auf sich? Man hört immer nur, dass der früher nicht so bekloppt war. Jetzt erzähl schon, Gordon!«

Flaschen Gordon kam Theos Aufforderung nach:

»Wie gesagt, der Tizian war früher ein aufgeweckter Junge, wie jeder andere auch. In der ersten Klasse Gymi, da hatte ich ihn. Da war alles ganz normal, und dann war eben dieses Jugendlager von der Katholischen Gemeinde aus. Die KJG hat damals immer tolle Jugendlager veranstaltet, das waren echte Highlights. Mit Zelten ging es ins Donautal. Der Bilsner war damals als Leiter mit dabei und wie es halt so ist. Er hat die Jungen zum Saufen animiert. Also, damit das nicht falsch rüberkommt, nicht die Jüngsten, sondern die Älteren. Und dann haben halt die besoffenen Älteren mit den Jungen Blödsinn gemacht. Und dann ist es eben passiert. Im Donautal, da ist es felsig. Die Alkoholisierten haben den Tizian im Spiel gejagt, wollten ihn wohl erschrecken. Und der, der stürzt über eine Felskante, und er war eben danach nicht mehr derselbe. Einige haben gesagt, Bilsners Hund sei auch hinter ihm hergejagt. Aber das war wohl so ein Durcheinander, die Älteren waren betrunken, haben versucht, die Kleinen zu erschrecken, und der Hund dazwischen war wohl völlig durchgedreht, da war der auch noch jung, der Hektor. Aber die Leute haben halt dem Bilsner den Vorwurf gemacht, da er wohl mitgesoffen hat.«

Lange Zeit herrschte betroffene Stille am Tisch. Das, was für die Riedhagener eine alte Geschichte war, über die man ungern redete, war für die Camper neu.

Susi unterbrach das Schweigen am Tisch:

»Ich hätte gerne mal ein Meinungsbild von euch. Jetzt wissen wir ja wieder ein bisschen mehr. Wir stimmen einfach mal ab, und der, der dann die meisten Stimmen hat, der ist der Täter.«

»Oder die Täterin.«

»Oder die Täter?«

»Häää?«

»Ja, es können doch auch zwei oder mehr Täter oder Täterinnen gewesen sein.«

»Stimmt, aber jetzt machen wir es ganz einfach, ich notiere mal alle Verdächtigen. Jeder am Tisch darf einen Namen sagen:«

Susi notierte die Vorschläge, so wie sie in die Runde eingebracht wurden:

Tizian Kümmerle
Alfons Bäuerle
Uli Bilsner
Friedhelm Fink
Bibibee Bilsner
Ferdinand Kümmerle
Daniel Bönle
Frieda Maier
Unbekannte(r)

Selbstmord
Der Riedbauze
Eine(r) von den Kapulskis

Dann herrschte Stille am Tisch. Goldi fragte erstaunt:

»Eure letzten Vorschläge sind offensichtlich eurem übermäßigen Alkoholkonsum geschuldet. Was ist mit den Kapulskis? Was ist mit Paris, mit Susi und was ist vor allem mit Theo?«

Unser Pfarrer meldete sich lautstark, ich zuckte innerlich zusammen:

»Ach, da Theo, da Theo eignat sich nicht für ein Mörda, der Theo ist viel zu blöd.«

Diesmal waren einige Lacher zu vernehmen. Deo war stolz auf seinen nahezu gelungenen Scherz und forderte lachend ein:

»So, dann setza wir den Herr Pfarra halt auch noch auf die Mörda-Liste.«

»Deo, du bist sooo peinlich!«, imitierte ich Paris.

Diese zischte in meine Richtung:

»Daniel, du bist sooo peinlich!«

Eine Abstimmung, die von mir ausdrücklich als nicht repräsentativ bezeichnet und von der Initiatorin Susi Kapulski verlesen wurde, ergab dann letztendlich folgendes Ranking:

Platz 12, Eine(r) von den Kapulskis
Platz 11, Selbstmord
Platz 10, Der Riedbauze
Platz 9, Frieda Maier
Platz 8, Bibibee Bilsner

Platz 7, Friedhelm Fink,
Platz 6, Tizian Kümmerle,
Platz 5, Daniel Bönle
Platz 4, Alfons Bäuerle,
Platz 3, Unbekannte(r)
Platz 2, Ferdinand Kümmerle
Platz 1, Uli Bilsner

Susi verkündete das Ergebnis stolz und stehend:

»Auf Platz eins unserer Abstimmung befindet sich Uli Bilsner. Auf Platz zwei ist immerhin der Postbote und auf drei habt ihr einen Unbekannten gesetzt. Und wir Kapulskis sind raus aus dem Spiel!«

Deo krakelte dazwischen:

»Und da Platz fünf müssat wir besondare Beachtung schenka, das ist da Triebtäta Bönle.«

Natürlich hatte Deo wieder seine Lacher. Mein Vorschlag, den *schwarzen Mann* noch auf die Liste zu setzen, fand dann Blacky wieder *doof*.

Und so wäre der MIKEBOSSler-Stammtisch wohl in bierseliger Laune und unter einfältigen Verdächtigungen zu Ende gegangen, wenn nicht plötzlich die Tür aufgegangen und eine Erscheinung im Eingang gestanden wäre. Gerahmt von der Tür, umhüllt vom Dunkel der Nacht, dampfend durch die Kälte und die kontrastierende Hitze des Körpers, stand sie da: Die Bienenkönigin Bibibee. Und wieder steckte sie in der modischen Sünde:

Dem hautengen, gelb-schwarz gestreiften Body, unter dem sie auch diesmal nichts zusätzlich Wärmendes trug. Die Beine waren wieder in gelb-schwarz gekringelten Wollstulpen gesteckt. Die Wollbommel wackelten an ihren Spiralfederdrähten heftig als Bienenfühler über ihrem Kopf. Deo war der Erste, der die Stimme wieder fand:

»Hallo, Bibibee, du siehst ja bezauband aus! Willst du dich nicht zu uns setza?«

Bibibee öffnete den Mund, herauskommen sollte wohl ein Satz, vielleicht auch nur ein Wort. Dies ersetzte sie jedoch durch Erbrochenes. Die Damen, ganz Gentlemen, stürzten zur sich Übergebenden hin und schleppten sie auf die Damentoilette.

Nur zwei Bier später tauchten alle Damen wieder auf, auch Bibibee trug nun über ihrem Bienenoutfit eine nicht minder attraktive Kittelschürze aus Friedas unerschöpflichem Fundus.

Und dann war Bibibee, die Bienenkönigin, der Mittelpunkt unseres Stammtisches. Mit schwerer Zunge erzählte sie uns von Wein und Whisky, aber auch von Uli und seiner Schuld. Er habe ihr einen kurzen Besuch abgestattet und immer wieder von seiner Schuld geredet. Leider sei es ihr durch ihren Alkoholmissbrauch nicht ganz gelungen, genau zu begreifen, von welcher Schuld der Neffe ihres verblichenen Gatten erzählte. Sie könne sich nur folgenden Reim machen, und da zeigte sie energisch auf mich, dass der Uli dem Tizian etwas antun wolle und er auch irgendwie der Mörder von Egi sei. Sie hätte mich doch angerufen und das mit dem Abschiedsbrief gesagt. Leider hätte sie Uli aufgrund ihres Zustandes nicht festhalten können. Er sei wohl zu seiner Mutter gefahren. Und dann brach Bibibee schluchzend am Tisch zusammen und jammerte:

»Der arme Tizian, das ist nicht meine Schuld. Ich habe den Dani doch angerufen!«

Susi nahm den Mörder-Abstimmungs-Zettel und tippte mit dem Zeigefinger darauf:

»Seht ihr, die Abstimmung hat recht: Uli Bilsner auf Platz eins!«

58

Warum der Tizian mit dem McCormick fährt

Tizian mochte den McCormick D 439 nicht. Der Vater sah es außerdem nicht gerne, wenn er mit ihm fuhr. Aber Tizian sah keine andere Möglichkeit zu schauen, wie es seinem Kramer ging, ohne den McCormick zu missbrauchen. Und Omas alter Geppel lag ebenfalls noch im Ried.

Nachdem er seine Eltern kurz begrüßt hatte, die so laut in der Küche miteinander geschimpft hatten, dass sogar die Kommissarin ein Machtwort sprach, und nachdem er kurz seine Oma umarmt hatte, nahm er den Schlüssel des Traktors unbemerkt vom Haken. Mit dem McCormick jagte er durch die Nacht, zu seinem Kramer hin.

Vor dem Pik Ass stellte er den Motor ab und hörte zu seinem Erstaunen das Knallen eines weiteren Einzylindermotors hinter dem Gebäude und laute Musik.

Tizian raste los. War das sein Kramer, den er da hörte? Als er um die Ecke schoss, erkannte er sofort die Situation im hell erleuchteten Hinterhof: Das Seil am dicken Ast des Baumes. Das Seil um den Hals des Fahrers. Tizian spurtete los, sprang von der Seite auf den Traktor und wusste genau, was er machen musste. Er riss am Schalthebel, es knackste im Getriebe, der Leerlauf war gefunden. Der Traktor stand im tiefen, feuchten Boden fast sofort. Uli schrie auf, als es ihn vom Fahrersitz nach hinten zog, verzweifelt griff er nach dem Seil um seinen Hals. Tizian zog sein Taschenmesser aus der Hose, schnitt Uli vom todbringenden Seil und schimpfte:

»So was macht man nicht! Sonst kommst du auf den Schindanger. Dort, wo die armen Seelen sind.«

Uli schaute völlig verständnislos:

»Du lebst, Tizian, Gott sei Dank!«

59

Warum Annamirl Bonnevilles Taufe vielen in Erinnerung bleiben wird

Sonntag, 9. Oktober

Am Sonntag war es dann so weit, wir waren alle herausgeputzt, sogar Korbinian T. Rex Bönle steckte in einem kleinen dunklen Anzug mit Fliege. Cäci sah in ihrem Kleinen Schwarzen bezaubernd aus, ich konnte sowieso alles tragen. Hatte mich jedoch für schwarz, mit den hellen Pythonlederstiefeln entschieden. Die BOSSler sahen auch sehr gut aus, ich hatte für diesen Anlass Leder schwarz angeordnet. Viele Gäste aus der Umgebung waren aus reiner Neugierde erschienen, taten aber so, als ob sie zum Gottesdienst gekommen seien und nun eben noch zufällig der ländlichen Taufe beiwohnten. Auch die Camper waren noch alle da, man könnte ja den letzten Ferientag für so ein Ereignis »opfern«.

Auf jeden Fall war die Kirche bis zum letzten Platz besetzt, als Deo feierlich die Taufformel für unsere kleine Annamirl Bonneville sprach und gleichzeitig als Taufpate fungierte. Nach der Spende des Sakraments hatten wir als moderne Christen beschlossen, in Anbetracht des herrlichen, fast sommerlichen Wetters die kirchliche Feier nach der Sakramentenspende ins Freie zu verlegen. Dort standen wir zwischen Streuobstbäumen und den Gräbern des Friedhofes und lauschten den guten Wünschen der Freunde und Verwandten, die sie unserer Tochter

Annamirl Bonneville mit auf den Weg gaben. Der Kirchenchor stimmte dann zum krönenden kirchlichen Abschluss feierlich an:

»Jesus, geh voran
auf der Lebensbahn!
Und wir wollen nicht verweilen,
dir getreulich nachzueilen;
führ uns an der Hand
bis ins Vaterland.«

Plötzlich wurde der Gesang dünner, bis er gänzlich verstummte. Alle Augen waren auf die Überraschung gerichtet. Bibibee kam in Schwarz ohne ihr Bienen-Outfit langsam über den Kiesweg zu uns geschritten. Die Arme weit, wie Flügel ausgebreitet. Lediglich ihr gelb-schwarzes Stirnband mit den Wollbommeln an Drähten erinnerte an ihre Bienenkünste. Kurz bevor sie auf uns zukam, bog sie nach rechts ab und verschwand urplötzlich. Man hörte nur einen dumpfen Aufschlag.

Bibibee hatte sich hintenüber in das leere Grab ihres Mannes gestürzt, da der Leichnam noch nicht überführt war.

Wir eilten zur Grabstätte. Bibibee lag reglos, den Blick von unten auf die Gesichter da oben und ins Blau des Himmels gerichtet.

Tizian drängte sich vor und schrie:

»Das ist der Teufel, der schwarze Teufel. Jetzt liegt der Teufel im Grab!«

Der kleine Zwischenfall führte dann zu einer unwesentlichen Verzögerung. Ein Krankenwagen wurde gerufen, die

Polizei war sowieso schon anwesend, da sich die Kommissarin und ihr unvermeidlicher Appendix von der Taufe und der Ansammlung so vieler Verdächtiger neue Erkenntnisse erhofften.

Die Sonne tat uns den Gefallen, an diesem Oktobertag das Taufessen im Freien einnehmen zu können. Und am späten Abend, als die Tauffeier so richtig in Schwung kam, pfiffen es die Spatzen vom Dach. Blacky, die es als Polizeisekretärin nicht ausgehalten hatte, nahm mich auf die Seite und sagte:

»Dani, der Fall ist gelöst! Sie hat gestanden! Ich habe mich vorhin in die Dienststelle eingeloggt und die Protokolle gelesen.«

Hoch und heilig versprach ich Blacky zu schweigen, den BOSSlern nichts zu verraten, geschweige denn den Campern.

60

Eine klärende Sonntagnacht

Die BOSSler hatten meine Andeutungen nicht mehr ertragen, und ich sah mich, um verbaler Gewalt zu entgehen, genötigt, meine Erkenntnisse in der Causa Bilsner, leicht verknüpft mit dem, was Blacky über den Polizei-Computer herausbekommen und Cäci an der Metaplantafel kombiniert hatte, den neugierigen Damen und Herren der MIKEBOSSler zu präsentieren. Die meisten waren schon dem Tauffest entflohen, nur ein harter Kern saß noch um den großen Tisch. Es roch nach schalem Bier und verschüttetem Schnaps, mit den Rauchern kam auch immer eine kalte Nikotinwolke in den Gastraum hereingeweht. Teller mit Resten von Brot und kalter Gulaschsuppe vervollständigten das olfaktorische Konglomerat.

»Also, ihr kennt jetzt alle Tizians Vorgeschichte, und ihr erinnert euch vielleicht noch, wie der Tizian von Engeln und von Teufeln gesprochen hat, die er in der Tatnacht gesehen hat. In derselben Nacht ist ebenfalls, und das ist ja nichts Außergewöhnliches, auch der Fone unterwegs. Er nimmt die Abkürzung durchs Ried, ist recht betrunken und findet auf dem Nachhauseweg einen Geldbeutel. Den behält er für sich. Er sieht aber auch noch etwas anderes. Nämlich, wie jemand in heller Kleidung in Bilsners Zelt schleicht und augenscheinlich in schwarzer Kleidung wieder herauskommt. Mittlerweile haben nicht nur die polizeilichen und *meine* Recherchen ergeben …«

Cäci räusperte sich vernehmlich und hob die rechte Hand, ich reagierte sofort:

»... und Cäcis psychologische Ratschläge und Ergänzungen, dass in dieser Nacht zwei Frauen unterwegs waren: die eine eben heller, die andere dunkler gekleidet. Die hell gekleidete, Frau Kümmerle, die Genoveva, die ist losgezogen, um den Bilsner zu bestrafen. Sie konnte es nicht ertragen, dass der Mann, der ihrer Meinung nach dafür verantwortlich ist, dass ihr Sohn nicht ›normal‹ ist, sich nun wieder für das Campen stark macht. Genoveva verbindet das Campen mit dem fürchterlichen Schicksal ihres Sohnes. Als bigotte und bibelkundige Frau – sie hat nämlich auch die Bibelkurse Deos besucht – kennt sie sich sehr gut in der Schrift aus. Nun, da sie befürchtet, dass durch das Campen wieder Unheil über das Dorf oder speziell über Tizian kommen kann, will sie Bilsner dafür bestrafen. Denn der hat ja nur zur Probe gecampt, um zu schauen, ob es sich lohnen könnte, auf seinem Grundstück einen Campingplatz zu errichten – in Konkurrenz zu Friedas Stellplatz.

So ist die Genoveva losgezogen und wollte dem Bilsner eins auswischen. Laut Polizeiproto... äh, ich habe recherchiert ... Es war wohl so, dass sie den stark alkoholisierten Bilsner im offenen Zelt vorgefunden hat. Sie hat so einen »heiligen Zorn« entwickelt und eher instinktiv, nicht geplant, gehandelt. Sie hat einen Zelthering einfach aus der Erde gezogen, das ist bei dem weichen Boden kein Problem, und einen Campinghammer genommen, der beim Zelt des Ortsvorstehers lag, und ist zu Egi ins offene Zelt gekrochen. Der war so narkotisiert, dass er von alldem nichts mitbekommen hat. Tizians Mutter wollte den Bilsner leiden sehen, wahrscheinlich so, wie auch Jesus gelitten hat, und hat dem Schlafenden den Zelthering durch die Hand geschlagen, gerade so, wie Jesus bei der Kreuzigung mit den Nägeln durch die Hand dargestellt wird. Da steckt natürlich eine gehörige Portion religiöser Wahn hinter so einer Tat. Bilsner war so alkoholisiert, dass er wie betäubt war. Genoveva Kümmerle hat ihre Tat vollbracht und verschwindet aus dem Zelt.

Und jetzt taucht nur kurze Zeit später Bibibee auf. Schwarz gekleidet, um in der Nacht nicht erkannt zu werden, schleicht sie zu Egis Zelt. Sie ist eifersüchtig auf ihn, da sie von Herrn Kümmerle, der auch als Postbote tätig ist, gehört haben soll, dass er mit Brunetta etwas hat. Vielleicht wollte der Postmann damit seine Chancen erhöhen, bei Bibibee zu punkten, wer weiß?

Rasend vor Eifersucht hat sie wohl das Treiben ihres Gatten über Tage hinweg beobachtet, und als sie sieht, wie er sich nach einem Schäferstündchen sinnlos betrinkt, fasst sie den Entschluss, sich zu rächen. Ob sie ihn töten will, das sei dahingestellt.

Als sie ihre Rachegelüste in die Tat umsetzen will, bemerkt sie, dass eine andere Person mit Egi ebenfalls eine Rechnung zu begleichen hatte. Sie erkennt und nutzt die Chance und verwendet dasselbe Tatwerkzeug, da sie hofft, dass Spuren der Täterin ihre Täterschaft ausschließen, und lenkt somit, ohne viel tun zu müssen, den Verdacht in eine völlig andere Richtung.«

Goldi hob die Hand, um eine Wortmeldung zu signalisieren. Ich nickte ihm auffordernd zu. Er stellte seine Frage direkt an Deo:

»Es hieß eigentlich immer, der Deo weiß, dass die Bibibee ein hundertprozentiges Alibi hat. Er dürfe jedoch nichts sagen, Beichtgeheimnis und so. Besteht das Beichtgeheimnis immer noch, Deo? Mich interessiert dieses Faktum schon, immerhin hat es die Bibibee aus unserer Schusslinie genommen.«

Deo wirkte verlegen und versuchte seine damalige Meinung zu erklären:

»Da Beichtgeheimnis besteht natürlich imma noch, das kann man nicht ein- und ausschalta wie eina Harley-Motor. Aba eins darf ich saga: Die Bibibee hat mich bei der heiliga Beichte angeloga. Und das hat für sie jetzt auch Konsequenza. Ich habe das große Biena-Mobile für da Altarraum abbestellt.«

Ich ergriff wieder das Wort:

»Okay, Deo, wir haben das verstanden, aber die Geschichte ist immer noch nicht zu Ende. In dieser Mordnacht sind etliche Personenbewegungen auf dem Wohnmobil-Stellplatz zu verzeichnen. Der rastlose Tizian war mal wieder unterwegs, er hat wohl Gefallen an Paris gefunden und will sie aus dem Gebüsch heraus beobachten. Er hat bemerkt, dass sie immer wieder nachts zum Nachbarmobil geht und dort mit Friedhelm herumturtelt. Auch zu den Dorfjugendlichen scheint sie Kontakt zu haben. Und just als er Paris beobachten will, sieht er, dass zunächst eine hell gekleidete und eine dunkel gekleidete Frau in kurzem Abstand in Egis Zelt verschwinden und wieder herauskriechen. Und danach ist Herr Bilsner tot. Auch Tizian kann Schlüsse ziehen. Er hat jedoch aus der Distanz heraus die Frauen nicht erkannt.

Und jetzt kommt noch Paris ins Spiel. Als sie nachts zur Toilette geht, sieht sie, wie Tizian aus dem Gebüsch kommt. Und auch Paris ist nicht dumm, am nächsten Tag findet man Bilsner tot auf. Im Gebüsch findet man noch eine Anstecknadel, das Edelweiß von Tizians Hut. Auch dieses Wissen macht seine Runde. Für Paris ist die Sache klar: Der Tizian war's.

Und nun kommt noch Uli als Profiteur ins Spiel. Er ist der Neffe von Bilsner, und er liebt seinen Onkel, da er ihm die Hütte für einen Club, das Pik Ass, und als Unterstellmöglichkeit für seine Leidenschaft, die Traktoren, zur Verfügung gestellt hat. Uli war wohl bis zum Schluss davon überzeugt, dass Tizian tatsächlich für den Tod seines Onkels verantwortlich ist und wollte ihn, wie auch immer, ans Messer liefern.«

Joe unterbrach mich:

»Aber wie stand denn Bibibee zu Uli?«

»Ich vermute, dass Bibibee, raffiniert wie sie ist, ausgenutzt hat, dass Uli von der Täterschaft Tizians ausging. Vermutlich hat Bibibee den Uli auch in die Richtung manipuliert, Tizian diesen Abschiedsbrief zu diktieren. Vermutlich ein letzter verzweifelter Versuch, den Verdacht auf Tizian zu lenken. Und als dies nun ganz zum Schluss auch nicht mehr funktionierte, lenkte sie den Verdacht auf Uli.«

Gesicht unterbrach mich:

»Und der Uli macht so etwas zunächst mit? Das kann ich mir nicht vorstellen! Der muss doch wissen, dass diese Sache ganz schnell auffliegen kann. Das ist doch naiv zu denken, dass man mit diesem erzwungenen Abschiedsbrief die Polizei an der Nase herumführen kann.«

Blacky antwortete:

»Vielleicht hat sie mit den Waffen einer Frau gearbeitet und somit den Uli in diese Richtung manipuliert? Wer weiß? Außerdem war Uli voller Hass gegen Tizian, da er ihn für den verrückten Täter hielt. Wer so voller Hass ist, bei dem funktioniert das rationale Handeln oft nicht mehr. Das konnte Bibibee garantiert ausnutzen! Auf jeden Fall konnte ihr doch nichts Besseres passieren, Tizian oder seine Mutter sind auf einen Schlag die Hauptverdächtigen. Das ist für Bibibee ein unglaublicher Glücksfall, Hauptsache, sie gerät nicht in Verdacht. Hätten die Indizien gegen Tizian nicht ausgereicht, dann hätten die Untersuchungen an Hammer und Hering oder auch Mikrofasern an Egis Körper auf Genoveva hingewiesen. Bibibees Spuren am Körper ihres Gatten erregen zunächst mal keine Aufmerksamkeit.«

Goldi streckte seine Hand in die Höhe, wie ein Schüler. Ich nickte in seine Richtung. Er stellte seine Frage:

»Aber die Sache mit dem Hund, diesem Hektor, verstehe ich trotzdem nicht.«

Ich lachte kurz auf und erinnerte mich an meinen Besuch bei Bibibee, als der Postmann klingelte:

»Das war vermutlich so: Die Genoveva hatte wohl mitbekommen, dass Bibibee ihren Mann umgarnte. Und es war ihr vermutlich auch suspekt, dass er die Post immer wieder spät abends ausgetragen hat. Und so hat sie ihn beobachtet. Vielleicht hat der Hund gebellt, vielleicht war sie voller Zorn. Genoveva hat auch mitbekommen, wie Paris von Hektor gebissen wurde. Vielleicht hat diese Tatsache in Verbindung mit Tizians Schicksal auch noch eine Rolle gespielt. Auf jeden Fall hat sie gestanden, den Mühlstein umgeschubst zu haben. Dadurch, dass er sehr steil am Baumstamm lehnte, war das kein Problem.«

Goldi bohrte weiter:

»Dann war das mit der Bibelstelle reiner Zufall?«

»Wenn es beim Mord an Bilsner Absicht war, dann kann man das vielleicht gerade noch so symbolisch sehen, aber im zweiten Fall glaube ich, dass es reiner Zufall war. Kann sein, dass Deos seltsame Bibelkurse noch im Unterbewusstsein abgespeichert waren, aber ich glaube nicht daran, dass die alte Henke das Gesicht hat und Genoveva ihre Bibelkenntnisse bewusst eingesetzt hat. Aber dafür haben wir doch unsere Psychologin.«

Ich schaute zu Cäci, die die frischgetaufte Annamirl Bonneville friedlich schlafend mit einem Arm an ihren Körper schmiegte. Sie winkte ab, kam auf mich zu und drückte mir das Bündel in die Hand:

»So, Herr Bönle, genug gefaselt. Annamirl hat auch ein richtiges Zuhause. Sie soll nicht ständig auswärts übernachten. Heute brauchst du kein Windeldepot!«

Mir blieb die Sprache weg, ich schnappte kurz nach Luft. Cäci war schon dabei, den Tisch abzuräumen, als Tizian gerade so plötzlich neben mir stand wie Cäci verschwunden war. Tizian strahlte:

»Ich nehm die Annamirl gerne, dann kannst noch eins trinken!«

Ich schüttelte ablehnend den Kopf, grinste und drückte ihm vorsichtig etwas in die Hand:

»Hier ist deine Anstecknadel!«

Er überlegte kurz, dann lachte auch er:

»Die schenk ich zur Taufe der Annamirl.«

Er steckte die glänzende Nadel vorsichtig ans seidene Taufkleidchen.

»Die bringt ihr fürs Leben Glück. Dann lebt sie ganz lang. Länger als der Biber, länger als der Biber.«

Verständnislos schaute ich Tizian an. Schon wieder fehlten mir die Worte. Tizian lachte laut auf, steckte den Zeigefinger in den Mund, hüpfte auf einem Bein rückwärts und erklärte:

»Der auf dem Schindanger, beim Pfarrer!«

PERSONEN CAMPING MORTALE

Die Familie Bönle

Daniel Bönle

Daniel Bönle ist studierter Gymnasiallehrer mit der Fächerkombination Geografie und Katholische Religionslehre. Nach dem Studium hat es ihn an eine Berufsschule verschlagen. Dort unterrichtete er fachfremd Deutsch und Berufliche Kommunikation. Seine chaotische und unkonventionelle Art beschert ihm etliche Dienstverfahren und letztendlich die Entfernung aus dem Beamtenstatus.

In seiner Freizeit liebt Bönle das Motorradfahren, das er mit einer Harley Davidson und einer Triumph betreibt. Als Naturfreund durchstreift er das nahe Ried, und als leidenschaftlicher Hobbykoch verwöhnt er seine Familie mit Gerichten aus aller Welt, Fleisch darf beim ambitionierten Grillmeister Bönle nicht fehlen. Seiner Leidenschaft für Motorräder verdankt er seine Präsidentschaft bei den »Rockern« der MIKEBOSSler, einer gemischten Gruppe Harley fahrender Individualisten. Das Zusammensein mit seiner Gang in Ausfahrten und feucht-fröhlichen Events strukturieren sein soziales Leben mit.

Seine Vorliebe für die Farbe Schwarz spiegelt sich in seiner Kleidung wider. Farbliche Akzente setzen lediglich auffällige Cowboystiefel.

Der Protagonist überrascht immer wieder mit seiner philosophischen Betrachtungsweise alltäglicher Ereignisse, obwohl er von einigen Personen seines Umfeldes als oberflächlich angesehen wird. Immer wieder überzeugt er mit progressiven, zum Teil surreal anmutenden Ideen und politischer Unkorrektheit. Seine Sichtweise der Geschlechterbeziehung von Mann und Frau ist reaktionär und revolutionär zugleich.

Der Antrieb, Licht in das Dunkel mysteriöser Ereignisse zu bringen, entspringt seiner natürlichen Neugierde. Bönle ist redegewandt und entlarvt durch seinen Wortwitz seine Gesprächspartner.

Er ist mit der Psychologin Cäcilia, geborene Maier, verheiratet. Der achtjährige Sohn Korbinian T. Rex Bönle treibt sich meist bei der Oma Frieda im *Goldenen Ochsen* herum. Der jüngste Spross der Familie ist das Töchterchen Annamirl Bonneville.

Familie Bönle besitzt ein Fertighaus im Ried mit großem Garagenanbau für den stetig anwachsenden Fuhrpark. Das Grundstück mit der Grenze zum Naturschutzgebiet ist ein Geschenk der Schwiegermutter Frieda Maier, die Inhaberin der Gaststätte *Goldener Ochsen* ist. Einzige Nachbarin ist die als Single lebende Lehrerin Hilde.

Lebensphilosophie von Daniel Bönle: Lebe den Tag, bevor er zu Ende ist.

Cäcilia Bönle, geborene Maier

Cäcilia Bönle, genannt Cäci, ist studierte Psychologin. Ihre Praxis befindet sich im Privathaus der Bönles. Mittlerweile therapiert sie ausschließlich Privatpatientinnen und -patienten, da ihre Mitarbeit im *Goldenen Ochsen* als Junior-Chefin immer wichtiger und zeitintensiver wird. Ihre Mutter ist mit der zunehmenden Gästeflut überfordert.

Sie kocht sehr gerne, nach Bönles Meinung kann sie es jedoch nicht. Sie nutzt die wenige freie Zeit für Familie und das Zusammensein mit den MIKEBOSSlern.

Cäcilia ist groß, von schlanker Statur, sie hat brünettes Haar, das sie meist offen und lang trägt.

Als gute Beobachterin und emanzipierte Frau unterstützt und kritisiert sie ihren Gatten Daniel Bönle. Wo dieser instinktiv und emotional agiert, handelt sie korrigierend rational.

Gemeinsam haben sie den Sohn Korbinian T. Rex und eine Tochter im Babyalter, Annamirl Bonneville.

Lebensphilosophie von Cäcilia Bönle: Zuerst das Gehirn, dann der Bauch.

Korbinian T. Rex Bönle
wird meist Korbi genannt und ist der Sohn von Cäci und Daniel. Er ist im besten Lausbubenalter und von schelmischer Natur. Korbinian besticht durch sein zufriedenes Naturell. Er wird von Oma Frieda und seinem Vater verwöhnt.

Lebensphilosophie von Korbinian T. Rex Bönle: Immer die Augen offen halten, Mama und Papa sehen nicht alles.

Annamirl Bonneville Bönle
Sie ist der jüngste Spross der Familie und verdankt ihren zweiten Vornamen dem Zweiradenthusiasmus ihres Vaters.

Lebensphilosophie von Annamirl Bonneville Bönle: Es steht noch alles in den Sternen, vor Kurzem war ich selbst noch einer.

Frieda Maier
ist die energische und freundliche Wirtin und Seniorchefin des *Goldenen Ochsen* in Riedhagen. Ihre Berufung und Leidenschaft ist die Küche. Nicht nur schwäbische Spezialitäten, auch ihre resolute, aber immer freundliche Art locken Gäste aus nah und fern in den *Goldenen Ochsen* im Ried.

Sie mag Daniel und ist begeisterte Schwiegermutter. Die üppig gebaute Wirtin ist mit oberschwäbischem Wunderfitz und Bauernschläue ausgestattet. Ihr *Goldener Ochsen* ist zum sozialen und kommunikativen Zentrum Riedhagens geworden.

Die Alt-Wirtin spürt mittlerweile die Jahre und ist auf die Mithilfe ihrer Tochter und Junior-Chefin Cäcilia in der Gastronomie angewiesen. Trotz ihres hohen Alters und etlicher Gebrechen steckt sie voller Energie und geschäftstüchtiger Ideen. Ihre neueste Geschäftsidee ist der Camping-Leidenschaft der Deutschen geschuldet. Frieda hat einen kleinen, aber feinen Stellplatz für Wohnmobile auf ihrem Riedgrundstück eröffnet.

Sie hat vor Jahren ihrer Tochter ein Grundstück unterhalb des *Goldenen Ochsen* und des Wohnmobilstellplatzes, direkt an der Grenze zum Naturschutzgebiet Pfrunger-Burgweiler Ried, geschenkt, auf dem von den Bönles ein Fertighaus errichtet wurde.

Lebensphilosophie von Frieda Maier: Lieber an teura Schprudel als a billigs Bier verkauft!

*

Die MIKEBOSSler (Bönles Harley-Gang)

1 Gesicht
ist ewiger Single. Als Inhaber eines modernen Fitnessstudios, bei dessen Leuchtreklame eines der drei s und das t nicht leuchten und das somit nachts zum Finesstudio mutiert, achtet er konstant auf seine Figur. Den Spitznamen Gesicht verdankt er der Fähigkeit, ein unglaublich dummes Gesicht machen zu können. Er ist ein kumpelhafter Typus mit durchtrainiertem Körper. Ein typischer »Pumper«.

Lebensphilosophie von Gesicht: Man braucht's nicht nur da, sondern auch da.

2 Flaschen Gordon
Vor Jahren war er am Kreisgymnasium in Riedlingen als Latein- und Sportlehrer tätig. Nun unterrichtet er in Wilhelmsdorf. Flaschen Gordon verdankt seinen Spitznamen der Tatsache, Bier immer nur aus der Flasche zu trinken, um sich vor Bakterien am Bierglas zu schützen. Er war vor Jahren in der Akutklinik Bad Saulgau aufgrund von Lehrer-Burnout, auch hat er den Tod des Freundes und MIKEBOSSlers Butzi immer noch nicht verarbeitet. Mittlerweile lebt er getrennt von seiner Frau.

Lebensphilosophie von Flaschen Gordon: No woman, no cry.

3 Joe
steht zu seinem Beruf als Hausmann. Seine drei Kinder sind alle aus dem Haus. Die Frau ist mittlerweile verstor-

ben. Immer noch fährt er neben seiner Harley einen alten VW-Bus T2.

Lebensphilosophie von Joe: Hauptsache, es rollt.

4 Ralf Rädle, genannt Goldi

Ralf Rädle ist Jurist in einer Kanzlei in Ravensburg, sein Schwerpunkt: Verkehrsrecht. Hobbys: Er liebt sein Motorrad über alles, um vom Berufsstress abzuschalten, verschwindet er in eine versteckt liegende Hütte im Ried. Goldi trinkt so gut wie keinen Alkohol und ist seit seiner Jugend Vegetarier.

Goldi kaufte nach dem Tod Butzis dessen Harley. Er ist gut aussehend, schlank, groß, sympathisch und trägt sein üppiges Haar in goldblonden langen Locken, denen er seinen Spitznamen verdankt. Er ist mit der MIKEBOSSlerin Blacky liiert.

Lebensphilosophie von Goldi: Lieber schön und reich als gar nix!

5 Blacky, selten auch Sista genannt

Blacky arbeitet als Polizeisekretärin und ist das jüngste Mitglied der MIKEBOSSler. Ihre Mitgliedschaft ist dem Umstand geschuldet, dass dem Präsidenten der MIKEBOSSler bei ihrer Aufnahme Fehler unterliefen.

Blacky ist eine aparte, große schwarze Frau mit dunkler Stimme, ein herber Typ. Sie fährt eine alte Shovelhead. Vor allem von Bönle wird sie als Quotenfrau und liberales Aushängeschild für die Gang präsentiert. Als Polizeisekretärin ist sie für Hobby-Ermittler Bönle eine geschätzte Informationsquelle. Sie ist mit Goldi liiert.

Lebensphilosophie von Blacky: Black, nothing but black!

6 Daniel Bönle Präsident (s.o.)

7 Verstorbenes Mitglied Butzi der Chaot
Butzi ist bei den *MIKEBOSSlern* und in Riedhagen Legende. Er war ein großer Chaot und ein begnadeter Motorrad-Schrauber. Er taucht in den Erzählungen der Riedhagener immer wieder als Geist auf.

Lebensphilosophie von Butzi war: Eins geht immer.

Ehrenmitglied der MIKEBOSSler Deodonatus Ngumbu
Deodonatus Ngumbu, Deo genannt, ist der schwarze Pfarrer der Gemeinde Riedhagen und mit den Bönles eng befreundet. Er hat jahrelang in den Slums von Nairobi seine seelsorgerische Tätigkeit verrichtet.

Sein Hobby ist seine alte Quickly, die ihm als Fortbewegungsmittel dient und ihm einst von Butzi restauriert wurde. Eine noch größere Leidenschaft ist das Essen.

Deo ist groß, athletisch und humorvoll. Einerseits ist er ängstlich und gewissenhaft, andererseits überrascht er durch seine freche und zum Teil chaotische Art. Seine Rechtschaffenheit strukturiert sein Handeln. Er hat Cäci und Dani getraut und ist begeisterter und liebevoller Patenonkel von Korbi. Er tauft das jüngste Familienmitglied der Bönles Annamirl Bonneville und ist ebenfalls Taufpate.

Er trägt fast immer seine Soutane und ist als bibelfester Prediger im Namen des Herrn unterwegs, um für den christlichen Glauben zu werben.

Auffällig ist sein Dialekt, in dem das »e« häufig zum »a« wird.

Lebensphilosophie von Deodonatus Ngumbu: Ein Vataunsa für die Gemeinde und ein Vespa für mich!

*

Weitere Personen aus und um Riedhagen

Hildegard Knaus

Hildegard, genannt Hilde, ist ausgebildete Grundschullehrerin mit Unterrichtsanteil an einer Berufsschule. Als Vegetarierin züchtet sie Lamas in Riedhagen. Sie ist attraktiv, sportlich und trägt ihr dunkles Haar meist kurz. Den Männern fällt Hilde vor allem durch ihre gewagten Outfits auf. Sie gilt im Dorf als überkandidelt. Sie hält sich für eine moderne, emanzipierte und ökologisch denkende Frau. Sie belächelt Bönles Lebensstil. Sie ist direkte und befreundete Nachbarin der Familie Bönle und ist stets bereit, Annamirl Bonneville zu sich zu nehmen, um die Bönles zu entlasten.

Lebensphilosophie von Hilde: Liebe, Leben, Lamas.

Jacqueline Heberle

Als ehemalige Taxifahrerin und Ex-Mitglied der Busty Biker Brides leitet Schaki eine Metzgereifiliale in Ostrach. Schaki ist eine Frau mit Vergangenheit, ihre Zwillingsschwester Schanti verstarb bei einem Kässpätzleswettessen.

Ihr Vater, ein Alkoholiker und verurteilter Mörder, ist

mittlerweile ebenfalls verstorben. Sie wohnt allein in ihrem Elternhaus, einem heruntergekommenen Bauernhaus im Ried. Ihre Nachbarn sind die Kümmerles.

Schaki ist attraktiv und eine Freundin der Bönles. Sie ist im Kreise der MIKEBOSSler wegen ihres freundlichen Naturells gerne gesehen. Sie besitzt den Status Ehrenmitglied und kümmert sich, wenn Not am Manne ist, um das Bönle-Baby Annamirl Bonneville.

Lebensphilosophie von Schaki: Immer wieder aufstehen!

Alfons Bäuerle, genannt Alki-Fone
Alfons ist über 50 Jahre alt und Alkoholiker in Therapie. Er ist tolerierter Stammgast im *Goldenen Ochsen*. Fone fällt durch sein ungepflegtes Äußeres, fettiges dunkles, langes Haar und den struppigen Bart auf.

Regelmäßig entflieht er seiner Therapiestätte über Schleichpfade durchs Ried, um bei Frieda zu rasten und Bier zu schnorren oder Gelegenheitsarbeiten anzunehmen.

Lebensphilosophie von Alfons Bäuerle: Drei saufen, keins bezahlen!

Ferdinand Kümmerle
ist erfolgloser Landwirt und Aushilfs-Briefträger der Gemeinde Riedhagen. Sein Sohn Tizian ist seit einem Unfall bei einer Jugendfreizeit in einem Zeltlager behindert. Seine Frau ist die bigotte Genoveva Kümmerle.

Lebensphilosophie von Ferdinand Kümmerle: Es wird einem nur das geschenkt, was man sich nimmt!

Genoveva Kümmerle
ist die Tochter von Hedwig (Hedel) Henke, die unter dem Dach auf dem Kümmerle-Hof lebt.

Sie ist die eifersüchtige Frau von Ferdinand Kümmerle und fällt durch ihre bigotte Art und ihre Bibelkenntnisse auf. Sie ist gelernte Metzgerin, hat aber nur wenige Jahre im Beruf gearbeitet.

Lebensphilosophie von Genoveva Kümmerle: Der Herr gibt's, der Herr nimmt's.

Tizian Kümmerle
ist der Sohn von Genoveva und Ferdinand Kümmerle, der seit einem Unfall sowie einer Hundeattacke in einem Zeltlager beeinträchtigt ist.

Er wird von einigen Riedhagenern belächelt und als Dorfdepp gemobbt.

Er besitzt ein liebenswürdiges Naturell und ist sehr zurückhaltend. Er nimmt Gelegenheitsarbeiten im Dorf an und versorgt den Campingplatz mit Frischmilch. Als »Mädchen für alles« ist er Tag und Nacht unterwegs. Mit Korbinian T. Rex Bönle verbindet ihn eine Freundschaft.

Lebensphilosophie von Tizian Kümmerle: Alles mit der Ruhe!

Hedwig Henke
ist die Mutter von Genoveva Kümmerle und Oma von Tizian. Sie ist sehbehindert und wohnt unter dem Dach bei den Kümmerles. Tizian hat ein inniges Verhältnis zu ihr.

Sie ist, wie ihre Tochter Genoveva, eine bigotte Frau.

Deodonatus Ngumbu, der Dorfpfarrer, betreut die alte

Frau Henke seelsorgerisch und bringt ihr regelmäßig die Krankenkommunion. Man munkelt im Dorf, die Alte hätte hellseherische Fähigkeiten.

Lebensphilosophie von Hedwig Henke: Wer nichts sieht, sieht oft mehr.

Bibibee Bilsner
heißt eigentlich mit Vornamen Brigitte und ist die Bienen-Künstlerin Riedhagens und Gattin des Opfers Eginbert Bilsner. Sie fällt durch ihre Attraktivität und außergewöhnlichen Outfits auf. Sie ist blond und scheint naiv zu sein.

Lebensphilosophie von Bibibee Bilsner: Summ, summ, summ, Bienchen summ herum!

Ulrich Bilsner
ist der Neffe von Eginbert Bilsner und Kopf einer Gruppe junger Erwachsener, die am Waldrand das Vereinsheim Pik Ass betreiben und als »Schlepper-Freunde« auffallen.

Lebensphilosophie von Ulrich Bilsner: Autos tiefer-, Frauen flachlegen!

Die Fidelen Original Kugelsberger
sind Volksmusiker, die auf dem Tag-der-Deutschen-Einheit-Fest aufspielen.

Die Lebensphilosophie der Fidelen Original Kugelsberger: Prooosit, juchhuifallera!

*

Nicht repräsentative Dorfbevölkerung, die sich am automatisierten Dorfladen trifft

Frau Oberstudienrätin Daphne Grauenberg-Dämmerle
Lebensphilosophie von Daphne Grauenberg-Dämmerle: Intellekt ist alles!

Pietistin Salome Sandmann
Lebensphilosophie von Salome Sandmann: Und die Bibel hat doch recht!

Landwirt Horst Holzer
Lebensphilosophie von Horst Holzer: Früher war alles besser, sogar die Hähnchen.

Schülerin Undine Schenkele
Lebensphilosophie von Undine Schenkele: Das Leben ist krass!

*

Die Camper

Eginbert Bilsner; Platz 5 Premium-Platz mit bestem Riedblick
Herr Bilsner wird aufgrund seines Alkoholkonsums nur Pilsner Eki genannt. Er ist Ortsvorsteher von Riedhagen und hat den Wohnmobil-Stellplatz bei Frieda genehmigt. Zusätzlich arbeitet er als Koch am Bodensee. Er will Riedhagen zum Camper-Paradies ausbauen und ist das erste Opfer.

Seine Frau ist Bibi (Brigitte) Bilsner, genannt Bibibee. Bilsner hatte nach Friedas erfolgreicher Etablierung eines Wohnmobil-Stellplatzes die Idee, einen großen Campingplatz, das »Camper-Paradies Oberschwaben«, auf seinem eigenen Wiesengrundstück zu errichten.

Lebensphilosophie von Eginbert Bilsner: Ein schlechter Ruf hat noch niemandem geschadet!

*

Die Familie Kapulski; Platz 1

Eine Kleinfamilie aus Gelsenkirchen.

Theodor Kapulski
ist stolzer Stadionwart auf Schalke und von einfachem Gemüt.

Lebensphilosophie von Theodor Kapulski: Was ich nicht weiß, macht mich nicht heiß, echt kein Scheiß!

Susi Kapulski
ist die Gattin von Theodor, bekennende Mutter und Hausfrau. Sie ist leidenschaftliche Camperin mit Neigung zum Frivolen.

Lebensphilosophie von Susi Kapulski: Was mein Mann nicht weiß, macht mich heiß!

Paris Kapulski
ist die pubertäre Tochter von Susi und Theo Kapulski.

Als Gothic-Fan findet sie ihre Eltern »voll peinlich«. Sie hat schnell Kontakt zur Jugend Riedhagens, vor allem zur männlichen.

Lebensphilosophie von Paris Kapulski: Das Leben ist peinlich, noch peinlicher sind Eltern.

*

Friedhelm Fink; Platz 2

Herr Fink kommt mit seinem alten Hanomag-Wohnmobil Marke Eigenbau aus Stuttgart. Er verschwindet in der Mordnacht. Seine Alt-Hippie-Mentalität fällt nicht nur angenehm auf.

Lebensphilosophie von Friedhelm Fink: Don't bogart that joint my friend! Pass it over to me!

*

Brunetta Tower; Platz 3

Brunetta Tower bezeichnet sich selbst als »Tänzerin« und tingelt mit lilafarbigem Bus durch die Lande. Sie ist Dauer-Camperin bei Frieda, seit der Stellplatz besteht.

Lebensphilosophie von Brunetta Tower: Herz ist Trumpf!

*

Die Ermittler

Hauptkommissarin Petra Krieger
Die Hauptkommissarin Petra Krieger ist eine technikaffine und korrekte Beamtin. Sie ist blond, braunäugig und hat einen modernen Geschmack. Trendige Autos sind ihre Leidenschaft, gerne benutzt sie modernste digitale Medien zu Ermittlungszwecken und kleidet sich modern und chic. Sie ist äußerst redegewandt und erfolgreich in ihrem Beruf. Mit Bönle verbindet sie eine Hassliebe.

Lebensphilosophie von Hauptkommissarin Petra Krieger: Meine Waffe ist das Gehirn.

Polizeikommissaranwärter (PKA) Gilbert Nedlich
Polizeikommissaranwärter Nedlich ist ein junger, farbloser Ermittler an der Seite der dominanten Kommissarin. Trotz seines geringen Alters wirkt er greisenhaft. Er ernährt sich vegetarisch.

Lebensphilosophie von PKA Nedlich: Stay cool!

Hektor
ist der gemeinsame Hund von Bibibee und Eginbert Bilsner.

Lebensphilosophie von Hektor: Knochen.

Lehrer Daniel Bönle ermittelt:

1. Fall: Gott'sacker
ISBN 978-3-8392-1046-8

2. Fall: Riedripp
ISBN 978-3-8392-1131-1

3. Fall: Nonnenfürzle
ISBN 978-3-8392-1306-3

4. Fall: Kuhnacht
ISBN 978-3-8392-1416-9

5. Fall: Kässpätzlesexitus
ISBN 978-3-8392-0038-4

6. Fall: Versumpft
ISBN 978-3-8392-2083-2

7. Fall: Leberwurscht letal
ISBN 978-3-8392-0277-7

8. Fall: Camping mortale
ISBN 978-3-8392-0458-0